백제의 미소

표윤명

도토리

차례

추천사

돌에 아로새긴 사랑

　백제는 우리에게 슬픈 숙제처럼 다가온다. 이 아름다운 나라의 멸망은 애처롭고도 장엄하다. 표윤명 작가는 백제의 마지막에서 가슴 아픈 사랑을 끌어내어 아로새긴다. 한 나라의 멸망에는 수많은 아픔들이 있겠지만, 거기에서 승화된 사랑을 찾아낸 것이다.

　우리가 잘 알고 있는 저 서산마애불의 미소는 무엇으로 이루어져 있는가. 어찌하여 저토록 정겹고도 신비하게 살아 있단 말인가. 나라의 멸망으로 애틋한 사랑이 무참히 스러져간 뒤에 허공에 남은 피 끓는 절규는 드디어 돌에 스며든다. 그리하여 작가는 돌을 쪼아 사랑의 형상을 이루어낸다. 사라져버린 사랑을 되찾아 영원히 맺어주는 작업이다. 이루어지지 못한 아픈 사랑은 아름답게 다시 살아난다. 그리고 자기 자신의 사랑에서 더 높은 사랑으로 승화한다.

　세상 사람들은 여기에 이르러 찬탄한다. 서산마애불의 미소처럼 아름다운 미소가 이 세상에 있을 것인가?

소설가, 국민대대학원 문예창작과 교수
윤후명

1장

아! 임존성

부리부리한 눈에 거친 수염이 범상치 않았다. 검은 낯빛에 깨질 듯한 목소리는 대련사 범종 소리를 뱉어내는 듯했다. 북문 문루에 선 풍달군장 흑치상지였다. 그는 산을 밟고 선 것처럼 우뚝했다.

"영군장군과 상잠장군 소식은 아직도 없느냐?"

거센 바람이 문루로 들이치자 거친 수염이 밤송이처럼 까칠까칠 일어섰다. 아직 소식이 없다는 군장의 대답이 이어졌다.

"적을 눈앞에 두고도 보고만 있어야 한다니."

곁에 있던 지수신은 주먹을 불끈 말아 쥔 채, 당장이라도 성문을 열고 뛰쳐나갈 기세였다.

산 아래 들판에서 먼지가 뽀얗게 일었다. 성을 향해 치달려오는 단기필마였다. 상지의 눈살이 찌푸려졌다. 말은 갈기와 꼬리가 푸르스름한 청총마(靑驄馬)였다. 화살같이 빨랐다. 청총마 위에는 검은 옷을 입은 사내가 올라타 있었다. 사내는 신라 진영을 빗겨 임존성으로 내쳐 달렸다. 당황한 신라군이 뒤늦게 말을 몰아 좇았다. 먼지가 구름처럼 일었으나 바람 같은 청총마를 따라잡지는 못했다. 청총마는 대책(大柵) 안으로 쏜살같이 달려들었다.

"주류성에서 온 전령인 듯합니다."

수신의 말이었다. 상지의 얼굴이 찌푸려졌다. 청총마는 거침없이 산을 올랐다. 완만한 산자락을 딛고 올라 가파른 등성이로 뛰어올랐다. 바람에 날리는 갈기와 토해내는 숨이 거칠었다. 땅을 딛는 말발굽이 거칠었고 사내의 급한 몸짓 또한 거칠었다. 능선을 오르내리며 산을 뛰어올라 곧장 북문 앞으로 달려왔다. 말과 사내의 입에서 거친 숨소리가 폭발했다. 말은 갈기를 흔들며 두 발을 치켜들었고 사내는 바람같이 뛰어내렸다. 치켜든 청총마의 말발굽에서 명마의 기개가 느껴졌으며 휘날리는 갈기에서 청총마의 전설이 살아났다.

"누구냐?"

짧은 물음에 사내는 숨이 턱까지 찬 채, 겨우 대답했다.

"주류성에서 온 전령입니다."

숨을 헐떡거렸다. 상지의 얼굴이 또다시 일그러졌다. 입술이 꾹 다물어졌다. 곁에 있던 수신이 물었다.

"무슨 일이냐? 영군장군과 상잠장군은 어째 오지 않는 게냐?"

거듭 묻고는 일단 들어오라 했다. 굳게 닫혀있던 북문이 열렸다. 전령이 청총마와 함께 성안으로 들어섰다. 전령은 말고삐를 군졸에게 던지고는 부리나케 문루로 뛰어올랐다. 상지 앞에 선 전령은 각지고 절도 있는 군례를 올렸다. 잘 훈련된 전사의 몸짓이었다. 얼굴과 몸은 먼지와 땀으로 범벅이 되어있었다. 거친 숨소리에서는 그의 충정을 읽어낼 수도 있었다.

"영군장군께서 반란을 도모하다 그만."

말을 잇지 못했다.

"반란을 도모하다니?"

수신이 놀라 입을 다물지 못했다. 상지는 한숨부터 쏟아냈다. 임존산이 꺼져 내릴 듯했다.

"영군장군께서 신라군과 내통하려 했습니다. 상잠장군께서 이를 알고는 영군장군을 체포해 그만 목을."

말을 마치기도 전에 수신의 입에서 비통한 신음이 새어 나왔다. 추적거리는 가을비만큼이나 침울한 분위기가 북문 문루 위에 맴돌았다.

"자세히 말해봐라!"

수신의 목소리가 떨렸다. 전령의 말은 살얼음판을 걷듯 위태위태했다. 그간 영군장군 도침과 상잠장군 복신은 서로 알게 모르게 알력이 있었다고 한다. 도침은 군사가 많다는 것을 이유로 복신을 얕보았고, 복신은 왕족이라는 자부심으로 도침을 멸시했다는 것이다. 알력은 풍왕이 오면서 균형이 맞춰졌으나 웅진 강구 전투에서 도침이 패하고 복신은 두량윤성 전투에서 승리하면서 그 균형이 깨지게 되었다는 것이다. 기세를 잡은 복신은 결국 도침을 살해함으로써 그 알력의 끝을 보게 되었다는 것이다.

백제를 다시 일으켜 세우기로 한 약속이 허물어지고 있다며 상지는 깊은 탄식을 쏟아냈다. 수신도 한숨을 몰아쉬었다. 곁에서 묵묵히 지켜만 보고 있던 사타상여도 탄식해 마지않았다. 문루 아래 붉나무 잎이 처절하게 물들어 있었다. 새빨간 빛깔이었다. 비를 맞아 이파리는 핏빛으로 더욱 선명했다. 처연한 가을날의 아름다움이었다.

"이런 일이 있을 수 있나?"

수신은 문루를 짚고 통탄했다. 상지가 일그러진 얼굴로 다시 물었다.

"임존성으로 온다던 얘기는 어떻게 되었느냐?"

전령의 말이 또다시 흔들렸다.

"주류성의 상황이 매우 좋지 않습니다. 내분이 일 조짐이 있어 쉽게 오지는 못할 것입니다."

전령은 마치 제가 잘못한 일인양 고개까지 숙인 채 황송해했다.

"내분이라니?"

풍왕이 복신을 의심하고 있다는 것이었다. 그래서 임존성의 위급함을 알고 있으면서도 섣불리 움직이지 못하고 있다는 것이다. 게다가 구마노리성의 부여자진도 신라군의 위협에 어려움을 겪고 있는 상황이라고 했다.

"상잠장군께서는 주류성에서 가까운 구마노리성을 먼저 염두에 두고 계신 듯했습니다."

상지가 주먹을 불끈 쥐었다.

"이럴 수가! 백제가 다시 일어설 수 있을 것이라 생각했는데 기대가 너무 컸단 말인가!"

통탄에 통탄을 거듭했다. 하늘을 우러러 눈물을 흘렸다. 수신이 고개를 번쩍 치켜들었다. 눈에서 불꽃이 튀었다. 상황의 위급함이 적에 대한 분노로 솟구쳐 올랐다. 그가 상지를 돌아보았다.

"안되겠습니다. 먼저 치시지요!"

부여자진까지 위험하다면 빨리 움직여야 한다는 말을 덧붙이기도 했다. 구마노리성이 무너지면 주류성은 물론 임존성도 성치 못할 것이라는 말이었다.

"양쪽에서 협공하면 승산이 있습니다. 임존성에서 치고 나가고 구마노리성에서도 쳐 나온다면 적은 분명 혼란에 빠질 것입니다."

상지가 고개를 가로저었다.

"섣불리 움직일 일이 아니오!"

일단 상황을 주시하자는 것이었다. 급하긴 하지만 이럴 때일수록 기다리는 것도 좋은 전략의 하나가 될 수 있다고도 했다. 수신의 말이 급해졌다.

"기다리라니요? 부여자진까지 잘못되면 백제군은 그야말로 공멸하고 말 겁니다."

상지는 아니라며 적의 기세가 등등하니 잠시 기다리자는 말만을 되풀이했다. 기다리다 저들이 지치면 그때 움직이도록 하자는 것이다. 그가 상여를 돌아보고는 기병 오백을 이끌고 대책을 나가라고 명했다.

"나가서 적 주변을 배회하되 싸우지는 마라. 적을 긴장하게만 만들라!"

별부장 사타상여가 알겠다는 대답과 함께 임존성을 내려가 대책을 나섰다. 오백의 기병이 긴 창을 들었다. 말들이 갈기를 세웠다. 말발굽에 흙이 튀었다. 가을비가 추적거리며 투구를 적셨다. 백제군의 기상이 들판을 일으켜 세웠다.

기다렸다는 듯이 신라군 진영에서도 기병이 나섰다. 별부장 사타상여는 신라군을 마주 본 채 옆으로 비켜 돌았다. 백제군의 꼬리를 잡으려 신라군이 뒤쫓았다. 쉽게 잡힐 백제군이 아니었다. 정예 기병은 별부장 사타상여의 별동대였다. 신라 장군 진춘은 야유를 퍼부었다.

"허접한 놈이 빙빙 돌기만 하는구나!"

상여는 냉정을 잃지 않았다.

"주둥이만 살아있구나! 오랑캐 놈들에게 빌붙어 사는 맛이 어떠냐?"

오히려 진춘을 힐난했다. 힐난하다가는 곧장 신라 진영으로 달려들었다. 놀란 진춘이 기병을 돌렸다. 적을 막으라며 소리도 질렀다. 신라 진영에서도 군사들이 몰려나왔다. 긴 창을 든 창수들이 앞서고 활을 든 궁수들이 뒤에서 시위를 걸었다. 별부장 사타상여가 재빨리 말머리를 돌렸다. 돌려서는 달아나듯이 대책을 향해 치달렸다. 갈기가 바람에 휘날렸고 말발굽이 지축을 울렸다. 뒤쫓던 진춘이 말을 멈춰 세웠다.

"깊이 쫓지는 마라!"

숨을 몰아쉬고는 물끄러미 임존성을 올려다보았다. 천험의 요새였다.

"저 가파른 성을 어떻게 넘는단 말인가!"

벌써 보름 가까이 됐지만 한 번도 전투다운 전투를 해 보지 못했다. 성이 너무 험했다. 지키는 장수들 또한 용맹했고 지략이 출중했다. 흑치상지는 굳게 지키는 전략을 택했다. 당 군도 신라군도 손을 놓은 채 성을 올려다보는 것이 전부였다. 감히 오를 엄두를 내지 못했다.

진춘이 멈춰 서자 상여가 다시 말머리를 돌려서는 신라 진영으로 돌격했다. 그가 막아섰다. 상여는 진춘의 지근거리에서 나아가고 물러나기를 반복했다. 진춘이 한판 붙어보자며 욕설을 퍼부었지만 상여는 그럴 마음이 전혀 없었다. 흑치상지의 명을 충실히 받들 뿐이었다. 표정은 여유로웠고 미소마저 머금어져 있었다. 반면 진춘의 얼굴에는 노여움이 가득했다. 노여움은 지치게 하는 감정이다. 장수는 물론 군졸까지도 힘들게 하는 것이다.

북소리가 요란하게 울렸다. 퇴각하라는 신호였다. 진춘은 즉시 말머리를 돌렸다. 상여가 잽싸게 활을 들어서는 시위에 화살을 걸었다. 화살이 바람을 갈랐다. 진춘의 입에서 헛바람 켜는 소리가 새어 나오고 어깨를 감싸 쥔 그가 말 위에서 굴러떨어졌다. 별부장 사타상여의 입에서 돌격명령이 떨어졌다. 대지를 울리는 말발굽 소리가 땅을 울렸다. 들판을 가라앉힐 듯했다.

수신은 잘 한다며 주먹을 불끈 쥐었다. 상지의 얼굴은 못마땅하다는 것이었다. 명을 어겼다며 입술을 씰룩이기까지 했다.

"장수가 창을 들었으면 적의 목 하나쯤은 베고 들어와야지요."

수신은 껄껄거리며 웃기까지 했다. 임존성의 군사들도 일제히 환호성을 터뜨렸다. 환호성은 산 아래에까지 들려왔다. 성 위의 군사들과 백성들은 산 아래서 펼쳐지고 있는 전투에 손에 땀을 쥐었다. 한목소리로 별부장을 외쳐대기까지 했다. 연과 초림도 이들 틈에 끼어있었다. 적장이 말에서 굴러떨어질 때 연은 신이 나서 손뼉까지 쳐댔다. 초림도 곁에서 거들었다.

진춘은 어깨를 거머쥔 채 간신히 일어섰다. 신라 기병이 진춘을 둘러싸고는 부리나케 달아났다. 장수를 잃은 신라 기병은 혼비백산, 산지사방으로 흩어지기 시작했고 백제 기병의 먹잇감이 되었다. 말에서 굴러떨어지는 자, 신라 진영으로 달아나는 자, 방향을 잃고 반대쪽으로 뛰는 자, 창에 찔려 죽고, 칼에 맞아 죽고, 화살에 맞아 죽고 말발굽에 밟혀 죽는 자가 속출했다. 백제 기병은 사기가 올랐으나 상여는 냉철했다. 더 이상의 흥분은 금물이었다. 물러나야 할 때였다.

"흩어지지 마라. 적을 쫓지 마라!"

명령에 백제 기병들은 일제히 말머리를 돌려 물러났다. 물러나 전열을 갖췄다. 일사불란했다.

신라 진영에서 앳되어 보이는 장수가 창을 든 채 말을 달려 나왔다. 화랑 죽지였다. 별부장 사타상여의 눈에 불이 붙었다. 바람이 갈기를 흔들었고 검은 말은 푸르르 앞발을 긁었다. 비에 젖은 흙이 깊이 파였다. 죽지가 우뚝 멈춰 서서는 창을 들어 상여를 가리켰다.

"달아나지 말고 내 창을 받아라!"

역시 앳된 목소리였다. 그러나 당당했다.

"네 놈이 화랑이냐?"

말투에 울분이 가득했다. 계백을 죽음으로 몰아넣은 원수였다. 그렇다는 죽지의 대답이 끝나기 무섭게 상여가 창을 꼬나쥐었다. 검은 말이 젖은 땅을 박찼다. 갈기가 휘날렸다. 죽지도 말의 배를 힘껏 걷어찼다. 바람같이 흰 말이 달려나갔다. 빗줄기가 거칠어졌다. 투구 사이로 빗물이 튀었다. 창과 창이 부딪치며 맑은 쇳소리가 전장 터에 울렸다. 양쪽에서 환호성이 터져나왔다. 말과 말이 교차했다. 상여의 고리눈이 쏟아질 듯했다. 죽지는 가슴이 서늘했다. 죽음이 눈앞에 있음을 직감했다. 손아귀가 떨어져 나갈 듯했다. 그러나 화랑이란 이름을 더럽힐 수는 없었다. 말머리를 돌렸다. 상여는 이미 말을 돌려 달려오고 있었다. 짧은 시간이었다. 검은 그림자가 죽지를 덮쳤고 허공에 흰빛이 번뜩였다. 목이 찌릿했다. 순간, 아무것도 보이질 않았다. 검은 어둠이 죽지의 시야를 지배했다. 몸이 허공으로 떠올랐고 환호성이 들판을 뒤덮었다. 임존성에서도 환호성이 쏟아져 내렸다. 죽지는 땅바닥으로 널브러졌고 흰 말은 주인을 잃은 채 서성였다. 상여가 입술을 깨물었다. 창끝에서 핏물이 흘러내렸다. 붉었다. 산 아래를 굽어보던 상지도 손을 거머쥐었다.

신라 진영에서 갈색 말을 탄 사내가 달려 나왔다. 죽지의 삼촌이자 김춘추의 사촌 동생인 김성추였다. 그는 겉으로 감정을 드러내지 않았다. 말이 부딪혔다. 창끝에서 피 울음이 울었다. 백제 진영에서 북이 울렸다. 하늘을 울리는 북소리였다. 신라

군도 나팔을 불었고 북을 때렸다. 들판이 가라앉을 듯했다. 번뜩이는 창날이 김성추의 옆구리를 파고들었다. 그가 몸을 비틀어 피하며 상여의 목을 노렸다. 상여는 몸을 눕혀 말 등위에 누웠다. 절묘한 기마술이었다. 백제 진영에서 환호성이 터져 나왔고 신라 진영에서는 아쉬운 탄식이 쏟아졌다. 상여의 몸이 순간, 용수철처럼 튀어 오르며 창날이 김성추의 허벅지를 노리고 날아갔다. 창날은 은빛 뱀처럼 날아가 그의 허벅지를 찢었다. 김성추의 입에서 고통에 찬 신음소리가 흘러나왔다. 기회를 놓칠 상여가 아니었다. 말을 휘돌려 다시 창을 거둬들이고는 김성추의 갈색 말에 바짝 붙였다. 김성추가 말고삐를 놓치며 몸이 기우뚱했다. 순간, 상여의 솥뚜껑 같은 손이 김성추의 목덜미를 거머쥐었다. 흠칫 놀란 그가 목을 움츠리며 말에서 뒹굴었다. 스스로 굴러떨어지고자 함이었다. 적장의 손에 사로잡히느니 차라리 낙마하고 말겠다는 뜻이었다. 김성추를 놓친 상여가 말을 물렸고 그는 재빨리 뒤로 물러섰다.

신라 진영에서 요란하게 북이 울렸다. 김유신이 나섰다. 오천의 기병이 움직였다. 말발굽이 하늘을 울렸다. 날 선 창검이 하얗게 투명했다. 예기가 눈을 찔렀다. 섬뜩한 날의 부심이 전사들의 호흡을 가쁘게 했다.

"대열을 갖춰라. 물러서지 마라!"

상여는 보란 듯이 전열을 정비한 채 맞섰다.

"놈들이 머릿수로 밀어붙이려 하는군!"

수신의 입가에 웃음이 머금어졌다. 그러나 상지의 안색은 어두웠다. 수적으로도 열 배였다. 피어오른 안개가 자욱했다. 그 안개 속으로 가랑비가 추적거렸다. 젖어 드는 산하가 뽀얗게 빛났다. 붉은 기가 도드라져서 가을이 깊었음을 알 수 있었다. 빛나는 가을은 하늘을 깨뜨릴 듯이 높이 올려놓았고 차가운 물빛을 더욱 투명하게 비추었다. 겨울이 곧 다가올 것이었다.

안개가 흩어지자 그 사이로 전장 터가 내려다보였다.

"말에서 내려 무릎을 꿇어라! 목숨은 부지할 수 있을 것이다."

묵직한 소리였다. 김유신의 호통이었다. 별부장 사타상여가 창을 흔들어 맞받았다.

"당나라의 개 주제에 무슨 할 말이 그렇게 많으냐? 냉큼 저 바다를 건너가 이치의 개나 되어라!"

껄껄 웃음을 터트렸다. 웃음 끝에 활을 꺼내 들었다. 재빨리 화살을 먹여 시위를 겨눴다. 화살이 바람을 갈랐다. 놀란 유신이 말 등에 납작 엎드렸다. 화살은 투구를 스치고 땅바닥으로 떨어져 내렸다. 상여가 껄껄 웃었다. 유신에게 있어서는 모멸이었다. 상여가 재빨리 말머리를 돌려서는 대책을 향해 쏜살같이 내달렸다. 오백 기병이 꼬리를 물었다. 뒤늦게 유신이 쫓았지만 의지는 없어 보였다. 채찍이 무뎠고 힘이 실려 있지 않았다. 대책으로 들어간 상여를 노려보며 말을 멈춰 세웠다. 곁에서 천존이 이를 갈며 두고 보기만 할 거냐고 물었다. 유신이 손을 들었다. 섣불리 쫓을 일이 아니라는 것이다. 그는 임존성을 올려다보았다. 험준했다. 천하의 요새이며 백제의 마지막 보루임에 틀림없다며 그럴만한 자격이 있는 성이라고 혼잣말처럼 중얼거렸다. 유신은 한숨과 함께 물었다.

"저자가 누구냐?"

곁에 있던 길잡이 무륜이 흑치상지의 별부장으로 있는 사타 상여라고 대답했다. 유신이 짧게 한숨을 내쉬었다.

"별부장이 저 정도니 흑치상지야 어떻겠는가?"

진춘이 거들고 나섰다.

"복신과 도침이 임존성을 그에게 맡기고 주류성으로 간 것만 봐도 그 인물됨을 알 수 있는 일입니다."

그가 임존성으로 든 지 열흘 만에 삼만 군이 모여들었다는 말도 덧붙였다. 유신의 낯빛이 곤혹스러웠다. 백제인의 상지에 대한 믿음이 그와 같다는 말을 내뱉는 유신의 입맛이 썼다.

"한 번 대결해 볼 만한 자다!"

말로서 스스로 위안을 삼았다. 군사들의 사기도 있다며 어떻게 할지를 천존이 조심스레 물었다. 유신이 손을 내저었다.

"오늘은 이만하자. 앞으로 시간은 많다."

시간은 자신들의 것이라고도 했다. 자신만만해 보였다. 너무

서두를 필요 없다며 자칫 잘못했다가는 낭패를 볼 수 있다며 급한 것은 저들이지 자신들이 아니라는 말과 함께 그는 말을 돌리라는 명령을 내렸다. 오천 기병이 말머리를 돌렸다.

비가 추적거렸다. 임존성에서 환호성이 쏟아져 내렸다. 산이 무너져 내릴 듯했다. 신라 놈들이 등을 보였다며 별부장 만세를 외쳤다. "그럼 그렇지."라는 말과 함께 "제깟 놈들이 별수 있느냐."는 말, "별부장을 어떻게 보고 깐죽대느냐."는 말, 말들이 어지럽게 임존성 위를 울렸다. 백제 군사들과 백성들은 첫 대결에서 승리한 사타상여를 연호했다.

"과연 사타상여요!"

상지도 그제야 안색을 풀었다. 검은 얼굴이 환하게 피어올랐다.

"그것 보십시오! 군사들의 사기를 위해서라도 마땅히 저리 했어야 합니다."

수신도 껄껄 웃었다. 두 사람은 마주 보고 유쾌하게 웃었다. 오랜만에 웃어보는 웃음이었다.

비에 젖은 사타상여가 말을 탄 채 임존산으로 올랐다. 그의 뒤로 군장들이 따랐다. 화려하게 불타는 잡목 숲을 지나 등성이를 타고 올랐다. 땅을 딛는 말발굽이 굳건했다. 대지를 울리는 말발굽이었다. 골짜기에서 피어오르는 안개가 이들을 덮치듯 뒤따랐다. 안개는 산을 집어삼키고 있었다. 깊은 가을의 습격이었다.

별부장 사타상여가 북문으로 들어섰다. 온몸이 젖어 있었다. 빗물인지 땀인지 구분이 되질 않았다. 그가 내뱉는 숨결에는 투지와 오기로 점철되어 있었다. 백제에 대한 사랑이자 승리를 향한 강렬한 열망이었다. 뒤에 서 있는 군장들도 마찬가지였다. 각진 군례가 이들의 기상을 드러나게 했다. 백제의 기상이 꼿꼿하게 살아났다.

"수고했네!"

상지는 격려하며 물그릇을 건넸다. 목이 탔던지 그가 벌컥벌컥 들이켰다. 군장들도 마찬가지였다. 입술을 훔치고 나서 상여가 말했다.

"놈들의 진영이 잘 갖추어져 있습니다. 군기도 바로 잡혀 있는 게 과연 김유신이란 이름이 헛된 것만이 아니었습니다. 대비를 철저히 해야 할 것 같습니다."

예상했던 일 아니냐며 상지가 말꼬리를 흐렸다. 생각보다 더 깐깐했다는 상여의 말에 신경이 쓰였던 모양이다. 그가 입술을 질끈 깨물었다.

"어차피 한바탕 붙어야 합니다. 아주 화끈하게 붙어주지요."

수신은 자신감을 드러냈다. 불끈 쥔 주먹을 부르르 떨었다. 산 아래 적 진영을 노려보는 그의 고리눈에 불꽃이 튀었다.

이튿날, 이른 아침부터 신라군의 공격이 시작되었다. 유신은 치욕을 만회하고자 기병 삼천에 궁수와 도부수, 창수를 선발대로 내보냈다. 선봉은 천존이었다. 그는 보무도 당당히 검은 말에 올라탔다. 말의 갈기가 바람에 휘날렸다. 하늘은 푸르렀고 비가 그친 뒤의 깨끗함이 임존산을 더욱 붉게 물들였다. 말갛게 씻긴 산이 도드라져서 산 위의 성벽도 깨끗하게 빛났다. 휘날리는 깃발들은 오색으로 찬란했다.

"궁수는 앞서라!"

천존의 명령에 궁수 일천이 앞으로 나섰다. 일사불란했다. 시위에 화살을 먹였다. 대책을 향해 먼저 기를 죽이자는 심산이었다. 천존의 눈살이 찌푸려졌다. 햇살이 눈을 찔렀다. 천존이 그 햇살을 빗겨보았다. 대책은 탄탄했다. 칡넝쿨로 엮은 목책이었지만 백제의 혼이 담겨 있었다. 눈엣가시 같아 보였다. 저것을 넘어야 한다. 그래야 임존산을 오르고, 올라야 성을 부술 수 있다. 입술이 깨물려졌다. 깃발이 올랐다. 화살이 하늘을 덮을 듯 새까맣게 날아갔다. 바람을 가르는 소리에 귀가 따가웠다. 대책 안에 웅크리고 앉은 싸울아비들은 날아드는 화살에 맞서 방패를 들었다. 허공을 찢는 소리에 이어 땅을 두드리는 둔탁한 소리가 일시에 쏟아졌다. 굵은 소나기가 땅바닥을 두드리는 듯했다.

"기다려라! 화살이 멎을 때까지 전방을 주시해라!"

수신은 몸소 대책까지 내려왔다. 신라군의 공격이 심상치 않기 때문이다. 화살은 하늘을 뒤덮은 채 비처럼 쏟아져 내렸다. 방패가 곧 고슴도치 같은 모습으로 변해버렸다. 구름이 해를 가리고 그림자가 신라군을 덮어버릴 때, 비 오듯 쏟아지던 화살이 일순 멎었다. 천존의 우렁찬 목소리가 이어졌다.

"대책을 허물라!"

천존의 명령에 이번에는 날랜 기마대가 앞서 돌진했다. 기마대는 줄에 달린 갈고리를 허공에서 돌리다 대책을 향해 힘껏 던졌다. 갈고리는 빗살같이 날아가 대책에 걸렸다. 싸울아비들은 걸린 갈고리를 끊어내려 했고, 신라군은 걸린 갈고리를 잡아당겼다. 수신은 갈고리를 끊으라고 외치면서 대책으로 달려들었다. 말 울음소리와 군사들의 함성소리로 임존산 아래는 아수라장을 방불케 했다. 임존성의 백제 백성들과 군사들도 함성소리로 대책 안의 백제군을 도왔다.

먼지가 일고 바람이 휩쓸었다. 휩쓸어서 붉은 피를 불러들였다. 말이 고꾸라지고 울부짖었다. 사람이 쓰러지고 신음소리가 흘러나왔다. 백제의 싸울아비들과 신라의 기병들은 무자비한 창날과 칼끝으로 서로의 숨통을 끊어놓는데 여념이 없었다. 잔인했다. 시퍼렇게 날 선 창날과 예리한 칼끝의 춤사위였다. 서로의 목 줄기를 노리고 끊임없이 날름거리는 죽음의 무도회였다.

도부수가 다가왔다. 창병이 뒤에서 받쳤다. 점입가경이었다. 도부수가 나서자 기병이 뒤로 빠졌다. 무자비한 도끼질이 대책에서 시작되었다. 비명과 신음이 산 아래를 수놓았다. 날 선 도끼가 대책을 찍고 사람을 찍었다. 피가 튀었다. 싸울아비들은 백제검으로 맞섰다. 춤을 추듯 돌아가는 칼날에 도끼가 깨지고 신라군의 골수가 쏟아졌다. 뇌수가 하얗게 흘렀다.

"밀어붙여라! 대책을 끊어내라!"

연이은 독려에 도부수가 힘을 냈다. 그들은 미친 듯이 대책을 두들겼다. 칡 타래가 끊어지고 통나무가 굴렀다. 대책이 뜯겨져 나갔다. 백제군이 다급하게 소리를 질렀다. 이번에는 창수가 다가섰다. 찌르는 창끝에 백제군이 주춤 물러났다. 뜯겨진 대책 사이로 신라군이 발을 들여놓았다. 수적 열세에 백제군은 당황했으나 물러설 수는 없었다. 백제의 자존심이었다. 수신은 목을 내놓는 것만큼이나 치욕스러웠다.

"나를 따르라!"

그가 뚫린 대책으로 다가섰다. 그의 뒤로 싸울아비들이 따랐다. 백제의 용맹스런 전사들이었다. 근접전이 펼쳐졌다. 수신은 야차와도 같이 신라군을 도륙했다. 피가 튀고 비명이 터져 나왔다. 백제의 싸울아비들도 전열을 갖추고는 서서히 신라군을 압박했다. 대책에 등을 진 채 악귀와도 같이 칼을 휘둘렀고 창을 들어서는 단단한 신라 진영을 뚫었다. 싸울아비들의 날카로운 공세에 신라군이 주춤했다. 대책 앞으로 둥글게 공간이 열리며 백제 군사들의 진이 펼쳐졌다. 진은 고슴도치와도 같은 형상으로 탄탄했다. 신라군의 도부수와 창수가 서서히 밀려났다. 천존은 안간힘을 썼으나 역부족이었다. 목이 터져라 외치고 힘을 다해 칼을 휘둘렀다. 그러나 백제군의 투지를 꺾지는 못했다. 그들은 용맹했고 날렵했다. 대책은 다시 막혔다. 신라군은 대신 다른 쪽을 뚫었다. 기병이 북쪽 대책을 허물었던 것이다. 위기였다. 수신은 사력을 다했지만 수적 열세는 극복하기 힘든 현실이었다. 연이어 뚫리는 대책에 속수무책이었다. 뚫린 대책으로 신라군이 물밀 듯이 밀려들었다. 수신은 분노했다. 고리눈이 튀어나올 듯했다.

"물러나라! 물러나 소책으로 퇴각하라!"

명령에 백제군은 즉시 몸을 돌려 물러났다. 일사불란한 백제군의 퇴각에 신라군은 우르르 뒤쫓았다. 먼지가 구름처럼 일었다. 전사들이 개미 떼처럼 산기슭으로 올랐고 그곳에서 또다시 전투가 시작되었다. 치열했다. 이번에도 근접전이었다. 소책은 산기슭 골짜기를 막은 방어선이었다. 험한 지형에 의지한 소책은 넓은 들판을 둘러싼 대책과는 달랐다. 수적 우세만으로는 결코 유리하다고 할 수 없었다. 오히려 많은 군사들이 한꺼번에 몰리면서 효율적인 공격이 되지 못했다. 화살과 쇠뇌의 좋은 표적이 되기도 했다. 신라군이 연이어 쓰러졌다. 긴 창에 신음하는 군사들도 속출했다. 용맹한 싸울아비들은 소책을 뛰쳐나가기도 했다. 험준한 지형을 방패 삼아 신라군을 유린했던 것이다.

수신은 온몸에 피를 뒤집어썼다. 마치 지옥의 야차가 지상으로 올라온 듯했다. 질끈 동여맨 머리띠가 붉은 피로 흠뻑 젖었다. 커다란 입으로는 쉬지 않고 고함소리를 토해냈다. 깨진 종소리가 울리는 듯했다. 손에 쥐어진 은빛 칼은 무지개처럼 휘돌았다. 혈조에서 검붉은 피가 주르륵 흘러내렸다. 그의 앞으로 텅 빈 공간이 열렸다. 진공의 상태만 같았다. 두려움에 지배당한 신라군은 저절로 길을 터주었다. 소책을 내려다보고 있던 백제 백성들이 수신을 연호했다. 그의 뒤로 싸울아비들이 따랐다. 당황한 신라군이 밀려나기 시작했다.

"저자가 누구냐?"

왕이 물었다. 곁에 있던 유신이 대답했다.

"지수신이라는 자입니다."

대답은 짧았다. 송구함의 다른 표현이었다. 왕이 길게 탄식했다. 신라에는 어째 저런 장수가 없느냐는 것이었다. 유신이 부끄러워 몸 둘 바를 몰라 했다.

"곧 전세가 좋아질 것입니다."

저까짓 군세야 지형지물을 이용한 일시적인 상황일 뿐이라는 말로 자위했다. 자위는 현실을 다독여주지는 못했다.

"전투는 숫자로 하는 것이 아니지 않은가?"

군세로 보건데 쉬운 일이 아닐 것 같다는 말이 왕의 입에서 힘없이 흘러나왔다. 유신이 입술을 달싹거렸다. 무언가 대꾸를 하고 싶은 모양이었으나 말이 되어 나오지는 못했다.

수신은 신라군을 유린했다. 그러나 나아가지는 않았다. 위험성을 잘 알고 있기 때문이었다. 수적 열세였다.

"물러나라! 소책으로 들어가라!"

수신의 명령에 백제군은 또다시 소책으로 물러섰다. 싸울아비들은 마치 신라군을 농락하듯 했다. 천존과 진춘은 그야말로 진퇴양난이었다. 자존심이 상했고 체면이 서질 않았다. 그렇다고 그냥 물러설 수도 없는 상황이었다. 장수가 전투에서 군사만 잃고 물러난다는 것은 있을 수 없는 일이었다. 차라리 장렬히 전사함만 못했다. 치욕이었다. 참을 수 없는 모욕이었다. 그렇다고 공격을 하자니 그 또한 난감한 일이었다. 승산이 없기 때문이다. 천험의 골짜기를 방패 삼아 버티고 있는 백제군은 칡타래 같이 질기기까지 했다. 이러지도 못하고 있는 천존과 저러지도 못하고 있는 진춘은 그저 발만 동동 구르며 입으로만 전진을 외쳐댔다. 공격하라며, 적을 치라며 소리소리 질렀다. 그때, 본진에서 북소리가 울렸다. 물러서라는 신호였다. 천존은 살았다는 듯 환한 얼굴로 진춘을 쳐다보았다. 그의 표정도 마찬가지였다. 고개를 끄덕이며 곧장 퇴각명령을 내리고는 몸을 돌려 골짜기를 내려갔다. 천존도 몸을 돌렸다. 신라군이 사태가 나듯 골짜기 아래로 밀려갔다. 환호성이 쏟아졌다. 소책을 시작으로 성 위에서도 함성이 쏟아졌다. 백제군의 승리였다.

귀가 먹먹할 지경의 환호성에 연과 초림은 소름이 돋았다. 이런 감동은 처음이었다. 무언가 가슴 속에서 울컥하고 치미는 것이 있었다. 자랑스러움과 자부심, 그런 것이었다. 백제인으로서 백제와의 공동운명체라는 의식을 처음으로 느껴본 순간이었다. 지금까지 느껴보지 못한 강렬한 것이었다. 그것은 조국애였다. 마치, 선명하게 물들어가는 가을날 단풍 사이에 꼿꼿이 그 자리를 지키고 있는 푸른 소나무와도 같은 빛깔이었다. 자랑스러움이자 자부심의 빛깔이었다. 멋있다며 초림은 가슴에 손을 얹은 채, 백제군을 사모했다. 연이 정말 다행이라며, 이제는 함부로 덤벼들지 못할 거라며 신라군을 모욕했다. 모욕은 호들갑스럽기까지 했다. 그 호들갑을 초림이 받았다.

"말하면 무엇해! 이제 지수신 장군 이름만 들어도 놈들은 오금도 펴지 못할걸."

연과 초림은 산 아래를 내려다보며 물러나는 신라군을 향해 야유를 퍼부었다. 동족을 원수로 여기는 놈들이라며, 겁박은 당장 그만두라며 물러가라고 외쳤다. 야유는 연과 초림뿐만이 아니었다. 성 위의 백제 백성들이 이구동성으로 퍼부었다. 물러가라는 둥, 염치도 없다는 둥, 당나라의 개라는 둥, 신라 놈들이라는 둥, 야유는 거침이 없었다. 야유는 곧 환호성으로 이어졌다. 북문으로 들어서는 수신을 향해서였다. 그는 온몸에 피를 뒤집 어쓰고 있었다. 피는 강렬한 빛깔이었다. 섬뜩한 색채이기도 했 다. 백제를 지키기 위한 강렬함이자 섬뜩함이었다. 그가 하얀 이빨을 드러내며 웃었다. 승리한 자의 전리품이었다. 백제 백성 들이 환호로 답했다. 그가 문루 위로 올라서자 상지가 반갑게 맞아주었다.

"수고했소!"

그는 힘껏 끌어안았다. 포옹은 사내들 간의 의리와 우정을 표 현하는 수단이다. 수신의 얼굴은 거친 수염까지도 검붉은 피로 물들어 있었다. 굳은 피딱지가 마치 고드름이 열린 듯했다. 그 들은 승리의 기쁨을 함께 나눴다. 곁에서 사타상여도 고생한 수 신에 격려의 말을 보탰다. 군사들의 사기가 올랐다며 놈들도 이 제 섣불리 달려들지 못할 것이라고 했다.

"이참에 아예 야습을 합시다!"

"야습이라니요?"

상지의 말에 수신이 놀란 얼굴로 물었다.

"오늘 치열한 전투를 벌였으니 놈들은 우리가 야습을 감행할 것이라고는 꿈에도 생각지 못할 것이오. 오늘 밤이 야습하기에 적당할 것 같소!"

수신은 좋은 의견이라며 손뼉까지 쳤다. 상여도 고개를 끄덕였다. 야습은 상지 자신이 가겠다고 했다.

"함께 가겠습니다."

수신이 나서자 상지가 고개를 가로저었다.

"고생했으니 쉬시오!"

별부장 사타상여와 함께 가겠다고 했다. 수신의 얼굴로 실망의 빛이 스쳐 지났다. 상여가 달래고 나섰다.

"어차피 누군가는 성을 지켜야 합니다."

성을 지키는 것만큼 중요한 일도 없다는 말을 덧붙였다. 혹 저들도 오늘 야습을 감행할 수도 있다는 말까지 했다. 그제야 수신이 고개를 끄덕였다.

"별부장은 날랜 군사들을 가려 뽑도록 하게! 염초와 화약도 준비하고."

군례로 답한 별부장 사타상여가 부리나케 문루를 내려갔다. 그의 목소리는 진중했으나 발걸음은 가벼웠다. 그런 상여를 바라보는 상지의 얼굴이 무거웠다. 큰일을 앞둔 장수의 신중함 때문이었다. 그가 수신을 돌아보았다.

"대책을 정비하는 척 군사를 내려보냈다가 날이 어두워지면 야습을 감행할 것이오."

염초와 화약으로 신라군의 배후를 혼란시킨 후, 측면으로 치고 들어가겠다는 말도 했다. 수신의 입가로 미소가 피어올랐다. 좋은 생각이라며 고개도 끄덕였다. 끄덕이고는 시간을 지체하지 말라는 조언을 주었다.

"어차피 한 번의 싸움으로 저들을 궤멸시키기는 어려운 일입니다."

적당히 위협을 가해서 지치고 힘들게 만들면 저들은 스스로 물러갈 것이라는 말이었다. 같은 생각이라며 상지도 마주 웃었다. 마음을 전하는 편안한 웃음이었다.

"야습이 시작되면 북을 치고 함성을 질러 놈들을 교란시키겠습니다."

역시라는 말과 함께 좋은 생각이라며 상지가 껄껄웃음을 터트렸다. 웃음은 호탕했다. 붉은 잎이 흩날리고 하얀 억새가 너울대는 성안의 유쾌한 웃음이었다. 수신도 함께 따라 웃었다. 북문 문루 위에 때아닌 웃음꽃이 활짝 피어났다.

새파란 어둠이 성벽으로 스미자 성안의 여인들이 바빠졌다. 야습을 감행하기 위한 군사들의 저녁 식사 때문이었다. 신라군을 친다는 연의 목소리가 들떠 있었다.

"서둘러라!"

군사들이 우르르 몰려들었다. 하나같이 검은 옷에 짧은 도검을 든 싸울아비들이었다. 얼굴에도 검은 천을 두르고 있었다. 든든히 먹어두라며, 신라 놈들의 목을 치려면 배가 든든해야 한다며 상지는 뭅소 전사들을 독려했다. 마치 동생인양, 조카인

양 하나하나 세세히 살폈다. 전사들의 사기는 높았고 투지는 불타올랐다.

연은 허리를 굽혀 밥을 펐다. 뜨거운 김이 싸늘한 저녁 공기를 덮혔다. 어느새 계절은 따스한 것이 그리워지는 시절이 되어 있었다. 저렇게 믿음직한 분이 계시니 임존성은 괜찮을 거라며 초림이 사모하는 눈빛으로 상지를 힐끔힐끔 쳐다보았다. 연이 미소를 머금었다. 미소는 맑았다. 피비린내 나는 전장 터에서 보기 힘든 미소였다. 그때 굵직한 목소리가 등 뒤에서 들려왔다. 사타상여였다. 그가 미소를 머금은 채 연과 초림을 내려다보았다.

"힘들지 않느냐? 불편해도 조금만 참아라."

부드러운 목소리로 그는 달랬다. 연은 황송했다. 초림은 고개를 끄덕이며 조아리기까지 했다.

"다 백제를 위한 일입니다. 힘들고 힘들지 않고 가 어디 있겠습니까?"

말하는 연의 입이 가지런했다. 상여가 고개를 끄덕였다.

"그래, 그 말이 맞다. 물은 내가 어리석었다."

또다시 미소를 지어 보였다.

"백성들은 듬직한 장군님만 믿고 있습니다."

연도 입가에 웃음을 지어 보였다.

"웃는 모습이 보기에 좋다. 내 반드시 그런 모습으로 살아갈 수 있도록 만들어 주마."

말에는 굳은 결심이 도드라졌다. 결코, 말로만 하는 말이 아니었다. 강철과도 같은 마음속의 각오가 잘 드러나 보였다. 백제를 반드시 일으켜 세우겠다며 그는 거듭 다짐을 해 보였다. 믿음직한 별부장이었다. 그런 상여를 바라보는 연과 초림은 든든했다. 희망이 보였다. 절망 속에서도 희망은 움을 트고 싹을 키우고 있었다. 새로운 백제에 대한 희망이자 싹이었다.

"준비되었습니다!"

군장 좌군이 다가와 군례를 올렸다. 군례는 각이 져서 군기가 드러나 보였다. 믿음직했다. 별부장 사타상여가 고개를 끄덕였다.

"가자!"

표정이 결연했다. 두 사람은 바람같이 남문으로 향했다. 떠나는 그들을 연과 초림은 물끄러미 바라보았다. 모두 무사히 돌아오기만을 빌었다. 관음보살과 석가모니를 입에 올렸다. 경건함이 맴돌았다. 부처의 가피가 임존성을 감쌌다.

흑치상지는 싸울아비를 이끌고 조용히 남문을 나섰다. 달도 뜨지 않아 어둠은 짙었고 새까맸다. 죽음 속으로 뻗은 삶의 길을 상지는 선택했다. 투구 끈을 바짝 조이고 창을 빗겨 들었다. 결사대가 그의 뒤를 바짝 따랐다. 멀리 적진에서 뱀의 혀처럼 날름거리는 불빛이 허리띠를 늘어놓은 듯이 가물거리고 있었다. 저 불빛 어디엔가 그가 노리는 먹이가 있을 것이다. 오늘 밤 그 먹이를 취할 것이다. 취해서 숨통을 끊어 놓을 것이다.

소리 없이 산길을 돌아 내려간 백제군은 적 후방으로 침투하기 위해 먼 길을 돌았다. 머리 위로는 임존성의 불빛이 마치 뱀의 몸뚱이처럼 임존산을 휘감고 있었다. 백제군은 얕은 개울을 건넜다. 건너서는 언덕을 방패 삼아 몸을 숨긴 채 신라 진영으로 향했다. 어두운 밤길을 헤쳤다. 다행히 신라군은 보이지 않았다. 낮의 전투가 신라군을 느슨하게 만든 것이 분명했다. 멀리 신라 진영의 불빛이 또렷하게 눈에 들어왔다.

"별부장은 군사를 이끌고 측면을 돌파하게! 나는 별동대와 더불어 후방으로 침투하겠네."

"받들겠습니다."

대답하는 상여의 굳센 목소리가 강단졌다.

"적당한 거리에 머물러 있다가 불길이 솟으면 그것을 신호로 공격을 하게!"

상여가 결연한 얼굴로 고개를 끄덕였다. 꽉 다문 입술에서 그의 다부진 의지를 읽어 낼 수 있었다.

"깊은 공세는 취하지 말게. 적당히 타격만 가하고 재빨리 물러나게. 욕심을 내면 자칫 당할 수도 있어. 저들은 많고 우리는 적으니 명심하게!"

상여가 알겠다며 부디 조심하라는 말을 건넸다. 상지가 고개를 끄덕여 화답하고는 어둠 속으로 다시 길을 나섰다. 그의 뒤로 싸울아비들이 따랐다. 등에는 하나같이 화약과 염초가 메어져 있었다.

상지가 별동대를 이끌고 어둠 속으로 사라지자 상여도 군사들을 이끌고 앞으로 나아갔다. 하늘도 백제군을 돕는지 칠흑 같은 어둠을 짙게 깔아주었다. 어둠은 흔적을 지웠다. 조짐도 지웠다. 백제군의 흔적과 야습의 조짐을 지워서 가려주었다. 상여는 언덕을 휘돌아 낮은 밭둑을 기어서 소리 없이 신라 진영으로 접근했다. 불빛이 가깝게 눈에 들어왔다. 오가는 신라군의 모습도 눈에 잡히기 시작했다. 백제 싸울아비들은 바짝 몸을 낮춰 조심스레 앞으로 나아갔다. 숨소리마저 죽였다. 그 숨소리 앞에 신라 진영이 있었다. 바로 코앞이었다. 그곳에서 상여는 걸음을 멈췄다. 멈추고는 상지가 적 후방을 교란시키기를 기다렸다. 불꽃을 기다렸다.

상지는 신라 진영 후방으로 돌았다. 돌아서는 기회를 엿보았다. 다행히 신라군은 방비가 허술했다. 일부 군사들은 잡담을 나누며 시시덕거리기까지 했다. 군막은 조용했고 그 뒤로 산더미 같은 군량이 쌓여 있었다. 염초와 화약을 쓸 표적이었다. 저것만 불태워버린다면 큰 성과를 거둘 수 있을 것이다. 상지의 투지가 활활 타올랐다.

"군량을 불태운다. 너희들은 저쪽 군막을 맡아라!"

상지는 군장들에게 군막을 맡겼다. 자신은 소수 정예를 이끌고 군량을 불태울 것이라고 하며 신호가 있으면 즉시 대책으로 물러가라는 명령을 내린 상지는 어둠 속으로 천천히 스며들었다. 뒤로는 화약과 염초를 짊어진 싸울아비들이 따랐다. 군장들은 맡은 군사들을 이끌고는 흩어져 어둠 속에 몸을 사렸다. 사려서 깊이 은신했다.

군막은 몇 명의 군사들이 지키고 있었다. 후방이어서인지 군기에 날이 서 있어 보이지는 않았다. 상지는 재빨리 군막 뒤로 다가갔다. 두 명의 군졸이 창을 든 채 서서 잡담을 나누고 있었다. 금성이 어떠니, 월성이 어떠니, 처자가 어떠니 하는 것으로 보아 고향 얘기를 하고 있는 듯했다. 상지가 손을 들어 가리켰다. 저쪽을 맡으라는 신호였다. 눈짓을 주고받은 상지가 번개같이 뛰쳐나갔다. 소리 없는 죽음이 군졸들에게 닥쳤다. 불행한 그림자의 야습이었다. 마치 바람이 스치는 듯했다. 그와 동시, 다른 군막의 군졸들도 소리 없이 쓰러졌다. 상지가 손짓을 했다. 손짓을 따라 싸울아비들이 우르르 몰려나왔다. 바람이 덮치는 듯했다. 싸울아비들은 화약과 염초를 군량 더미에 던져 넣고는 불을 붙였다. 천지를 진동하는 폭발음과 함께 화약이 터지고 군막 여기저기에서도 불이 붙기 시작했다.

"신라 놈들을 요절내라. 한 놈도 남기지 마라!"

외침과 함께 백제 싸울아비들이 일제히 칼을 들어서는 신라 군영을 들이쳤다. 허둥지둥 놀라 뛰쳐나오던 신라군들이 칼을 맞고 쓰러졌다. 비명이 터지고 신음이 쏟아졌다. 군영은 곧 아수라장이 되었다. 난데없는 습격에 신라군은 정신을 차리지 못했다. 도륙이 되었다.

"적의 습격이다!"

전열을 갖추라는 고함소리가 터져 나왔다. 천존과 인문이었다.

"중군을 막아라!"

대왕을 모셔야 한다는 것이었다. 말은 호들갑스러웠고 당황한 것이었다. 날 선 군영에서 나올 소리는 아니었다. 오합지졸의 군영에서나 나올 법한 호들갑이었다.

유신도 허둥지둥 투구를 들고 나왔다. 나와 보니 군 진의 후방에서 불길이 치솟고 있었다. 불길했다. 군량이 있는 곳이었다. 소름이 돋아 올랐다. 아득했다. 불길은 혀를 날름거리며 새까만 하늘을 집어삼키고 있었다.

"군량을 지켜라! 군량을 지키지 못하면 큰일이다."

목이 터져라 외치며 그는 후방으로 달려갔다. 부장과 호위대가 뒤를 따랐다. 사태는 심각했다.

사타상여가 측면으로 들이쳤다. 또 다른 습격에 신라군은 당황했다. 유신은 눈이 튀어나올 지경이었다. 오금이 저리기까지 했다. 군량은 불타고 어둠 속의 적이 어디서 또 튀어나올지 몰랐다. 우왕좌왕하며 갈피를 잡지 못했다. 백제 싸울아비들은 닥치는 대로 신라군을 도륙했다. 사기는 올랐다. 전투가 아닌 살육의 잔치였다. 철천지원수, 신라 놈들을 한 놈도 남겨두지 않겠다는 듯 싸울아비들은 이를 갈았다. 이를 간만큼 칼날에 사정을 두지 않았다. 모두 베어 죽일 작정이었다. 그들은 마치 야수와도 같이 신라군을 쓸어 넘겼다. 두려움에 휩싸인 신라군은 싸울 엄두도 내지 못했다. 털썩 무릎을 꿇는가 하면 창과 칼을 버린 채 도주하기도 했다. 군막이 넘어지고 불탔다. 비명과 신음이 들판을 뒤덮었다.

"이럴 수가! 군량이 모두 불타다니."

유신은 망연자실한 얼굴로 군량이 쌓여 있는 후진 쪽을 바라보았다. 군량은 활활 불타오르고 있었다. 유신은 입술을 질끈 깨물었다. 분노가 치밀어 올랐다. 어딘가로 그 분노를 풀어내야 했다. 마침 군막 한쪽에서 범 같은 사내를 보았다. 사내는 자신의 군사들을 도륙하고 있었다. 피가 튀었다. 팔이 잘리고 땅바닥으로 나뒹구는 군사들의 모습이 불빛에 일렁였다. 흑치상지였다. 야수와도 같은 고함을 지르며 유신은 상지를 향해 칼을 겨눴다. 겨누고는 바람같이 달려들어 칼을 내뻗었다. 상지의 몸짓은 여유로웠다. 달려드는 칼날을 가볍게 피하고는 오히려 유신의 목을 향해 칼을 내리쳤다. 천근의 무게로 칼날이 쏟아졌다. 질겁한 유신은 재빨리 뒤로 물러서며 자세를 고쳐 잡고는 그제야 정신을 차렸다. 섣불리 할 상대가 아니란 것을 뒤늦게 깨달았던 것이다. 그에게서 뿜어져 나오는 기세가 만만치가 않았다. 주변은 온통 신라군의 시신으로 아수라장이었다.

"네 놈이 이리했느냐?"

유신이 이를 갈자 상지가 웃음으로 답했다. 그랬다며, 당나라의 개만도 못한 놈이라며 그가 이기죽거렸다. 모멸에 유신의 얼굴이 씰룩였다. 그가 상지에게 누군지를 물었다. 상지가 대답했다.

"내가 바로 임존성의 흑치상지이니라. 네가 이치의 개 김유신인 모양이로구나!"

껄껄웃음은 호탕했다. 검은 하늘이 하얗게 바스러질 듯했다. 유신은 흠칫했다. 온몸에서 소름이 돋아 올랐다. 짐작은 했지만 말로만 듣던 그 흑치상지를 눈앞에 대하자 그 명성이 결코 헛된 것이 아니란 것을 알 수 있었다.

"지금이라도 늦지 않았으니 무릎을 꿇고 항복하라!"

유신은 허세를 부려보았다. 상지가 다시 껄껄 웃었다. 살육의 전장 터에 때아닌 유쾌함이 흐드러졌다. 유쾌한 웃음 뒤에는 호된 질책이 이어졌다. 어쩌 그리도 못났느냐며, 부끄럽지도 않느냐며, 너야말로 지금이라도 생각을 바꾸라며, 동족을 핍박하고 남의 개로 사는 것이 그리도 좋으냐며 타이르는 말은 가슴을 찌르는 아픔이었다. 유신은 얼굴이 화끈 달아올랐다. 더 이상 말이 필요 없었다. 칼을 들어 휘두르자 상지가 맞받아쳤다. 불꽃이 튀었다. 칼은 주인의 몸을 따라 날렵하게 허공을 갈랐다. 불꽃을 수놓았다. 마치 용과 호랑이가 혈투를 벌이는 듯했다.

몸이 휘돌고 칼이 춤을 췄다. 춤은 살기를 뿜어냈다. 번개가 작렬하듯 칼날이 부딪혔고 사람의 몸이 대지를 가라앉힐 듯 무겁게 짓눌렀다. 토해내는 거친 숨이 밤공기를 덮혔다. 타오르는 불꽃이 검은 그림자를 집어삼켰다. 스치는 바람이 용과 호랑이를 휘감았다. 천상의 신장이 땅으로 내려와 다투는 듯했다. 주변의 군졸들은 넋을 잃은 채 손에 땀을 쥐었다. 용은 초리를 휘둘러 호랑이의 몸을 후려쳤고 호랑이는 발톱을 드러내 용을 움켜쥐려 했다. 칼날은 번개와도 같았다. 치면 막았고 가르면 피했으며 베면 비꼈고 찌르면 돌려치고 파고들자 바람같이 물러나 함께 휘돌았다.

"중군이 위험합니다. 장군."

부장 임천의 외침에 유신은 흠칫했다. 돌아서자니 자존심이 허락지를 않았고 상대하자니 마음이 다급했다. 상황이 좋지 않았다. 그때, 화랑 선천이 나섰다.

"제가 맡겠습니다."

함께 하겠다며 손랑도 합세했다. 유신으로서는 한숨 돌리는 순간이었다. 칼을 거둬들이고는 호기롭게 소리쳤다.

"두고 보자! 다시 만날 기회가 있을 것이다."

몸을 돌렸다.

"내빼느냐?"

상지의 비웃음이 등을 돌린 그를 따라 날아가서는 유신의 귀에 가 꽂혔다. 아프게 꽂혔다.

"말이 많다!"

선천이 칼을 휘둘렀다. 상지의 목을 노렸다. 상지는 피하지 않았다. 그대로 마주쳐갔다. 맑은 쇳소리가 검은 허공을 울렸다. 살이 베어지는 섬뜩함이 바람을 갈랐다. 바람은 부드러웠다. 비명이 그 바람을 타고 날아올랐다. 선천의 목이 땅바닥으로 나뒹굴었다. 찰나지간이었다. 선천은 눈도 감지 못했다.

손랑은 칼을 든 채 멍하니 서 있었다. 놀란 얼굴은 두려움으로 가득 찼다. 상지가 다가왔다. 늘어뜨린 칼끝에서 핏물이 뚝뚝 떨어졌다. 붉었다. 공포가 가슴 밑바닥으로부터 일었다. 심장이 떨리고 손이 후들거렸다. 죽음이란 그림자가 보였다. 상지의 그림자였다. 불꽃에 일렁이는 그림자는 지하에서 올라온 야차였다. 발걸음이 뒤로 절로 물려졌고 상지의 고리눈이 부릅떠졌다. 그의 칼이 허공으로 들려지자 손랑은 손을 떨었다. 칼이 부들거렸다. 온몸의 힘이 빠져나갔다. 상지의 칼날이 허공을 베었다. 칼날은 번개였다. 번개는 손랑의 목에 작렬했고 그의 목은 땅바닥으로 나뒹굴었다. 탄식이 터져 나왔다. 신라 군졸들은 주춤주춤 물러섰다. 하나같이 두려움에 젖은 표정들이었다. 싸울아비들이 일시에 짓쳐나갔다. 신라군이 우왕좌왕하며 흩어졌고 상지는 달아나는 신라군을 도륙했다. 싸울아비들이 그의 뒤를 따랐다. 피가 흘렀다. 대지를 적셨다. 잔인한 살육이었다.

사타상여는 전사들을 이끌고 중군을 쳤다. 신라군은 허둥댔다. 야습에 대한 방비가 전혀 없었다. 싸울아비들은 피에 굶주린 야귀와도 같았다. 검은 어둠을 붉게 물들였다. 칼 빛이 번득이고 창끝이 허공을 갈랐다. 비명과 신음이 아수라장을 방불케 했다. 호위대가 중군 막사를 둘러쌌다. 창수와 도부수가 그 앞을 가로막았다. 이중으로 둘러싼 신라군의 뒤로 왕이 모습을 드러냈다. 금빛 투구에 붉은 갑옷이 어둠 속에서도 빛을 발했다. 위엄이 있었다. 호위대장 장빈이 긴 칼을 뽑아 들었다. 침착하라며 소리를 질렀다. 그가 고개를 돌려 상황을 살폈다. 다행히 적은 많은 수가 아닌 듯했다. 오랜 전투 경험이 상황을 곧바로 파악하게 했던 것이다. 호위대가 방패를 들어 앞을 막았다. 왕이 가려졌다. 투구 끝이 방패 위로 살짝 드러나 보였다. 중군장 김인문이 기마대를 앞세웠다. 어둠 속에서 기마대는 효율적이지 못했다. 그러나 백제군에게 위압감을 주었다.

"불을 붙여라!"

사타상여가 화약과 염초를 입에 올렸다. 싸울아비들이 재빨리 불을 붙였다. 불꽃이 어둠 속에 호를 그리며 허공으로 날아올랐다. 폭음이 울리고 말들이 울부짖으며 두 발을 치켜들었다. 말들이 쓰러지고 기마병이 나뒹굴었다. 나뒹군 기마병의 목을 백제의 싸울아비들이 전리품으로 거둬들였다. 긴 비명이 검은 어둠을 갈랐다. 바람같이 휘도는 싸울아비들의 칼과 번개처럼 작렬하는 긴 창의 날렵함에 신라군은 속수무책이었다. 기마대가 우왕좌왕했고 군막에는 불이 붙었다. 화약과 염초가 유성처럼 꼬리를 물고 날아갔다. 백제군은 중군을 야금야금 먹어 들어갔다. 당황한 신라군은 무너졌고 어둠은 여전히 백제군 편이었다. 신라군으로 하여금 두려움과 혼란을 동시에 불러일으키게 했다.

작은 화톳불처럼 일어선 불꽃은 곧 일렁이며 활활 타올랐다. 어둠 속 신라군 후방 쪽이었다. 수신은 흑치상지가 작전에 성공했음을 알았다. 불꽃은 혀를 날름거리며 사방으로 번져나가고 있었다. 함성과 비명이 간간이 바람에 실려 오는 듯도 했다. 당황한 소리이자 처절한 소리였다. 수신은 때가 되었음을 알았다. 고수에게 명을 내렸다.

"북을 울려라!"

군사들과 백성들에게도 명했다.

"함성을 질러라!"

곧이어 임존성 위에서 북소리와 함성소리가 떼를 지어 쏟아져 내려갔다. 어둠 속에서 소리는 더욱 선명했다. 찬 공기를 가른 날카로운 소리들이었다. 소리는 신라 진영을 뒤흔들어 놓았다. 뒤흔들어서 혼란과 두려움, 공포와 초조함 같은 것들로 물들게 했다. 수신은 북문 문루 위에서 군사들과 백성들을 독려했다. 불타오르는 신라 진영을 바라보며 전율을 느꼈다. 승전이라는 예감 때문이었다. 그는 목이 터져라 외쳤다. 순간, 지난날이 주마등처럼 떠올랐다. 무너진 백제를 다시 일으켜 세우기 위해 거병하기로 한 날이었다.

사비성이 무너지고 웅진성에서 의자왕이 항복을 하자 백제라는 이름은 그만 문을 닫고 말았다. 소정방은 백제 사람들에게 안전을 보장함과 동시 웅진도독부를 두어 백제 사람으로 하여금 다스리게 하겠다고 했다. 말은 농락이자 기만이었고 입에 발린 소리였다. 곳곳에서 약탈과 폭력이 난무하고 살인까지 자행되었다. 부녀자들의 겁간도 시시때때로 일었다. 분개한 백제인들이 뜻을 모았다. 모아서는 백제와 백제 사람들을 구하기로 했다. 그 중심에 복신과 도침이 있었다. 이들은 임존성이 험하고 견고하다는 것을 알고 있었다. 알고 있었기에 그곳에서 일을 도모하기로 했다.

복신은 상잠장군을 자칭하고 도침은 스스로 영군장군이라 일컬었다. 임존성에서 이들이 깃발을 올리자 수많은 백제 유민들이 벌떼처럼 몰려들었다. 하나같이 당과 신라의 핍박과 겁박에 못 이긴 사람들이었다. 거병은 성공적이었다. 게다가 풍달군장인 흑치상지까지 합류하기로 했다. 수신은 가슴이 벅차올랐다. 이제 백제가 살아난 듯하다며 눈물을 글썽이기까지 했다. 고리눈이 말갛게 젖어들었다. 복신이 그를 다독였다. 모두 다 하늘의 뜻이자 온조왕의 뜻이라며 백제는 살아있고 백성들도 살아있으며 우리가 살아있는 한 결코 죽지 않을 것이라고 했다. 부르쥔 주먹이 마치 금강역사의 다부진 주먹과도 같았다. 복신의 결연한 의지에 수신은 이를 악물었다. 눈도 부릅떴다. 역시 금강역사의 부릅뜬 그것과도 닮아있었다. 그는 어떤 일이 있어도 백제와 함께, 주군과 함께할 것이라 다짐했다.

부장 출리수가 풍달군장을 입에 올렸다. 그가 군사를 거느리고 온다는 것이었다. 복신의 입가에 미소가 없렸다.

"어디냐?"

수신이 물었고 그가 마시산군 쪽이라고 대답했다.

"가자!"

복신이 북문 문루로 달려갔다. 수신이 그의 뒤를 따랐고 출리수가 그들의 그림자를 또 뒤따랐다. 북문 문루에는 이미 영군장군 도침이 와 있었다.

"보시오!"

한껏 들뜬 표정으로 그는 임존산 아래 들판을 가리켰다. 들판은 넓었다. 북쪽으로 끝없이 펼쳐져 있었다. 그 끝으로 넘실대는 바다가 있을 것이었다. 도침이 가리키는 손가락 끝으로 먼지를 일으키고 있는 한 무리의 군사들이 눈에 들어왔다. 기병 오백, 여기에 군사 삼천여 명이었다. 흑치상지가 이끌고 오는 풍달군의 전사들이었다. 전사들은 주인을 닮아 용맹무쌍하기로 이름났다. 백제에서도 이름난 싸울아비들이었다.

"흑치가문까지 합세를 하면 서해바다를 아우르는 넓은 지역이 손안으로 들어옵니다. 임존성을 중심으로 크게 일을 도모해 볼 만 합니다."

도침의 말은 들떠있었다. 희망에 젖은 말이었다. 복신이 고개를 끄덕였다.

"흑치장군은 대륙에서도 알아주는 용맹한 장수요. 군사들의 사기가 높아짐은 물론 우리의 위상도 크게 높아질 것이오."

전사들은 바람같이 들판을 가로질렀다. 그들은 마치 도리천 제석천의 군대가 하강한 듯 거침이 없었다. 앞선 장수는 검은 얼굴에 거친 수염이 인상적이었다. 그는 군장을 뜻하는 붉은 투구에 자색 갑옷을 입었고 손에는 긴 창을 들고 있었다. 허리에는 번쩍이는 칼이 움직일 때마다 철걱거렸으며 등에는 바람 같은 화살을 지고 있었다. 풍달군의 군장 흑치상지였다. 앞선 그는 말을 몰아 그대로 임존산으로 뛰어들었다. 가파른 산등성이도 그에게는 장애가 되질 않았다. 평지 그대로였다. 그를 따르는 전사들 또한 마찬가지였다. 거침없이 말을 몰아 산기슭을 뛰어올랐다. 복신과 도침은 그런 그들을 바라보며 찬사를 쏟아냈다.

"하늘의 전사들이오!"

"천군만마를 얻었소!"

입에 침이 마르도록 칭찬해 마지않았다. 들판에서 일던 먼지가 산등성이와 산기슭으로 옮아 붙었다. 임존산에 때아닌 누런 구름이 일었다. 장관이었다. 백제를 일으키는 신성한 구름이었다.

흑치상지가 바람같이 성 위로 올라섰다. 거친 수염에 휘날리는 눈썹이 보기에도 범상치 않았다. 늠름했고 믿음직스러웠다. 반갑다며 복신이 먼저 달려들어서는 손을 마주 잡았다. 백제의 기운이 서로에게서 느껴졌다. 사내들의 마음이 통하는 순간이었다. 잘 왔다며 도침도 환영의 인사말을 건넸다.

"백제를 위한 일에 너와 내가 따로 있을 수 있겠습니까? 혼신의 힘을 다할 뿐입니다."

말로서 그가 인사를 대신했다. 굳은 입술에서 그의 뜻을 읽어낼 수 있었다. 뜻은 강고했다. 복신의 곁에 있던 수신이 조용히 고개 숙여 인사를 건넸다. 상지는 그의 인물됨을 한눈에 알아보았다.

"말로만 듣던 그 용맹한 이름의 주인공을 오늘에야 보게 되어 반갑소!"

이번에는 상지가 그의 뒤에 서 있는 사내를 소개했다. 그는 늠름한 모습으로 묵묵히 서 있었다. 큰 칼을 차고 긴 창을 들고 있었다. 상지의 부장인 사타상여였다.

"사택가문의 용장이로군!"

도침이 알은체를 하자 그가 웃음으로 받았다.

"소문은 익히 들어 알고 있었습니다."

말로 그가 인사를 대신했다. 복신이 반갑다며 사타상여를 환영했다. 그가 고개를 숙여 대답했고 사내들은 곧 의기투합했다.

임존성으로 모여든 것이 운명이라며 그들은 잔치를 열었다. 모두를 위한 잔치였다. 기름지고 화려하지는 않았지만 풍족한 마음으로 성안의 군사들과 또 그들을 믿고 모여든 백성들과 함께 하루를 즐겼다. 즐기며 뜻을 함께 모았다.

임존성에서 거병한 복신과 도침은 흑치상지의 합류로 더욱 큰 힘을 얻게 되었다. 그리고 마침내 소정방의 십삼만 대군이 임존성으로 몰려왔다. 그는 격노했다. 백제를 다시 일으켜 세운다는 말 때문이었다.

"반기를 든 자들을 잡아 대령하라! 감히 대당의 신구도행군 대총관(神丘道行軍大摠管)을 어떻게 보고."

부여의자가 항복했거늘 괘씸한 놈들이라며 그는 길길이 날뛰었다. 좌무위장군(左武衛將軍) 풍사귀가 먼저 나섰다.

"한달음에 성으로 뛰어올라 반역자들을 잡아 대령하겠습니다."

좌효위장군(左驍衛將軍) 방효태도 지지 않았다.

"선봉은 제게 맡겨주십시오! 반드시 놈들을 잡아 장군 앞에 무릎을 꿇리겠습니다."

서로 나서겠다는 말에 소정방은 두 장수를 번갈아 보다가는 서릿발 같은 명령을 내렸다. 대당의 자존심이라는 듯 명령은 위엄이 있고 각이 져 있었다. 그는 풍사귀와 방효태로 하여금 함께 선봉에 서는 것을 허락했다.

"명령을 이행하지 못할 시에는 목숨을 내놓을 각오를 해야 할 것이다."

두 장수가 서슴없이 한목소리로 명령을 받들었다. 군례로서 명령을 지킬 것을 맹약하기까지 했다.

소정방은 좌무위장군 풍사귀에게 이만의 군사를 내주어 북문을 치게 했다. 좌효위장군 방효태에게는 역시 이만의 군사를 주어 남문을 치게 했다. 군사를 내어주면서 그는 누가 먼저 임존성 위에 대당의 깃발을 꽂는지 두고 보겠다고 했다. 말은 부추기는 것이었다. 부추겨서 경쟁심을 유발케 하는 것이었다.

풍사귀와 방효태는 즉시 출병했다. 보무도 당당히 일만의 창병과 오천의 도부수, 오천의 궁수를 대동했다. 기치창검이 하늘을 찌르고 임존성은 바람 앞의 등불과도 같은 신세가 되고 말았다. 성안의 사만 군사라지만 아녀자와 노약자를 빼고 나면 싸울 수 있는 군사는 채 삼만이 못 되었다. 수적으로는 절대적으로 불리한 싸움이었다. 그러나 백제군에게는 견고한 성벽이 있었고 험난한 지세도 있었다. 게다가 싸울아비들의 용맹함도 있었다. 불굴의 정신과 백제를 지켜내고자 하는 치열함을 갖추고 있었다. 수적으로 밀리는 것에 대한 위안이자 힘이었다.

"돌을 날라라! 던지기 쉬운 돌과 굴리기 쉬운 바윗돌을 옮겨 놓아라."

백성들은 돌을 나르고 바위를 굴렸으며 군사들은 전투를 준비했다. 임존성으로 올라온 후 처음으로 맞는 전투였다. 수신은 바짝 긴장이 되었다. 손바닥으로 땀이 고였다. 전장 터에 서는 것이 처음은 아니었지만 그래도 이번만큼은 달랐다. 십삼만 대군이라는 어마어마한 군사였다. 들판을 뒤덮었다. 산 아래를 새까맣게 메웠다. 게다가 당에서 내로라하는 장수들이 모두 모여들어 있었다. 이제 그 장수들이 대군을 이끌고 성을 압박하며 몰려들 것이다. 버티고 견뎌서 지켜내야 한다. 죽음으로서 버티면 삶이 견디어질 수 있을 것이다. 수신은 땀이 밴 주먹을 불끈 쥐었다.

북문을 맡은 복신과 지수신은 결연한 의지가 담긴 눈빛으로 적군을 하얗게 노려보았다. 당 군이 개미 떼처럼 산을 오르고 있었다. 멀리 진을 치고 있는 당 진영에는 그보다 더 많은 군사들이 도열해 있었다. 여차하면 합세할 기세였다. 북소리가 지축을 흔들고 나팔소리가 하늘을 울렸다. 죽음을 부르는 천상의 소리처럼 진군의 나팔소리는 산 위로 울려 퍼졌다. 지옥문을 여는 하계의 주악처럼 북소리는 임존성으로 향했다. 복신과 별부장 지수신은 입술을 질끈 깨물었다. 죽음과 삶이라는 극단의 경계선에 자신의 선택이 옳았음을 증명해야 할 시간이었다. 번쩍이는 칼을 뽑아 들고 복신은 백제를 위한 진혼곡을 연주했다. 바람 같은 화살을 활시위에 잰 수신은 그의 곁에서 백제군을 위한 노래를 불렀다. 승리의 노래였다.

성벽 위는 팽팽한 긴장감으로 터질 듯했다. 군사들도, 백성들도, 사내들도, 아녀자들도, 노인들도, 아이들도 하나가 되었다. 모두가 하나가 되었다. 백제를 위한 하나 된 힘이 성벽 위로 넘쳐났다. 연과 초림도 이들과 하나가 되었다. 작고 보드라운 손으로 거칠고 험한 돌을 날랐다. 치마가 해지고 머리가 풀어졌다. 그러나 멈추지는 못할 것이었다. 시간은 백제를 위해 한 걸음씩 다가서고 있었다. 당 군을 위해서도 한 걸음씩 좁혀져왔다. 어느 쪽이 되었든 치명타가 될 것이 분명했다. 연은 성으로 들어오던 날이 떠올랐다.

2장

연

  연은 두려웠다. 신라군을 피해 부처바위 뒤로 몸을 숨기기는 했지만 언제까지 이곳에 있어야 할지 알 수가 없었다. 기약 없는 은신에 연은 임계점에 다다르고 있었다. 가량협은 물론 인근의 여촌현과 마시산군까지 모두 신라군에 점령되었다고 한다. 신라군의 횡포가 곳곳에서 들려오고 있었다. 특히 젊은 처자들이 어디론가 끌려가고 있다고 했다. 연은 마지막 선택을 해야 했다. 단이 돌아올 때까지 임존성으로 몸을 피하기로 한 것이었다. 백제의 마지막 저항군이 임존성에 모여 있다는 소리를 들었던 것이다. 가량협의 많은 사람들이 이미 임존성으로 향했다는 소리도 들었다.

  연은 조심스레 부처바위를 내려왔다. 어둠이 자비롭게도 그녀의 몸을 감춰주었다. 옅은 밤안개도 그녀의 발걸음을 감싸주었다. 연은 고양이바위와 쥐바위를 돌아 계곡을 타고 가야산으로 향했다. 청미래 넝쿨이 옷을 찢었다. 거친 억새가 살갗을 스쳤다. 살아남기 위해서는 견뎌야 할 것들이었다. 무엇보다도 두려운 마음을 이겨내야 했다. 견뎌서 이겨내야 할 것이었다. 그녀는 혼자 몸으로 가야산을 올랐다. 벌렁거리는 심장을 달래며 산길을 올랐다. 귓속으로 심장 뛰는 소리가 천둥처럼 울렸다. 터질 듯한 답답함이 가슴을 옥죄기도 했다. 빨리 벗어나야 할 시간이었다. 적의 군영이었다.

동녘으로 푸른 새벽이 열리자 그녀는 다시 몸을 숨겼다. 신라군에 발각될까 두려웠기 때문이다. 어둠만을 틈타 길을 갈 작정이었다. 마시산군의 넓은 들판이 눈부시게 깨어나고 있었다. 가라앉은 새벽안개가 하얗게 퍼지기도 했다. 건너편 등성이의 솔숲이 파랬고 발아래 들판이 노랬다. 벼들이 익어가고 있었다. 눈부신 산하에 그녀는 한숨을 몰아쉬었다. 산천은 눈이 부신데 사람은 저리도록 흉악했다. 전쟁과 살육, 공포와 두려움, 잔인했다. 사람이 사람을 죽이고 상처 내고 도륙했다. 그녀가 산하와 사람을 생각하고 있을 때, 낯익은 목소리가 들려왔다.

"연 아니니?"

화들짝 놀랐다. 반가워서가 아니었다. 두려워서도 아니었다. 사람이라는 것에 놀랐다. 사람이 사람을 보고 놀라야 하는 현실에 연은 서글펐다. 초림이었다. 초림은 반가운 얼굴로 그녀를 불렀다. 그녀도 반갑게 초림을 맞았다. 표정은 예기치 못한 일을 맞았을 때의 그 놀라움, 그런 것이었다. 초림 역시 그랬다. 그녀는 가량협에서 함께 자란 친구였다. 초림은 몸을 낮춰 연에게로 다가왔다. 밤새 추위와 두려움에 떤 흔적이 얼굴에 고스란히 남아있었다. 슬픈 얼굴이었고 아픈 표정이었다. 초림은 그녀의 손을 맞잡고는 놀란 목소리로 물었다.

"신라군에 잡혀갔다더니, 여기는 어쩐 일이야?"

초림의 말에 연은 다시 한번 놀랐다.

"신라 놈들에게 잡혀가다니?"

연이 되묻자 초림이 자세히 설명을 했다. 그녀가 보이지 않자 사람들은 연이 신라군에게 잡혀갔다고 오해를 했다는 것이었다. 그제야 연은 부처바위 뒤에 숨어 있었던 사연을 얘기했다.

"그랬었구나!"

초림은 다행이라며 임존성으로 가는 길이냐고 물었다. 연이 고개를 끄덕였다. 그녀는 잘 됐다며 자기도 그리로 가는 중이라고 했다.

"임존성으로 가면 어떻게든 살아남을 수 있을 거야. 백제군이 곧 신라군을 몰아낸다는 소리를 들었어."

너스레를 떨기까지 했다. 그녀의 너스레에 연은 놀란 눈으로 신라군을 입에 올렸다.

"신라군을 몰아낸다는 말이 정말이야?"

말은 반가움 반, 의아함 반이었다.

"그래. 임존성으로 삼만이 넘는 대군이 모여들었는데."

풍달군장 흑치상지가 이제 곧 신라군을 몰아낸다는 말을 덧붙이기도 했다. 한줄기 희망의 빛이 보이는 말이었다. 어떻게든 임존성까지만 가면 될 듯싶었다. 연과 초림은 이런 저런 얘기를 나누며 시간을 보냈다. 수수 낱알과 솔잎을 씹으며 허기를 달랬다. 허기는 잠시였다. 살아남기 위해 견뎌야 할 일종의 의식이었다. 임존성에 들 때까지만 참으면 될 것이었다.

바위 뒤에 숨은 두 사람은 창창한 하늘을 가로지르고 있는 삼족오를 바라보며 개구리가 잠든 달을 기다렸다. 삼족오와 개구리는 백제의 신물이었다. 해모수와 해부루였다.

찬란한 빛을 뿌리던 삼족오가 마침내 서쪽 하늘로 기울고 동쪽 하늘로 은은한 달빛이 희붐하게 떠올랐다. 어둠이 세상을 지배하려 했다. 노을은 붉은 자락을 펼치며 황해에서 피어올랐고 푸른 기가 섞인 붉은 하늘은 찬란하게 아름다웠다. 서쪽 바다의 가야산이었다.

어둠이 깃들자 먼 길부터 아스라이 흐려졌다. 흐려서 어둠 속으로 뻗은 길은 가물거리며 시야에서 멀어졌다. 멀어져 사라지는 길이 연은 두려웠다. 마치 깊은 두려움 속으로, 헤어나지 못할 수렁 속으로 끌려 들어가는 것 같았기 때문이다. 어둠은 두려움이었다. 어둠 속 길은 두려움 속으로 들어가는 길이었다.

연과 초림은 숲을 나섰다. 나서서는 샛길을 따라 임존성으로 향했다. 다행히 인적이 드물어 보는 이는 없었다. 두 사람은 두려움에 숨소리조차도 크게 내지 못했다. 발걸음이 떨렸고 숨은 가빴다. 멀리 오산산성 쪽으로 불빛이 가물가물했다. 불빛은 뱀의 몸뚱어리처럼 길게 이어졌고 들판을 뒤덮고 있었다. 멀리 백석포 인근까지 불빛은 이어지고 있었다. 거대한 규모였다. 당과 신라의 연합군이 집결해 있는 곳이었다. 맞은편으로는 하늘 위로 둥그런 불빛이 원을 그리고 있었다. 임존성이었다. 백제의 백성들이 흑치상지와 함께 버티고 있는 곳이었다. 손에 잡힐 듯이 가까웠다.

"이제 다 왔다!"

초림이 모기만 한 소리로 한숨을 내쉬었다. 연도 따라서 그런 숨을 몰아쉬었다. 가쁜 숨에 안도감이 뒤섞여 있었다.

"여기부터는 특히 더 조심해야 해. 신라 놈들이 어디에 숨어 있을지 몰라."

연이 내뱉은 말이었다. 그리고 염려가 현실로 다가서는 시간은 그리 멀리 있지 않았다. 달빛에 물든 풀 섶 사이에서 우람한 체구의 사내들이 뛰쳐나왔던 것이다. 연과 초림은 동시에 비명을 질렀다. 가슴은 뛰고 얼굴은 달아올랐다.

"백제의 계집들이로군!"

적의 가득 찬 목소리에 온몸에서 힘이 빠져나갔다. 다리가 후들거렸고 오금은 저렸다. 히죽거리는 사내의 얼굴이 짐승만 같아 보였다.

"이것들이 임존성으로 도망치려는 게로군!"

한 사내가 이기죽거렸다.

"말하나 마나지. 이 칠흑 같은 밤에 그럼 어딜 가겠어."

다른 사내가 맞받은 말이었다. 말은 비아냥거리는 것이었고 끈적거리는 불쾌감이 실려 있기도 했다.

"살려주세요!"

초림이 두 손을 모아 빌었다. 연도 안절부절못하며 그런 초림을 따라 손을 모았다. 사내들은 그런 모습에 더욱 재미가 있는 모양이었다.

"누가 죽인다든?"

낄낄대며 웃었다. 비어져 나온 덧니에 두툼한 입술이 썰어도 한 접시는 되어 보였다. 게다가 눈도 짝짝이었고 코는 뭉개져 있었다. 행동까지 그러하니 역겹기 그지없는 사내들이었다.

"우리 말만 잘 들으면 호강도 시켜주지."

사내가 얼굴을 바짝 디밀어 다가왔다. 연은 소름이 돋아 올랐다. 난생처음 느껴보는 두려움이었다. 온몸이 사시나무 떨듯 떨렸다. 살려달라는 말이 저절로 튀어나왔다. 그럴수록 사내는 희열을 느끼는 모양이었다.

"이리 와봐! 죽이지는 않을 테니."

사내가 바짝 다가섰다. 사내가 연의 어깨를 낚아챘다. 승냥이가 토끼를 덮치는 듯했다. 바람 같았다. 연의 입에서 비명이 쏟아지고 초림은 뒷걸음질을 쳤다. 사내는 낄낄거리며 웃었다. 연은 사내의 바짝 마른 몸에 안긴 채 몸부림을 쳤다. 다급한 소리도 연이어 쏟아냈다. 텁석부리 사내는 초림에게로 다가섰다. 입가에 음흉한 웃음이 너덜거렸다. 초림의 입에서 비수를 드러낸 말들이 쏟아졌다.

"천벌을 받을 놈들. 이 죽일 놈들, 더러운 신라 놈들!"

그러나 말은 말일뿐이었다. 사내의 우악스러운 힘을 당해낼 수는 없었다. 사내의 거친 손이 초림의 머리채를 그대로 낚아챘다. 초림의 입에서도 비명이 쏟아졌다. 비명은 고통스러운 것이었다. 밤하늘을 수놓는 구슬픈 외침이었다.

"발정 나서 밤길을 헤매고 다니는 주제에."

더러운 말도 쏟아냈다. 구역질 나는 말이었다. 초림의 뺨에서 철썩이는 소리가 연이어 들렸다. 초림이 또다시 비명을 질렀다. 사내는 거칠게 초림의 앞섶을 풀어헤치려 했다. 초림도 지지 않았다. 가슴을 여며 죽을힘을 다해 맞섰다. 사내의 손은 더욱 거칠어졌고 초림의 비명소리도 커져만 갔다.

"살살 다뤄야지. 계집은 그렇게 다루는 게 아냐."

낄낄거리며 사내가 힐끔거렸다. 연이 사내의 가슴에서 버둥거리고 있었다. 순간, 바람 스치는 소리가 사내들의 귀를 울렸다. 소리는 허공을 찢는 새파랗게 날 선 소리였다. 그와 동시, 두 사내의 입에서 짧은 비명소리가 터져 나왔다. 짚단이 쓰러지듯 사내들이 바닥으로 나동그라졌다. 연과 초림은 소스라치게 놀라며 뒤로 물러섰다. 물러서서는 달빛 아래 그림자처럼 서 있는 사내들을 바라보았다.

"괜찮소?"

사내들은 당황한 두 사람을 달랬다. 말은 부드러웠다. 마음을 다독여주는 달빛 같은 부드러움이었다. 연은 일단 안심이 되었다. 초림도 옷매무새를 고쳤다.

"위험한 곳이오."

한 사내가 자신들을 따라오라며 손짓을 했다. 연은 그들이 백제 군사임을 직감했다.

"저희는 임존성으로 가고 있는 중이에요."

"알고 있소. 여기까지 온 백성이 임존성으로 들기 위한 것이라는 것을 모르는 사람이 누가 있겠소?"

또 다른 사내가 나섰다. 맑은 목소리가 젊은 사람임이 분명했다.

"수많은 사람들이 처자들처럼 임존성으로 몰려들고 있소. 그래서 신라 놈들이 이렇게 숨어 있었던 게고."

그제야 연이 변명을 하듯 말을 흘렸다.

"신라군을 피해 임존성으로 들어갈 수 있으려니 했어요."

말은 괜히 미안한 투였다. 사내가 혀를 끌끌 찼다. 안됐다는 것인지 한심하다는 것인지 알 수 없는 태도였다.

"마침 우리가 매복하고 있었기에 망정이지 큰일 날 뻔했소이다."

연과 초림은 그제야 안도의 한숨을 내쉬었다. 마음을 졸였던 시간에 대한 보답과도 같은 편안한 한숨이었다.

백제 군사들은 모두 다섯 명이었다. 임존성으로 향하는 백제 백성들을 구하기 위해 매복해 있던 군사들이었다. 연과 초림은 그들을 따라 임존성으로 향했다.

우뚝 솟은 임존산은 그 자체가 하나의 요새와도 같았다. 천험의 요새였다. 중원에까지 이름난 요새 중의 요새였다. 중턱쯤 오르자 가물가물 보이던 오산산성의 불빛이 훤하게 한눈에 들어왔다. 오산산성을 앞에 두고 수많은 불빛들이 진을 치고 있었다. 무한천에도 끝도 없는 불빛들이 줄을 지어 서 있었다.

"저건?"

초림이 놀라 묻자 굵직한 목소리의 군사가 대답했다.

"당나라 군대요. 임존성을 치기 위해 저리 호들갑을 떨고 있소. 저 긴 줄은 무한천을 메우고 있는 당나라 함선들이고요."

소름이 돋았다. 수많은 군사와 함선에 우선 기가 질리고 말았다. 불빛은 마치 은하수를 땅으로 내려놓은 듯했다. 다른 군졸이 그 말을 받았다.

"저까짓 당나라 군대야, 오합지졸이지. 별거 있나, 내일이면 결딴이 날 텐데."

자신만만해 했다. 결딴이 난다는 말에 초림이 물었다.

"결딴이 난다니요?"

그가 받았다.

"풍달군장인 흑치상지 장군께서 오산산성을 구하기 위해 출진한다오."

게다가 상잠장군인 복신 장군도 합류하기로 되어있다고 했다. 그러면서 풍왕이 임존성으로 오기만 하면 백제 군사는 물론 백성들까지 모두 사기가 한층 올라갈 것이라고 했다. 저깟 당과 신라의 오합지졸이라며 찬바람에 낙엽이 지듯 우수수 떨어지고 말 것이라고 그는 너스레를 떨기까지 했다. 다소 허풍 끼가 있기는 했지만 연은 마음이 놓였다. 말이나마 자신감 넘치는 태도 때문이었다. 그러나 눈에 들어온 현실은 달랐다. 긴 뱀처럼 끝도 없이 늘어선 함선들 때문이었다. 무한천을 가득 메우고 있었다. 머리 위에도 역시 불빛으로 넘실대고 있었다. 횃불이 긴 띠처럼 임존성을 둘러싸고 있었던 것이다.

"말은 십만이라는데, 십만이면 무얼 하나. 말짱 허수아비 같은 놈들인걸."

백제 군사들의 지나친 자신감에 연은 다소 불안하기까지 했다. 자신을 넘어선 자만으로 들렸기 때문이다. 가파른 산길은 땀이 촉촉이 배어나게 했다. 험한 산길이 힘에 겹기도 했다. 고개를 바짝 쳐들어야만 보이는 북문에 이르자 삼엄한 경계가 눈에 들어왔다. 그제야 연과 초림은 한숨을 돌렸다. 살길을 제대로 찾았다는 안도감 때문이었다. 백제군의 든든한 모습도 믿음직하기만 했다. 경계는 물샐 틈 없었다. 그런 물샐 틈 없는 경계가 마음을 놓이게 했다.

"좌군 달천이시다. 문 열어라!"

사내의 호통에 문루에서 횃불이 아래를 향해 비쳤다. 횃불은 한동안 휘저어졌고 위에서 거친 목소리가 들려왔다.

"웬 처자들입니까?"

사내가 대답했다. 임존성을 찾아온 백제 백성들이라는 것이었다. 산 아래에서 매복하고 있다가 구해 온 처자들이라며 다시 문을 열라고 소리쳤다. 그제야 문이 열렸다. 육중한 입을 활짝 벌렸다. 성안의 모습이 비로소 눈에 들어왔다. 넓고 활기찼다.

"고생하셨습니다. 좌군."

문루를 지키던 사내가 깍듯이 군례를 올렸다.

"군장은 어디 계시는가?"

성채에 있다는 대답이 나왔다.

"상잠장군은?"

언제쯤 들어오느냐며, 새로운 소식이라도 들은 것이 있느냐며 연거푸 물어댔다. 사내가 고개를 가로저었다. 좌군의 입에서 탄식이 쏟아졌다. 적을 치기 전에 합류했으면 좋겠다며 좌군은 혼잣말처럼 중얼거렸다. 사내를 비롯한 군사들도 하나같이 고개를 끄덕였다.

"처자들은 밥 짓는 일을 돕게 하게!"

좌군 달천은 성채 쪽으로 발걸음을 옮겨놓았다. 군졸 죽천이 알겠다고 대답을 하고는 연과 초림을 돌아보았다. 허풍을 떨어 대던 바로 그 사내였다.

"따라오시오. 저쪽으로 갑시다!"

어둠 속에 웅크린 임존성은 말 그대로 요새였다. 넓기도 했지만 대낮같이 밝힌 횃불이 한 마디로 장관이었다. 전쟁터만 아니라면 사람 사는 맛이 나는 축제의 한 현장만 같았다. 우뚝 솟은 소나무와 우람한 가래나무, 그 아래로 자리 잡은 군막과 백성들의 거처가 끝도 없이 펼쳐져 있었다. 휘날리는 깃발, 번뜩이는 창날, 서릿발을 머금은 칼끝이 백제의 위용을 다시 세우고도 남음이 있었다. 이 정도라면 십만 대군이라는 당나라 군사도, 오만이라는 신라 군사도 너끈히 당해 낼 수 있을 것만 같았다. 더구나 풍달군장 흑치상지가 이끄는 결사대는 백제에서도 가장 용맹하고 날렵한 군사들로 구성되어 있다고 했다. 믿음직했다. 그런 위안에 연은 발걸음이 가벼워졌다. 마음도 차분히 가라앉았다. 초림도 그랬다.

군막의 끝을 지나 백성들의 거처를 가로지르자 환한 불빛이 두 사람을 맞았다. 불빛 아래에는 김이 무럭무럭 솟는 솥들이 즐비하게 놓여 있었고, 솥 주위로는 여인들이 와글와글했다. 밥을 짓고 국을 끓이느라 하나같이 여념이 없었다. 성내의 여인들이 죄다 모여 있는 듯했다. 정신이 없었다. 그녀들은 연과 초림이 다가오는 것도 알아채지 못한 채 바쁘게 움직이고 있었다. 아니, 두 사람에게 관심을 줄 정도로 한가하지가 않았다. 밥 짓는 곳이 여기냐며 묻는 말에 죽천이 히죽 웃었다. 불빛에 드러난 그의 얼굴이 얄궂어 보였다.

"여기에서 일을 돕도록 하시오!"

일부 군사들은 늦은 저녁을 먹고 있었다. 저녁이라기보다는 야참이라는 말이 맞을 것이었다. 매복을 하고 늦게 들어온 군사들이었다. 죽천이 그쪽은 어떠냐며 묻자 국을 받아 들고 일어서던 군졸이 대답했다.

"어떻긴! 똑같지. 배나드리까지 갔었는데, 놈들이 불을 지르고는 시위를 하더군."

"거기까지 올라왔단 말인가?"

죽천이 놀라워하자 군졸은 심각한 얼굴로 고개를 끄덕였다. 이제 코앞에까지 와서 진을 치고 있다며 죽천은 이를 갈았다.

군졸이 처자를 묻자 북문 아래에서 매복하고 있다가 구한 이들이라며 그가 연과 초림을 소개했다. 그녀들은 고개를 까딱해 알은체를 했다. 군졸도 그런 인사로 맞받았다.

"정말 코앞일세 그려!"

군졸이 한숨을 내쉬었다. 밥 식겠다며 죽천이 말을 건네고는 연과 초림을 돌아보았다.

"처자들도 밥을 먹어야 하지 않겠소?"

그제야 연은 배가 등짝에 가 붙은 것을 느꼈다. 초림도 주린 배를 쓸면서 고개를 끄덕였다.

"엊저녁부터 아무것도 먹지 못했어요."

푸념 아닌 푸념을 살짝 늘어놓기까지 했다. 죽천이 빙그레 웃으며 밥과 국을 좀 떠달라고 아낙에게 부탁했다. 아낙이 부지런히 손을 놀렸다.

"이 처자들도 임존성을 찾아온 백성들이오. 여기에서 일을 좀 보게 해주시오!"

죽천의 말에 그제야 아낙들은 손을 놓고는 연과 초림을 돌아보았다. 위아래로 훑어보기까지 했다.

"어디서들 왔어?"

아낙이 살갑게 물었다.

"가량협에서 왔어요."

초림의 대답에 아낙은 보원사냐며 다시 물었다. 연이 그렇다고 대답하자 아낙이 허리를 펴고는 이마를 살짝 찌푸렸다. 머릿속의 기억을 더듬는 모양이었다. 혜집은 기억 속에서도 찾지 못한 듯 그녀는 고개를 갸웃했다.

"낯이 익은데."

말을 살짝 흘렸다. 흘리는 말에 보원사 요사채에서 일을 보고 있었다며 연이 먼저 입을 열었다. 그제야 아낙은 반가운 소리로 호들갑을 떨었다.

"그래 맞아. 거기서 봤어!"

아낙은 마시산군에 살고 있는데 보원사에는 일 년에 서너 차례씩 꼭 들르곤 했었다며 그래서 낮이 익었다고 거듭 너스레를 떨었다. 말은 호들갑스러웠지만 연에게는 다시없는 위안이자 친절이었다. 마음이 놓이고 입가에 미소가 얹혔다. 가슴도 따뜻해졌다.

"마시산군이면 지척인데."

초림도 나섰다. 아낙이 그렇다며 고개 하나만 넘으면 된다고 맞장구를 쳤다.

"초파일이다 우란분절이다 부리나케 다녔는데."

그녀가 이번에는 의현대사를 물었다. 연이 머뭇거리는 사이, 초림이 나섰다.

"보원사에 계시는 것으로 알고 있어요. 대사님은 워낙 큰스님이시라 신라 놈들도 어쩌지 못할 거예요."

아낙이 그럴 거라며 대사님만 무사하면 보원사는 별일 없을 거라고 안도의 한숨을 내쉬었다. 연은 가슴이 켕겼다. 어려서부터 돌봐준 은혜도 저버린 채 혼자 살겠다고 부처바위 뒤에 숨고, 몰래 도망쳐 가야산을 넘었으니 그 마음의 짐이 무겁기만 했던 것이다.

"잘들 왔어. 예서 난리가 가라앉으면 고향으로 다시 갈 수 있을 거야. 우리 풍달군장님께서 내일 저 도적놈들과 신라 놈들을 죄다 쓸어버리실 테니까."

"아무렴, 내일이 놈들 제삿날이지."

죽천도 국을 뜨며 거들고 나섰다. 허기가 졌던지 수염이 젖는 것도 모른 채 그는 국을 들이 마셔댔다. 내일이면 결판이 날 것이라며 군졸도 덧붙이고 나섰다. 곁에서 듣고만 있던 다른 아낙이 친절한 웃음으로 말을 보탰다.

"밥 짓고 음식을 하다 어려우면 막사에 가서 좀 쉬면 돼."

일이 워낙 많아서 고되기는 하지만 그래도 백제를 지키기 위한 일이라며 이 정도 어려움은 감내해야 한다고도 했다. 초림이 얼른 그 말을 받았다.

"아무렴 그렇지 않겠어요. 그게 다 백제를 위한 일인데요."

말은 당연하다는 것이었다. 연은 부끄러워 얼굴을 들 수가 없었다. 아낙과 초림이 백제를 이야기하고 있을 때에도 그녀는 단만을 생각하고 있었기 때문이다. 기운이 없어 보인다며 아낙이 연에게 따뜻한 밥과 국을 권했다. 말이 따뜻했다. 아낙이 다시 바빠졌다. 연은 그제야 정신을 차리고는 손을 내저었다.

"괜찮아요!"

아낙은 아니라며 미안해할 것 없다며 밥과 국을 건네주었다. 연이 고맙다며 밥과 국을 받아들었고 초림과 함께 오랜만에 주린 배를 채웠다.

죽천과 군졸은 잘 먹었다는 말을 남기고는 바삐 군영으로 달려갔다. 멀리서 군호 소리가 늦은 밤의 차가운 공기를 뒤흔들었다. 연과 초림은 지친 몸을 막사에서 쉬었다. 밖에서는 군사들의 오가는 소리와 점호 소리로 시끄러웠다. 밤이 깊어서야 잠에 들 수 있었다. 지친 몸이 어떻게 잠이 들었는지 모르게 깊은 잠에 빠져들고 말았다.

남문 쪽에는 도침과 흑치상지, 별부장 사타상여가 일만 오천의 군사로 버텼다. 남문 쪽이 더 위험했다. 북문 쪽은 가파르고 험한 지형이 한몫을 해주었다. 적은 군사로도 적을 상대할 수 있었다. 반면 남문 쪽은 경사가 완만했고 성 앞으로는 얼마간의 평지도 자리하고 있었다. 때문에 남문 쪽에 더 많은 군사를 배치해야 했다.

수신이 활을 들었다. 그의 곁에는 백여 발의 화살이 놓여 있었다.

"화살을 아껴라! 죽여야 할 적은 많다."

함부로 쏘지 말라고 수신은 궁수들에게 명을 내렸다. 명은 충고이자 격려였다. 발아래로 당 군이 새까맣게 산을 오르고 있었다. 그들의 뒤로는 더 많은 적들이 개미 떼처럼 이어져 있었다. 화살을 시위에 먹인 백제군은 명령을 기다렸다. 시위는 깨질 듯

팽팽했으나 수신은 명령을 아꼈다. 좀 더 기다리기로 했다. 명중률을 높이기 위해서였다. 더 많은 적을 죽이기 위해서였다.

"궁수 앞으로!"

풍사귀도 명령을 내렸다. 적당한 거리에 이르렀다 판단한 것이다. 궁수들이 앞으로 나서 활을 들었다. 시위를 당기고 명령에 화살이 허공을 갈랐다. 화살은 바람을 가르는 소리와 함께 성 위로 날아갔다. 하늘이 새까맣게 뒤덮였다. 시위소리가 산을 갈랐다.

"엎드려라. 방패를 들어 막아라!"

복신의 명령에 백제군은 방패를 들어 몸을 사려 감췄다. 하늘을 덮은 화살이 고개를 들지도 못하게 했다. 쐐하며 화살이 떨어지는 소리, 타닥거리며 화살이 박혀드는 소리가 둔탁하게 때로는 무겁게 들렸다. 정신이 없었다. 소리는 성안은 물론 성 밖에서도 요란하게 울렸다. 마치 소나기가 마른 땅을 두드리는 듯했다. 백제군은 간담이 서늘했다. 화살이 떨어지는 소리가 아니라 지옥의 북소리가 지상으로 울려오는 듯했다. 성벽은 순식간에 고슴도치처럼 까칠해졌다. 곳곳에 화살이 박히고 화살이 꽂혔다. 궁수로 하여금 한차례 경고를 날린 풍사귀는 도부수를 불렀다. 불러서 그들로 하여금 성벽으로 바짝 다가가게 했다. 도부수는 도끼를 들고 성벽 아래로 달렸다. 때가 되었음을 안 수신이 명령을 내렸다.

"쏴라! 성벽으로 기어오르는 놈들을 한 놈도 남기지 말고 죽여라!"

시위에 쟁여졌던 화살이 일제히 날아갔다. 시위를 놓는 파열음에 이어 섬뜩한 비명소리와 신음소리가 연이어 터졌다. 당의 도부수들이 쓰러지기 시작했다. 짚단이 넘어지듯 했다. 쓰러지고 넘어진 그들은 가파른 산길을 굴러떨어지기도 하고 그 자리에 쓰러져 쌓이기도 했다. 그러나 수적으로 우세한 당 군은 물러서지 않았다. 동료의 시신을 밟고 넘으며 끊임없이 기어올랐다. 산은 험했다. 명불허전이었다. 대륙에서 들었던 그대로였다. 풍사귀는 혀를 내두르지 않을 수 없었다.

"어찌 이리도 험하단 말인가? 과연 임존성이 험하다는 말이 헛소문은 아니었구나!"

탄식이 터져 나왔다. 산을 원망하는 소리였다. 산자락에서 들려온 소리였다. 산은 역시 그들의 편이 아니었다. 백제군의 편이었다. 그렇다고 물러설 수는 없었다. 소정방의 앞에서 한 말이 아니더라도 자존심이 그렇게 할 수는 없었다. 풍사귀는 이를 악물고는 전진을 명했다.

"방패를 들어 막아라. 물러서지 말고 전진하라!"

죽음을 앞세워 앞으로 나아가라는 명령이었다. 산으로 오르라는 명령이었다. 풍사귀의 독려에 군사들은 앞으로 나아가려 했지만 발걸음은 나아가지질 않았다. 제자리에서 멈칫거렸다.

백제군의 화살이 앞을 가로막았고 삶의 그림자가 뒤에서 당겼다. 험한 지세와 백제군의 집요한 공격에 당 군은 속수무책이었다. 성벽 아래로부터 당 군의 시체가 산을 쌓아가고 있었다. 인육의 산이었다. 풍사귀의 욕망은 군사를 버리는 것으로부터 시작하려는 듯했다. 군사들은 소모품이라는 듯 개의치 않았다. 오직 북문을 무너뜨리겠다는 야욕뿐이었다. 야욕은 무자비했다. 말로서 말을 이루지 못할 말을 하릴없이 내뱉었다.

"시체를 방패 삼아 오르도록 하라. 오늘 반드시 이 북문을 무너뜨려야 한다."

어떻게든 공을 세워야겠다는 말은 이미 이성을 잃은 말이었다. 욕망이었다. 탐욕이었다. 죄악이었다.

무자비한 욕망을 위한 공격에도 하늘은 여전히 백제군의 편이었다. 백제군이 날리는 화살에 당 군은 속절없이 쓰러져갔다. 쓰러진 당 군은 임존성 아래 또 다른 인육의 성을 쌓았고 그 인육의 성을 넘어 또다시 산 위로 올랐다. 화살이 모자랄 지경이 되자 이번에는 또 다른 명령이 내려졌다.

"돌을 굴려라!"

뒤에서 대기하고 있던 백성들이 돌을 굴려대기 시작했다. 산 아래로 굴려진 돌들이 우렛소리를 내며 지축을 뒤흔들었고 당 군을 짓이겼다. 피가 터지고 살이 뭉개졌다. 피할 곳도 없었다. 진퇴양난이었다. 당 군은 속수무책으로 또다시 당할 수밖에 없었다. 산기슭이 핏물로 물들고 골짜기가 시체로 메워졌다. 풍사귀는 모골이 송연했다. 욕망에 비례하는 자신의 실패가 보였다. 굴러 내리는 바윗돌은 감당할만한 것이 아니었다. 등성이에서 바라보고 있는 자신도 위험할 지경이었다. 처음으로 두렵다는 생각을 전장 터에서 떠올렸다. 패배에 대한 두려움 이전에 죽음에 대한 두려움이었다. 일단 물러나야 할 것 같았다. 쓰러진 자신의 군사들과 우뚝 버티고 서있는 임존성이 대비되었다. 울분이 치밀었지만 어쩔 수가 없었다. 아픈 현실이었다. 실패의 규모가 더 커지기 전에 명령을 내려야 했다.

"물러나라! 일단 물러나 대열을 정비하라!"

기다렸다는 듯 당 군이 일제히 산을 내려갔다. 썰물이 빠지듯 새까맣게 물러났다. 북문 위에서는 삼족오기가 휘둘려졌다. 삼족오는 금오(金烏)의 화신이었다. 태양의 현신이었다. 깃발이 휘둘림은 상잠장군 복신의 명령이었다. 공격을 중지하라는 백제군의 명령이었다. 명령에 북문 좌측의 군사들이 일제히 공격을 멈췄다. 활시위가 제자리를 찾았고 들려졌던 돌이 가만히 내려졌다. 허공을 찌르고 휘돌던 복신의 칼날이 거두어졌다. 우측의 지수신도 마찬가지였다. 현무기를 흔들어 공격을 중지시켰다. 현무는 고구려의 후신이었다. 대륙의 기상이었다. 반도에 갇힌 신라가 감히 흉내 내지 못할 위엄이자 포부였다. 백제군은 일사불란했다.

"아껴야 한다. 화살도 돌도 아껴야 한다. 저 많은 당나라 놈들을 막아내기 위해서는 돌멩이 하나라도 아껴야 한다. 그게 우리가 살길이다."

복신이 목이 터져라 외쳤다. 승리에 대한 갈구이자 몸부림이었다. 식식거리며 백제의 싸울아비들은 물러난 당 군을 노려보았다. 그들의 눈에 불꽃이 튀었다. 물러난 적이 못내 아쉽다는 표정들이었다. 불끈 쥐어진 주먹은 당장이라도 산을 뛰어 내려갈 기세였다. 그런 싸울아비들을 수신이 말렸다. 이제 곧 신물이 나게 그럴 기회가 있을 것이라고, 힘을 아껴두라고, 그 전의를 잃지 말라고 수신은 싸울아비들을 다독였다. 다독여서 거두어들이게 했다.

산 아래로 물러난 당 군은 우왕좌왕했다. 오합지졸, 까마귀, 까치 떼가 따로 없었다. 험난한 지세가 문제였다고, 저놈의 산이 일을 망쳐놨다고, 임존성은 과연 난공불락의 요새라고 자신들의 무기력과 무능을 외면했다. 외면하며 대대거리기만 했다. 풍사귀는 연신 손을 비벼댔다. 산을 오르자니 승산이 없었고 물러나자니 체면이 말이 아니었다. 한 번 당하고 나니 멀리서 바라보기만 하던 산은 더욱 험해 보였다. 엄두가 나질 않았다.

풍사귀가 부장을 불렀다. 가서 좌효위장군은 어떻게 하고 있는지 상황을 살피고 오라는 것이었다. 눈치를 보고자 함이었다. 부장 모용혈이 부리나케 남문으로 말을 몰아 달렸다. 산을 휘돌고 고개를 쳐들자 남문에서 벌어지고 있는 치열한 전투가 눈에 들어왔다. 남문의 상황도 다를 바 없었다. 백제군의 휘날리는 깃발이 온통 성을 감싸고 있었으며 좌효위장군 방효태의 깃발은 산등성이에서 듬성듬성 휘날리고 있었다. 대당의 깃발도 마찬가지였다. 비처럼 쏟아지는 화살과 굴러 내리는 바윗돌로 산등성이와 골짜기는 아비규환의 지옥이었다. 지옥은 남문에도 새로운 산을 쌓아 놓았다. 당 군의 시체로 쌓은 시산(屍山)이었다. 좌효위장군 방효태가 눈살을 잔뜩 찌푸렸다.

"지독한 놈들이다. 내 숱하게 전장 터를 누볐지만 이런 놈들은 처음이다."

모용혈이 대답 없이 고개만 끄덕였다. 자존심이 상한다는 듯 방효태는 입맛을 쩝 다셨다. 다시고는 북문은 어떠냐고 조심스레 물었다. 자존심과 부끄러움, 모멸감 그런 것이 함께 묻어나 있는 물음이었다. 모용혈이 머뭇거리다가는 멋쩍은 얼굴로 대답했다.

"성이 험하고 견고한데다 놈들의 저항이 거세 결국 물러나 있는 상황입니다."

방효태의 고개가 끄덕여졌다. 목소리가 되살아났다.

"피해는 어느 정도냐?"

"군사 일천은 족히 잃은 듯합니다."

모용혈의 대답에 방효태는 입술을 질끈 깨물었다. 동병상련의 아픔 때문이었다. 눈도 부라렸다. 동지에 대한 연민이자 자신에 대한 안도감의 표현이었다. 이번에는 적의 피해를 물었다. 모용혈이 대답을 못했다. 대답 없음에 방효태는 대답을 들은 것이나 마찬가지였다. 더 이상 묻지도 않았다.

"좌무위장군이나 나나 신세가 가엾게 됐구나!"

방효태의 얼굴에 한숨이 깊었다. 깊어서 어두웠다. 소정방의 명령과 자신의 다짐에 대한 근심 때문이었다. 전황이 좋아질 것 같지는 않았다. 상황은 심각했다. 시간을 지체하다가는 더 깊은 상처를 입을 것 같았다. 방효태는 결국 풍사귀와 함께 하기로 했다. 선봉을 함께한 것이 그나마 다행이라면 다행이었다. 장수 둘을 한꺼번에 목 베지는 않을 것이라 생각했던 것이다.

물러나라며, 공격을 잠시 멈춘다며 방효태는 부장에게 명을 내렸다. 좌효위장군 장수기가 크게 휘둘려졌다. 북소리도 다급하게 울려졌다. 퇴각을 명령하는 휘둘림과 북소리였다. 둑이 무너지듯 산 위에서 당 군이 쏟아져 내렸다. 당 군은 봇물이 쏟아져 내리듯 했다. 질서도 없었고 그랬기에 군기는 더더욱 찾아볼 수 없었다. 목숨을 부지하기 위한 삶에 대한 갈구만이 보였다. 부끄러운 일이었다. 청룡이 수놓아진 장수기가 바람에 휘날렸다. 하릴없이 휘날렸다. 시산혈해의 남문 앞은 이내 텅 비워졌다. 죽음의 그림자만이 남았다. 모두 다 당 군의 검은 그림자였다. 물러나서도 당 군은 우왕좌왕했다. 허겁지겁했다. 가관이 아니었다. 황제의 군사라기엔 너무나도 부끄러운 일이었다. 방효태의 얼굴이 일그러졌다. 모용혈의 얼굴도 화끈 달아올랐다. 차라리 외면하는 것이 나을 듯했다. 그게 패장에 대한 예의일 듯했다. 모용혈은 고개를 들어 임존성을 올려다보았다. 북소리와 함성소리가 까마득했다. 산을 무너뜨릴 듯했다. 야유였고 모욕이었다. 당 군에 대한 모멸이었다.

바람에 펄럭이는 삼족오기와 현무기가 드높았다. 드높아서 당당했고 늠름했다. 백제의 기상이었다. 남문 위에 올라선 상지는 크고 벌건 입을 벌려 껄껄 웃었다. 찢어질 듯했다. 도침도 큰 칼을 어루만지며 미소를 피워 올렸다. 승리에 대한 미소였다. 별부장 사타상여는 철궁을 들어 환호했다. 적의 가슴을 수없이 꿰뚫은 철궁이었다. 그의 등 뒤에 메어진 화살통에서 화살이 웅웅거리며 울음을 울었다. 아직도 못다 한 복수에 대한 한(恨)의 소리였다. 성벽에서 쏟아져 내리는 외침은 귀를 찢을 듯했다. 전사들의 환호성이었다. 적은 군사로 많은 적을 물리친 싸울아비들의 빛나는 승리에 대한 도취였다. 자신감이었고 당당함이었다. 견고한 성벽과 잘 휘어진 소나무가 이들의 당당함을 올려다보고 내려다보았다. 백제 임존성이었다.

시산혈해의 산골짜기에는 주인 잃은 대당기와 장수기가 늘어져 있었다. 볼품없고 초라했다. 노란 바탕에 둥근 원, 붉은 글씨로 쓰인 대당(大唐)이라는 글자가 백제 땅 임존산에서 고개를 꺾었다. 깃발 주위에는 대당의 군졸들이 널브러져 있었다. 피를 흘리고 고개를 처박고 눈을 부릅뜬 시체들이 대당의 위엄을 짓밟고 있었다. 버려진 장수기는 더욱 한심했다. 흙 묻은 발자국과 피 묻은 흔적이 참람했다. 발자국과 혈흔은 적의 것이 아닌 자신들의 것이었다.

부장 손야백이 바람같이 말을 몰아 달려왔다. 달려와서는 구르듯이 뛰어내려 부복했다. 울음 섞인 목소리가 그의 입에서 떨려 나왔다.

"성이 워낙 견고해 어찌해 볼 도리가 없었습니다. 소장을 벌하여 주십시오!"

방효태의 얼굴은 싸늘했다. 울음 섞인 목소리에 대한 외면이었다. 외면해서 자신의 책임을 덜고자 함이었다.

"물러나 말을 달리는 모습은 그렇지가 않더구나. 어찌 그리도 날래더냐?"

입가에는 비웃음까지 머금었다. 손야백이 고개를 땅에 처박았다. 몸이 떨렸고 사지가 떨렸다.

"적 앞에 육신으로 성을 쌓아 놓았으니 이를 어찌할 것이냐?"

손야백은 처분만을 기다렸다. 죽음을 기다렸다. 그러나 곧이어 들려온 말은 의외였다.

"일어서라! 무릎을 꿇고 있다고 해서 죽은 군사들이 살아 돌아오는 것은 아니지 않느냐."

손야백은 어찌할 바를 몰라 머리를 조아렸다. 그렇다고 용서한다는 말은 아니었다. 일어섰으나 좌불안석이었다. 방효태가 보기 싫다며 대열을 정비하라 했다. 돌아서는 그를 향해 방효태가 하얗게 눈을 흘겼다. 흘긴 눈을 따라 툽상스런 소리가 뒤따랐다. 끌끌 혀 차는 소리도 뒤따랐다. 그는 뒷짐을 진 채 임존성을 올려다보았다. 기세가 오른 백제군은 깃발을 휘두르며 북을 울리고 함성을 질러대고 있었다.

"명불허전이로구나!"

방효태의 입에서 한숨이 절로 새어 나왔다.

소정방은 풍사귀가 물러나는 것을 보고는 혀를 찼다. 혀 차는 소리는 싸늘했다.

"선봉을 서겠다고 큰소리치더니 겨우 저 꼴이냐?"

"산이 워낙 험준한 데다 성도 견고해서."

부장 하수량이 조심스레 끼어들었다. 대당의 체면을 살리기 위한 변명이었다.

"임존성이 그렇다는 것은 중원에서도 다 알고 있는 사실이 아니더냐. 그런 줄 알았으면 그만한 대책은 마련해놓고 선봉을 자처했어야 하지."

얼굴까지 일그러뜨렸다. 대책도 없이 선봉만 차지하고 저 꼴로 물러나 버리면 대당의 체면과 사기는 어떻게 하자는 것이냐며 역정을 냈다. 하수량도 할 말을 잃었다. 풍사귀를 감싸고 돌여지가 없었다.

소정방이 침울한 표정으로 이번에는 좌효위장군을 물었다. 하수량은 대답을 못했다.

"가서 알아보라!"

하수량은 총총히 자리를 물러났다. 심기 불편한 소정방의 곁을 지키는 것보다는 차라리 그게 나을 듯싶었다. 그러나 그가 본진을 벗어나기도 전에 방효태의 전령이 먼저 중군에 도착했다. 그가 전하는 소식은 좋지 않았다. 북문의 풍사귀와 마찬가지였다.

"이미 남문에서 물러나 내려왔습니다."

하수량은 혀부터 찼다. 난감했다. 대장군에게로 돌아가자니 언짢은 소리를 들을 것 같았고 그냥 내쳐 달리자니 그 또한 그랬다. 잠시 망설이던 그는 지나는 소나기는 피하고 보는 게 상책이라는 결론을 내렸다. 못 본 척하기로 했던 것이다. 그는 방효태를 만나봐야 한다는 말을 전령에게 건네고는 다시 말을 몰았다. 다급한 말발굽 소리가 남문을 향해 치달려갔다.

"뭐라고, 남문에서도 물러났다고."

주먹이 부르르 떨렸다. 떨렸으나 얼굴에서 냉철함을 잃지는 않았다. 그는 생각했다. '백제는 이미 정벌했고 부여의자도 사로잡았으니 저깟 성 하나에 연연하지 말자! 성 하나에 이 대장군의 공을 무너뜨릴 수는 없지 않은가?' 굳이 그럴 필요까지 있겠느냐며 그는 스스로를 위로했다. 위로하고는 곧 말을 준비시켰다. 갈기는 물론 온몸에 녹색을 띤 준마 녹이(綠耳)였다.

"가보자!"

그는 말을 타고 부장들을 이끌었다. 대장군의 위엄이 그를 둘러쌌다. 대당의 깃발과 대장군의 깃발이 들판을 뒤덮었다. 번득이는 칼날과 날 선 도끼가 대장군을 호위했다. 물 샐 틈 없었다. 창의 대열이 빽빽한 밀림만 같았다. 햇살에 빛나는 밀림이었다. 번뜩이는 빛의 산란에 눈이 부셨다. 먼지가 일고 은빛 자작나무 숲이 들판을 건너갔다. 소정방은 풍사귀가 물러나 진을 치고 있는 산 아래로 다가갔다.

"대장군, 면목이 없습니다."

풍사귀는 무릎을 꿇었다. 부끄러워 얼굴을 들지도 못했다. 소정방의 얼굴이 굳어졌다. 표정은 실망에 분노가 뒤섞여 있었다.

"곧 북문을 열어드리겠습니다."

풍사귀는 머리를 조아렸다. 한 번의 실수는 병가지상사라는 말을 조아림으로써 표현했던 것이다. 소정방이 입꼬리를 올려 질책했다.

"사기충천했던 군사로도 실패해 놓고 어찌 다시 승리를 입에 올릴 수 있느냐?"

병법서도 읽어보지 못했느냐는 말이 비수가 되어 조아린 풍사귀의 가슴을 찔렀다. 풍사귀는 귓불이 붉어지며 그야말로 쥐구멍이라도 찾고 싶은 심정이 되었다. 소정방은 탄식과 함께 임존성을 올려다보았다. 과연 험준했다. 하늘을 가릴 듯 가파른 산세가 우뚝 일어서 있었다. 난공불락의 요새였다. 소정방은 성벽 아래 산골짜기를 시야 깊숙이 끌어당겼다. 처참했다. 마치 큰물에 휩쓸려 걸린 나무토막만 같았다. 당 군의 시체였다. 둘러보니 산골짜기뿐만이 아니었다. 산등성이와 산자락도 온통 당 군의 시체로 널려 있었다. 씁쓸했다. 입맛이 쓰디쓰기만 했다. 임존성은 허물기가 쉽지 않을 듯했다. 현실이었다. 바짝 다가서 있는 처절한 현실이었다.

"물러나라!"

회군하라는 짧은 명령을 내렸다. 말들이 돌아서자 기치창검이 돌아섰다. 대당의 깃발과 대장군기도 발길을 돌렸다. 소정방이 다시 명령을 내렸다. 방효태도 돌아오라 명했던 것이다. 풍사귀는 불안했다. 패장에 대한 책임추궁 때문이었다. 그러면서도 한편으로는 임존성을 물러난다는 것에 대한 홀가분함이 있기도 했다. 지긋지긋한 성이었다. 짧은 시간의 전투였지만 그가 지금까지 치른 전투 중에 가장 긴 시간의 전투였다. 이렇게 가슴 졸이며 전장을 바라본 적이 없었다. 시간은 타들어갔다. 바람에 쓸려 낙엽이 타들어 가듯 그렇게 시간은 휩쓸려갔다. 기나 긴 시간이었다. 석벽 아래 불볕은 붉은 단풍보다도 더 붉게 가슴을 물들였다. 그야말로 다시 쳐다보고 싶지 않은 성벽이었다.

방효태도 군사를 물렸다. 썰물이 빠지듯 남문 산 아래 당 군도 물러났다. 성 위의 백제 군사들이 환호했다. 백성들도 환호했다. 환호성 속에는 야유와 비난이 뒤섞여 있었다. 북소리도 요란했다.

소정방은 장수들을 불러 모았다. 거친 수염과 부라린 눈, 화려한 갑옷에 큰 칼을 찬 장수들이 도열했다. 하나같이 표정은 굳어있었다. 첫 전투에서 보기 좋게 나가떨어졌기 때문이었다. 조아린 풍사귀와 방효태는 누구보다도 좌불안석이었다. 수염이 치욕으로 떨렸고 번득이던 보검은 빛을 잃어 있었다. 주인의 부끄러워하는 마음을 칼 빛이 읽었기 때문이다. 좌중은 바늘이 떨어지는 소리도 들릴 듯 침묵했다. 바람 소리가 우레처럼 귀를 찢었다. 흔들리는 억새 소리가 이명처럼 귀를 어지럽혔다. 소정방이 무겁게 입을 열었다.

"백제를 멸하고 부여의자까지 잡았으니 내 할 일은 다 했다."

말이 무거웠다.

"임존성이 버티고 있으나 이는 백제 유민들의 마지막 몸부림이다. 대당의 신구도행군대총관이 어찌 저깟 일개 변방의 성에 얽매어 발길을 잡힐 수 있겠느냐!"

말이 이어졌다.

"나는 곧장 바다를 건너가 황제폐하께 백제국 정벌에 대한 보고를 올릴 것이다. 좌무위장군 풍사귀와 좌효위장군 방효태는 검교대방주자사 유인궤에게로 가라! 가서 함께 백제의 잔적을 토벌하고 웅진도독부의 기틀을 탄탄히 하도록 하라!"

현명한 장수들은 대총관 소정방의 말뜻을 알아들었다. 다 된 밥에 코 빠뜨리지 않겠다는 그의 속셈을 눈치챘던 것이다. 괜히 임존성에서 머뭇거리다가 더 큰 망신을 당하느니 차라리 유인궤에게 떠넘기자는 술책이었다. 장수들은 허리를 굽혀 이구동성으로 명령을 받들었고, 두 패장은 알겠다는 대답으로 대장군의 뜻을 받들었다. 패전의 책임을 묻지 않는 것만으로도 풍사귀와 방효태는 천만다행이라 생각했다. 남몰래 깊은 한숨을 몰아쉬었다. 한숨이 바닥으로 낮게 깔렸다.

소정방은 미련 없이 임존성을 떠났다. 휘하에는 의자왕과 태자 효를 비롯해 백제 대신 여든여덟 명과 백성 일만 명을 포로로 거느리고 있었다. 무한천에 정박되어 있던 당 군의 전함들이 꼬리를 물고 물을 따라 내려갔다. 서해바다로 나가기 위해서였다.

소정방이 떠나자 임존성은 승리의 환호성으로 가득 찼다. 오랜만에 술을 돌리고 음식을 차렸다. 군사들과 백성들이 하나가 되어 잔치를 즐겼다. 뜨거운 술이 속을 찌르고 내려가 차가운 몸을 덥혔다. 진달래를 삭힌 술은 진했다.

복신과 도침은 신중한 결정을 내렸다. 임존성을 떠나기로 한 것이다. 많은 사람이 머물기에는 임존성은 지세가 좁았다. 게다가 그들 최후 목적이 임존성은 아니었다. 백제를 오롯이 일으켜 세우는 것이었다. 복신이 주류성을 입에 올리며 임존성은 흑치상지에게 부탁을 했다.

"주류성과 임존성은 이와 잇몸과도 같은 사이이니 긴밀히 협조한다면 적을 막아낼 수 있을 것이오."

좋은 생각이라며 흑치상지도 동의를 했다. 도침도 고개를 끄덕여 복신의 의견에 함께했다. 세 사람은 결의로서 함께 할 것을 맹약했다. 흰말의 피가 이들의 입술을 뜨겁게 적셨다.

"백제를 재건하기 위해서는 무엇보다도 시급한 것이 보위를 세우는 일입니다. 왕께서 불운하게도 바다를 건너가셨으니 이제 새로운 왕을 모셔야 할 것입니다. 누가 좋겠습니까?"

복신이 묻자 기다렸다는 듯 도침이 대답했다.

"바다 건너 왜에 가 있는 풍 왕자가 좋겠습니다. 당 군 포로들을 선물로 보내고 풍 왕자를 모셔오도록 하지요."

복신이 무릎을 쳤다. 좋은 생각이라며 풍 왕자라면 능히 보위를 이을 수 있을 것이라고 했다. 흑치상지도 고개를 끄덕였다. 끄덕이고는 누굴 보내느냐며 물었다. 물음에 복신의 뒤에 서 있던 부장 귀지가 나섰다.

"제가 가겠습니다. 가서 반드시 풍 왕자를 모셔오겠습니다."

말은 자신감에 차 있었다. 복신이 기쁜 낯으로 그를 반겼다. 반기며 너라서 믿음직하다는 말로 칭찬의 말을 아끼지 않았다. 말은 격려이자 위로였고 도침과 흑치상지에 대한 우월감의 표현이기도 했다. 귀지의 꼭 다문 입술에는 의지가 가득했다. 흑치상지도 믿음직하다는 얼굴로 그를 추켜세웠다. 그의 말 역시 칭찬과 격려였다. 그러면서 큰일은 마무리가 되었으니 이제 목책을 세우는 일만 남았다고 했다. 목책이란 말에 복신과 도침이 의아한 얼굴로 그를 바라보았다. 흑치상지의 설명이 이어졌다.

"임존성 아래에 목책을 세우는 것이 어떻겠습니까? 적이 성으로 오르기 전에 일차 방어선을 구축해 막는다면 훨씬 더 효율적으로 적을 막아낼 수 있을 것입니다."

복신이 무릎을 쳤다.

"좋은 생각이오! 과연 풍달군장이오!"

자신과 통하는 곳이 있다며 그는 껄껄웃음까지 터뜨렸다. 웃음은 유쾌했고 후련했다.

"목책이라?"

도침이 뇌까리자 흑치상지가 그렇다고 대답했다. 잠시 생각에 잠겨있던 도침이 다시 입을 열었다.

"그렇다면 성 아래에 큰 목책을 두르고 작은 목책을 산등성이 군데군데 설치해 보완한다면 이차로 적을 막아 훨씬 더 효율적이지 않을까 싶습니다만."

도침의 말에 이번에는 흑치상지가 무릎을 쳤다. 지형지세를 이용해 소책을 친다면 더욱 효과적일 것이라며 그는 매우 좋아했다. 대책과 소책이 수적 열세를 극복하는 데 있어 한몫해 줄 것이라는 것이었다.

임존성을 떠나기 전, 복신은 은밀하게 지수신을 불러 일렀다. 흑치상지를 너무 믿지 말라는 것이었다. 뜻밖의 말에 지수신은 자신의 귀를 의심했다. 그게 무슨 말이냐며 그가 묻자 복신이 손가락을 입으로 가져갔다.

"내가 너를 이곳에 남겨두고 가는 이유는 만에 하나."

말을 끊은 것은 정말 만에 하나였기 때문이었다. 그럴 리는 없겠지만 또 그래서는 안 되겠지만 그래도 혹시 모르니 하는 말이었다.

"흑치상지를 경계하고자 함이다."

"경계라니요?"

지수신이 놀란 눈으로 다시 물었다.

"그는 본래 이곳 사람이 아니다. 때문에 본국 백제에 대해 그리 깊은 마음이 있을 리 없다. 여차하면 자기 땅으로 돌아갈 생각을 할지도 모른다."

듣고 보니 일리 있는 말이었다. 원래 흑치상지는 왕족인 부여 씨였다. 흑치 지역을 봉읍으로 하사받은 후 흑치 씨로 성을 바꿨다. 왕족인 부여 씨에서 흑치 씨로 강등되자 그는 달솔 이상의 관등에 오를 수 없는 신세로 전락하고 말았다. 그에 대한 앙금이 가슴속에 남아있을 지도 모른다는 말이었다. 지수신은 주군의 말이 어긋나간 적이 없었기에 고개를 끄덕였다.

"무슨 일이 있으면 가차 없이 베어버려라. 백제를 위한 일이다."

복신의 눈빛이 얼음장처럼 차가웠다. 군례로 받드는 지수신의 대답은 칼로 자른 듯 단호했다. 그리고 복신은 떠났다. 도침과 함께 오천 군사를 이끌고 임존성을 빠져나갔다. 임존성에는 흑치상지를 중심으로 그의 별부장인 사타상여와 복신의 별부장 지수신만이 남게 되었다.

전투는 숫자로 하는 것이 아니었다. 군량은 불타고 중군영은 무너져 내렸다. 적절한 때가 되었다고 생각한 상지는 허리춤에 있던 화약을 꺼내 들어서는 불타고 있는 군량 더미에 던져 넣었다. 요란한 폭음과 함께 불꽃이 하늘로 치솟아 올랐다. 물러가라는 신호였다. 신호를 따라 싸울아비들이 썰물이 빠지듯 일제히 물러났다. 그제야 멀리서 전열을 갖춘 신라군이 다가왔다. 우군영의 천존이었다. 그가 지원을 온 것이었다.

백제군의 신속한 행동에 신라군은 정신이 없었다. 타격은 컸다. 물러나고 있는 백제군을 그저 멍하니 바라볼 뿐이었다. 뒤쫓는다는 생각은 감히 하지도 못했다.

수신은 머리를 흔들었다. 적과 대면한 칼날 같은 상황에서 동지를 의심하는 것은 불행한 일이었다. 흔들어서 털어내려 했다.

'이번에는 주군께서 잘 못 보신 것이 틀림없다.'

적 후방을 단숨에 궤멸시키는 상지의 능력에 수신은 전율했다. 온몸에서 소름이 돋아 올랐다. 사람은 누구나 실수할 수 있는 법이라며 그는 뇌까렸다. 그러면서 필요 이상의 경계로 괜한 전력을 약화시킬 뻔했다고 스스로를 자책했다.

수신은 군사를 이끌고 산 아래로 내려갔다. 퇴각하는 백제군을 돕기 위해서였다. 대책을 나선 수신은 언덕 아래에 기병을 대기시켰다. 백제군이 우르르 몰려왔다. 숨이 턱에까지 차 있었다.

"별부장, 지수신이오!"

상여를 불렀다. 그가 반갑게 대답했다.

"잘 왔소. 뒤를 부탁하오!"

상지가 곧 올 것이라는 말도 덧붙였다. 수신은 알았다며 빨리 대책으로 들어가라 했다. 상여는 지친 군사를 이끌고 대책으로 들어갔다. 백제군은 일사불란했다. 물러남에도 질서가 있었고 군기는 새파랗게 살아있었다. 멀리 신라군의 후방에서 불길이 사그라지고 있었다. 이제야 불길을 잡은 모양이었다. 가라앉은 불꽃 뒤로 상지의 군사들이 어둠 속에 떠올랐다. 뒤로는 신라군이 허겁지겁 따르고 있었다. 뒤늦게 대열을 정비한 신라군이 퇴각하는 백제군을 쫓아왔던 것이다. 분노한 함성이 파도와도 같이 뒤따랐다.

대책이 눈앞에 있다며 상지는 군사들을 독려했다. 백제군의 숨소리가 가쁘게 어둠을 갈랐다. 신라군의 분노가 손에 잡힐 듯이 가까이 다가섰다.

"장군, 수신이 기다리고 있었습니다."

검은 갈기를 날리며 언덕에 오른 말 위에는 긴 창을 든 수신이 당당히 버티고 앉아있었다. 그의 뒤로는 말발굽을 채는 백제 기마대가 뛰쳐나갈 준비를 하고 있었다. 상지가 반갑게 그를 불렀다. 목소리는 다급했고 지쳐있었다.

"뒤는 제가 맡겠습니다."

수신이 앞으로 달려나가자 기마대가 그의 뒤를 따랐다. 긴 창이 휘둘려졌다. 신라군이 어둠 속에 쓰러졌다. 창은 마치 풍차처럼 돌아갔다. 낙엽이 지듯 우수수 떨어져 내렸고 신라군은 혼비백산했다. 갑자기 뛰쳐나온 기마대에 유신은 당황했다. 예감이 좋지 않았다. 말고삐를 급히 당겼다. 놀란 말이 두 발을 치켜들며 긴 울음을 울었다.

"적의 함정이다!"

신라군은 우왕좌왕하며 물러섰다. 함성이 사라지고 고요가 그 자리를 대신했다. 상지는 대책으로 물러났고 수신은 말을 멈쳤다. 신라군이 웅성거리며 몸을 돌려 달아났다. 수신은 쫓지 않았다. 달아나는 신라군을 바라보며 유쾌하게 껄껄 웃음을 터뜨리고는 대책을 향해 유유히 말머리를 돌렸다.

신라군은 군량을 잃어 곤란한 상황에 처하고 말았다. 임존성을 빨리 점령하든지 아니면 물러났다가 다음 기회를 보든지 해야 했다. 그렇다고 유인궤에게 손을 벌리기에는 체면이 말이 아니었다. 왕은 크게 노했고 유신은 자존심이 상했다. 푸른 하늘 아래 임존성은 드높기만 했다. 늦가을의 임존성이었다.

3장

향천사

핏물이 벌겋게 무한천을 물들였다. 의각대사는 염불을 외며 시절의 잔인함을 탄식했다. 임존성에서 벌어지고 있을 살육을 생각하니 가슴이 아리기만 했다.

"생명은 소중한 것이거늘, 저렇게 사람의 목숨을 원수로 삼아 서로 창칼을 겨누고 있으니 이 일을 어찌하면 좋단 말인가!"

대사의 탄식에 단도 가슴이 아렸다. 게다가 연에 대한 걱정은 아린 것을 넘어서 칼로 도려낸 듯이 아픈 것이었다. 그는 하루 빨리 석불을 모시고 임존성으로 가든지 아니면 가량협으로 가든지 해야 할 것 같았다. 마음이 더욱 조급해졌다. 단의 내심을 잘 알고 있는 대사가 먼저 말을 건넸다.

"마음이 급할 터이니 먼저 떠나거라!"

대사의 말에 단은 미안했고 죄스러웠다. 그냥 떠날 수는 없었다.

"연의 소식을 알 수 없기에 어디로 가아 할지를 모르겠습니다."

단은 시무룩해 했다. 대사가 염불을 외웠다. 단이 하늘을 올려
다보았다. 푸른 하늘이 눈치 없이 맑기만 했다. 창창했다. 그때,
동쪽 하늘로 상서로운 기운이 뻗쳐올랐다. 뾰족한 산봉우리가
밝게 빛났다. 서기는 오색의 구름으로 피어올랐다. 붉은색과 푸
른색이 조화를 이루고 황색과 백색 그리고 검은색이 어울렸다.
색은 빛으로 더욱 화려했다. 오색으로 물든 구름은 서서히 두
개의 무더기로 나뉘었다. 나뉘어서는 새의 형상을 그려냈다. 날
개에 불꽃을 드리운 까마귀였다. 불꽃이 하늘을 수놓았다. 오색
의 구름이 그 까마귀를 감싸고 맴돌았다. 단은 놀란 얼굴로 대
사를 쳐다보았다. 대사는 무심한 듯 염불에만 열중했다. 불꽃은
곧 찬란한 금빛으로 색을 바꿨다. 금빛의 까마귀 형상이었다.
천상에 산다는 금오(金烏)가 현신한 것이었다. 하늘을 빙 돌던
금까마귀가 석주포를 향해 장엄하게 다가왔다.

"길조로다!"

대사는 날아드는 금까마귀를 보고 혼잣말처럼 중얼거렸다.

"예사로운 일이 아니다. 부처의 계시다."

대사는 자리를 일어섰다. 보름만의 일이었다. 대사는 그동안
꼼짝 않고 앉아서 종을 치며 염불만을 외웠었다. 금까마귀는 석
주포를 맴돌았다. 긴 꼬리에서 불꽃이 떨어져 내리고 자색으로
피어 허공에 흩어졌다. 신비롭고도 아름다운 광경이었다. 단은

넋을 잃은 채 그 모습을 올려다보았다.

대사가 배에서 내려 걸음을 옮겨놓았다. 단은 자신도 모르게 대사의 뒤를 따랐다. 말은 없었다. 입을 벌린 채 금까마귀를 올려다볼 뿐이었다. 금까마귀는 불꽃이 이는 날개를 저었다. 날개를 움직일 때마다 상서로운 빛이 흩어졌다. 빛깔은 푸른색의 경계와 붉은색의 경계를 모호하게 넘나들며 자색으로 화했다. 화해서는 금빛으로 흩어졌다. 황홀한 천상의 조화였다.

대사와 단은 홀린 듯 금까마귀가 이끄는 대로 따랐다. 들을 건너고 물을 건넜다. 산자락이 펼쳐져 있는 작은 마을에 당도했을 때였다. 금까마귀가 홀연히 사라졌다. 그제야 대사도 단도 정신이 들었다. 주변을 둘러보았다. 산자락 언덕 작은 밭을 일구고 있는 노인이 눈에 들어왔다. 대사가 쫓아가 물었다.

"이 산의 이름이 무엇이오?"

노인은 대사와 단을 훑어보다가는 시큰둥이 대답했다.

"남산(南山)이라 하오. 이름 없는 산이기에 사람들이 그냥 남산이라고 부르고 있다오."

노인의 말에 대사는 고개를 끄덕였다. 끄덕이고는 중얼거리듯 내뱉었다.

"금까마귀가 사라진 곳이니 이제 금오산(金烏山)이라 이름해야겠구나!"

대사의 말에 노인이 고개를 돌려 다시 쳐다보았다.

"금오산이요?"

그렇다며 대사가 대답했다. 노인이 참 좋은 이름이라며 환하게 웃었다. 산세에 비해 이름이 아쉬웠는데 흡족하다며 노인은 고개를 끄덕였다. 대사가 이곳으로 모셔야겠다며 산을 둘러보았다. 단정한 산세가 아담하니 보기에 좋았다. 능선과 산자락이 고왔고 멀리 산맥은 강인해 보였다. 의기가 살아있고 신심이 깊은 산이었다.

"그럼 석불을 옮겨야겠군요?"

대사가 고개를 끄덕였다. 그리고 그제야 노인이 홀연히 사라졌다는 것을 알아차렸다. 단이 노인을 말하자 대사가 합장을 했다. 합장을 하고는 석불을 옮기자며 발길을 돌렸다.

대사와 단은 석주포로 돌아왔다. 그러나 막막했다. 그 많은 석불을 옮길 방법이 없기 때문이었다. 대사는 다시 종을 치며 염불을 외웠다. 소리는 도솔천에서 울려오는 듯 깊이 퍼져나갔다. 처음 소리는 웅장했고 나중 소리는 가늘고 아름다웠다. 울림이 있는 소리였다. 그렇게 염불에 열중하고 있을 때, 한 노인이 포구를 향해 마차를 끌고 왔다. 마차는 낡아 부서질 듯했다. 그 부서질 듯 낡은 마차를 흰 소가 끌고 있었다. 노인은 팔다리를 걷어붙였고 강파른 팔목과 발목이 안쓰러웠다. 평생을 그렇게 수레를 끌며 살아온 모양이었다. 단은 반가웠다. 혹시 도움을 청할 수 있을는지 모르기 때문이었다. 대사가 자리를 일어서 합장을 했다. 단의 눈이 커졌다. 가까이 다가온 노인은 다름 아닌 금오산에서 만났던 그 노인이기 때문이었다. 배에서 훌쩍 뛰어내린 단은 알은체를 하며 노인에게로 다가갔다. 노인도 입가에 웃음을 머금었다. 긴나라 비천의 미소를 보는 듯 아름다운 미소였다. 단은 마음을 졸이며 어쩐 일인지를 물었다.

"일거리를 찾아 헤매는 중이라오!"

전쟁 통이라 여의치 않다는 말과는 달리 입가에서 미소를 떠나보내지 않았다. 대사가 합장을 올렸고 노인이 합장으로 받았다.

"의각이라 합니다. 석불을 모셔야 하는데 방법이 없으니 좀 도와주셨으면 합니다."

대사의 말에 노인은 기다리고 있었다는 듯이 고개를 끄덕였다. 일거리도 없는데 잘 되었다며 부처를 모시는 일이니 늙은 자신에게도 좋은 일이 될 거라고 흔쾌히 승낙을 했다.

마차가 배에 대어지고 석불이 수레로 옮겨졌다. 단은 정성을 다해 석불을 옮겨 실었다. 대사가 거들고 노인이 함께했다. 수레는 삐걱거리며 힘겨워했다. 거품을 머금은 여윈 소도 위태로워 보였다.

노인은 채찍을 들어 소를 몰았다. 단이 수레를 밀고 대사가 합장을 하며 따랐다. 길은 험했다. 말발굽으로 파인 길은 물이

고여 있었고 수레가 지날 때마다 흔들렸다. 석불이 이리 쏠리고 저리 쏠렸다. 그럴 때마다 단은 가슴이 조마조마했다. 낭패를 보지 않을까 염려해서였다. 그러나 노인은 여유로웠다. 그런 일은 마치 당연하다는 듯한 표정이었다. 대사도 무심한 얼굴로 뒤를 따를 뿐이었다.

수레는 힘겹게 산길로 들어섰다. 금오산 능선의 끝자락이었다. 거친 돌길이 가팔랐다. 소가 흰 거품을 내뱉었고 단과 대사가 수레를 밀었다. 노인은 채찍을 더욱 세차게 휘둘렀다. 흰 소가 울음을 울며 언덕을 올랐다. 울음은 종소리처럼 산자락을 울렸다. 천상의 소리였다. 소리를 따라 건너편 산골짜기에서 구름이 일었다. 찬란했다.

오색의 구름은 산골짜기에서 피어서 금까마귀의 형상으로 모습을 바꿨다. 한 쌍의 금까마귀가 호를 그리며 산골짜기를 오르내렸다. 대사와 노인이 장엄한 모습에 넋을 잃었다. 단은 놀란 얼굴로 신기해했다.

"저곳이구나. 저곳으로 가자!"

대사를 따라 수레가 다시 움직였다. 수레는 삐걱거렸고 석불은 흔들렸다. 졸졸거리는 작은 개울을 건넜다. 차고 맑은 개울물은 향기로웠다. 개울을 따라 수레는 깊은 산 속으로 들어갔다. 가파른 절벽과 잘 휘어진 소나무가 용틀임을 하고 있었다. 금빛 안개가 계곡을 휘감았다. 범상치 않았다. 금까마귀가 오르내리던 곳이었다. 금까마귀는 홀연히 사라지고 없었다.

"물이 맑고 향기로우니 이곳이 부처의 정토로다!"

대사의 말에 노인이 고개를 끄덕이며 말을 이었다.

"천년을 이을 땅이오. 부처의 영험함이 깃든 땅이고말고요."

대사는 이곳저곳을 둘러보며 터를 찾았다. 금당과 전각을 올리고 탑을 쌓고 석불을 모실 곳이었다. 단정한 산세로 둘러싸인 자리는 한눈에 봐도 길지였다. 서기가 서려 있었다. 대사는 자리를 잡고 앉아 종을 치며 염불을 외웠다. 개울에서 오색의 안개가 피어났다. 도리천의 제석천이 강림하듯, 건달바가 흠향을 하듯, 긴나라가 가무를 즐기는 듯 안개는 황홀했다.

대사가 염불을 외우는 사이, 단은 노인과 함께 석불을 옮겼다. 석주포를 오가며 삼천오십삼 불을 옮겼다. 삐걱거리는 수레와 비쩍 마른 흰 소를 몰아 무려 여섯 번을 왕복했다. 마지막 여섯 번을 나르고 흰 소는 지쳤다. 걸음이 흔들렸다. 노인이 채찍을 거둬들였다. 채찍으로 될 일이 아니라는 것을 알았기 때문이다. 노인의 미소가 끊겼다. 처음으로 끊긴 미소였다.

흰 소가 입에 거품을 물었다. 마지막 거품이었다. 거품에 아름다운 오색의 무지개가 감돌았다. 수레가 멈추고 흰 소가 고함을 질렀다. 고함은 애절했고 먼 산을 울렸다. 산이 흔들렸다. 노인이 고개를 들어 산을 바라보았다. 오색의 구름이 산자락을 감싸고 있었다.

"깨달음을 위한 일이니 어찌 기쁜 일이 아니겠는가?"

노인의 말에 단은 고개를 갸웃했다. 알 수가 없었다.

"미물도 깨달음을 얻어 극락정토에 드니 그 또한 부처의 은덕이 아니겠소. 세상에 나와 깨달음을 얻고 정진하는 기쁨을 얻는 것만큼 기쁜 일이 또 어디 있겠소."

혼잣말처럼 중얼거리는 노인의 말에 단은 여전히 모르쇠였다. 지친 소에 대한 가엾음만이 있었다.

"눈에 보이는 것이 전부는 아니오. 몸으로 느끼는 것이 전부도 아니오. 그 너머의 것이 진정한 것이외다. 젊은이도 그런 것을 깨달을 날이 오리다."

말을 마친 노인은 뒷짐을 지고 돌아섰다. 강파른 팔다리가 더욱 애잔해 보였다. 단은 노인의 정체가 궁금했다. 예사롭지가 않았다. 노인이 능선을 올려다보며 합장을 올렸다. 근엄하고 장중한 합장이었다. 흰 소가 비틀거렸다.

"때가 무르익었구나!"

노인의 말이 끝나기 무섭게 흰 소는 앞다리를 꿇고 무너졌다. 숨이 가빴다. 꼬리가 늘어졌다. 맑은 눈동자에 물이 스며들었다. 청정했다.

"이제야 네 갈 길을 찾았구나!"

노인은 고개를 끄덕이고는 단을 돌아보았다.

"가서 대사께 소가 제 갈 길을 찾았으니 이 바위 앞에서 넋을 위로해 주라고 하시오."

노인의 말에 단은 고개를 끄덕이고는 발걸음을 옮겨놓았다. 눈가로 눈물이 젖어 들었다. 발걸음이 떨어지지를 않았다. 흰 소에 대한 인연 때문이었다. 소중한 인연이었다. 얼마쯤 가다 고개를 돌려보니 바위 앞에 옅은 안개가 감돌고 있었다. 때아닌 안개였다. 노인은 흔적도 없이 사라지고 없었다. 놀란 단이 부리나케 대사에게로 달려갔다. 사연을 들은 대사는 고개를 끄덕였다. 놀란 기색도 하지 않았다. 대사가 앞서고 단이 뒤따랐다. 새들이 지절거리고 바람이 속닥거렸다. 흔들리는 나뭇잎이 편안했다. 대사의 걸음걸이도 그만큼이나 한갓졌다. 마치 산책을 나온 비구만 같았다. 단은 초조했다. 흰 소에 대한 연민 때문이었다. 연민은 번뇌이자 집착이었다. 버려야 할 것이었으나 중생에게는 그러지 못하는 것이었다. 걸음걸이가 조급했다.

바위에 다다라보니 흰 소는 입에 거품을 문 채 죽어 있었다. 대사가 바위를 물끄러미 올려다보았다. 고함바위라는 말이 혼잣말처럼 흘러나왔다. 단이 눈물을 흘렸다. 연민과 번뇌의 눈물이었다. 집착이기도 했다. 대사는 12인연법을 설했다. 죽은 소를 두고 설법을 하는 대사가 단은 이해가 되질 않았다. 살아서도 알아듣지 못할 말을 죽어서 하는 설법이 의아했던 것이다. 그런데 사람들이 모여들기 시작했다. 모여든 사람들이 바위 앞을 가득 메웠다. 사람들은 대사의 설법에 매료되었다. 자리를 뜰 줄 몰랐다. 골짜기에서는 오색의 서기가 피어났다. 찬란한 빛이었다. 빛은 골짜기를 따라 개울가로 내려왔다. 설법의 자리에 연꽃의 형상이 그려졌다. 붉은 연꽃이었다. 금오가 날아올랐다. 창창한 하늘로 금빛 까마귀가 날아올랐다. 장엄했다.

설법이 끝나자 사람들은 대사의 뜻을 알고 돕기를 자청했다. 흰 소를 계곡 안 산기슭에 고이 묻어주고 금당과 전각을 세우는 일에 동참하기로 했다. 금오산 아래에 분주한 움직임이 일었다. 나무를 베어 기둥을 세우고 흙을 구워 기와를 만들었다. 단은 구자산에서 익힌 솜씨로 돌을 다듬었다. 석축을 쌓고 초석을 다듬었다. 돌 쪼는 소리가 금오산에서 울려 퍼졌다. 나무를 켜는 소리, 흙을 다지는 소리, 사람들이 장단을 맞추는 소리, 소리들이 한갓진 산자락을 부산하게 했다. 금당이 세워지고 전각이 모습을 갖춰갔다. 날렵한 추녀에 바람을 맞을 풍경이 매달리고 서까래에는 용이 감추어졌다. 여의주를 입에 문 청룡과 발에 움켜쥔 황룡이었다. 추녀마루 위에는 대당사부를 비롯해 손행자와 사화상, 마화상, 천산갑 등이 차례로 올라앉아 멀리 굽어보았다. 금당에는 아미타불을 비롯해 관세음보살과 대세지보살 삼존상이 모셔졌고 만불전에는 삼천오십삼위의 석불이 모셔졌다. 나한전에는 십육나한이 근엄한 모습으로 익살스런 모습으로 때로는 무표정한 모습으로 자리를 잡았다.

석불을 모두 모시고 난 후에 대사는 예불을 올렸다. 금오가

인도해 준 맑은 물을 떠 공양으로 올렸다. 향기로운 냄새가 금당 안에 가득했다. 도리천의 건달바가 제석천의 명으로 정토에 하강한 듯했다. 향기는 건달바의 주악처럼 아름다웠다. 오색의 빛처럼 찬란했다. 아름다운 음악이자 향기였다.

"향기로운 물이 넘쳐흐르니 향천사(香泉寺)라 이름할지어다."

대사는 향천사라는 이름을 짓고 예불을 마쳤다. 앞뜰에는 불사에 참여한 사람들로 가득했다.

"저 도솔천에 맑고 향기로운 물이 넘쳐흐르는 날에 미륵이 도래하리라."

대사는 향천사를 감싸며 흐르고 있는 물길을 가리켰다. 사람들이 고개를 돌려 물길을 바라보았다. 맑은 물소리가 귀를 청정하게 씻겨주었다. 대사의 말이 계속 이어졌다.

"더불어 이 향천이 본 모습을 갖출 때 이곳에 바로 극락정토가 실현될 것이다."

사람들은 대사의 말이 무엇을 뜻하는지 알 수가 없었다. 없었기에 의아한 얼굴로 물었다.

"본 모습이란 무엇을 말하는 것입니까?"

대사가 다시 입을 열었다.

"만 불을 채우는 날, 그날이 바로 본분을 찾는 날이 될 것이오."

사람들은 하나같이 만 불을 되뇌며 합장을 올렸다. 이후로 사람들은 이곳을 일러 만석골이라 이름하며 금당과 나한전, 만불전을 돌고 예불을 올렸다. 산기슭으로 상서로운 기운이 서렸다. 금오의 기운이었다.

석불을 모시는 일이 끝나자 단은 이제 제 갈 길을 생각했다. 연을 찾아 나서기로 했던 것이다. 떠나던 날이 떠올랐다.

4장

가량상단

　가량협이 들썩였다. 떠나는 사람들의 설렘과 보내는 이들의 아쉬움으로 복작거렸다. 훌쩍이며 눈물을 찍어내고 토닥이며 달랬다. 젊은 연인과 나이든 부부, 외로운 늙은이까지 이별의 아쉬움은 늘 쓰리고 아픈 것이었다. 깊은 가래나무 숲의 어치까지도 이별의 아픔을 노래하는 듯했다. 철없이 굴던 쥐바위와 고양이바위까지도 오늘은 침묵했다. 쫓고 쫓기는 술래잡기를 그만두었던 것이다. 협곡은 왁자했고 떠들썩해서 사람 사는 냄새가 났다. 깊은 협곡은 이 이별이 끝나고 나면 또다시 한갓져질 것이다. 상단주(商團主) 송천이 그 이별을 재촉했다.

　"시간이 없다!"

　해 질 녘까지는 포구에 당도해야 한다는 것이었다. 재촉에 짐을 실은 마차가 움찔했다. 큰 바퀴가 거친 돌길을 구르기 시작했다.

　불암(佛岩)이 떠나는 상단을 배웅했다. 우뚝한 바위였다. 가량협 사람들은 먼 길을 떠나거나 바라는 일이 있을 때, 큰일은 물론 소소한 일까지도 이 불암에 기원을 드렸다. 석가의 자비로움이나 미륵의 자애로움이 이들의 소원을 들어줄 것이라 믿었던 것이다.

마차가 불암 아래를 지나자 단은 마음이 조급해졌다. 연은 안타까운 표정으로 그런 단의 얼굴을 마주 보았다. 마주 보는 눈에 정이 가득했다. 눈동자가 수면에 파문이 일 듯 파르르 떨렸다. 단이 고개를 돌려 외면했다. 더 이상 바라보는 것은 상처를 깊게 만들 뿐이라 판단한 때문이었다. 목울대가 떨렸다.

"다녀올게!"

다녀온다는 말을 겨우 떨궈 놓고는 발걸음을 돌렸다. 짧은 말이 연의 가슴을 깊이 파고들었다. 파고듦 뒤에는 허전함이 밀물처럼 밀려들었다. 허전함은 슬픔으로 화했다.

멀어지는 단을 두고 연은 무언가 말을 해야 했다. 입술이 떨어지지를 않았다. 말이 목울대를 넘어오질 못했다. 마차가 불암을 저만치 지나쳤을 때에야 비로소 잘 다녀오라는 말이 겨우 새어 나왔다. 말은 이웃 마을에 다녀올 때나 하는 소리 같았다. 눈물이 와르르 쏟아졌다. 단은 멀어져갔다. 애꿎은 치맛자락만 자꾸 주름이 잡혔다.

마차는 가량협을 떠나 포구를 향해 갔다. 단은 되돌아보았다. 연의 모습이 보이질 않았다. 고갯마루 너머로 흔들리는 가래나무 숲이 푸르렀다. 그제야 가슴이 뭉클했다. 이별이 실감 났다. 이별은 불안하고도 가슴 아픈 것이었다. 울음이 왈칵 쏟아질 듯했다. 돌길 위를 구르는 마차 바퀴가 마른 먼지를 일으켰다. 이를 악물고 혀를 깨물었다. 아픔을 이겨내기 위함이었다. 그때 묵직한 손이 어깨를 눌렀다. 흠칫 놀란 그가 고개를 치켜들었다. 가량상단 단주 송천이었다. 입가에 미소가 머금어져 있었다.

"봄이라는 들판에는 꽃샘추위라는 강이 있지. 그 강을 건너야 비로소 꽃을 볼 수 있는 게야."

말에 자애로움이 가득했다.

"처음 떠나보는 게지?"

단이 고개를 끄덕였다. 입가로는 억지웃음을 묻혀 보였다. 상단주 송천은 의현대사를 입에 올렸다. 자상한 분이자 가량상단을 위해 애써주시는 분이라고 했다.

"너를 특별히 부탁하시더라!"

말끝에 상단주 송천은 껄껄웃음을 터뜨렸다. 호탕한 웃음이 깨질 듯했다. 그는 벌건 입을 벌려 의현대사에게서 들은 말을 전했다.

"연이와 혼인을 위해 상단을 따라나선 것이라고?"

한 번 상단 길을 다녀오면 그 정도는 충분할 것이라며 물품만 잘 거래하면 꽤 살림 밑천이 된다고 했다. 특히 인삼이나 마직은 좋은 거래 물품이며 이번에는 잠사까지 더했으니 오죽 좋지 않겠느냐고 너스레까지 떨었다. 단을 유혹하는 말이었다. 아니,

달래는 말이었다. 상단주 송천의 너스레에 단은 잠시 이별의 아픔을 잊을 수 있었다. 송천의 말은 계속되었다.

"배를 띄우고 나면 정신이 없을 게야. 집채만 한 파도는 차치하고, 바다도적까지 날뛰는 거친 바다는 그야말로 삶과 죽음이 뒤섞여 있는 곳이지."

단은 정신이 번쩍 들었다. 그제야 상단에 몸을 실은 것이 실감이 났다.

"그놈들은 피도 눈물도 없는 놈들이야. 무조건 죽이지. 그놈들에게 걸려들어 흔적도 없이 사라진 상단이 한 둘이 아니고."

말하는 송천의 혀에 거친 가시가 돋아있었다. 단의 가슴 속에도 그제야 두려움의 그림자가 드리워졌다. 후회가 스멀거리며 일기도 했다.

"어쩌다 우리 백제가 이렇게 되었는지 몰라. 예전에는 감히 바다에서 그런 짓을 할 수가 없었시. 바다는 곧 백제의 안마당이었거든."

송천의 말에 한숨이 깊었다. 단은 바다도적을 만났을 때 어떻게 해야 하는지를 물었다. 목소리가 흔들렸다. 송천이 다부진 얼굴로 대답했다.

"싸워야지! 그래서 무기를 싣고 가는 게야."

그제야 단은 수레에 무기를 왜 쟁여 넣었는지를 알았다. 상단 사람들이 심성과는 달리 왜 그렇게 하나같이 거친 말과 행동을 하는지도 이해가 되었다. 송천의 말은 계속 이어졌다.

"가장 좋은 것은 저들을 만나지 않는 게지. 부처의 가피가 있기만을 모두들 간절히 바라는 게고."

상단에서 그 많은 재물을 보시하고, 불암을 비롯해 사찰, 암자에 기원을 드리는 것도 그제야 이해가 되었다.

송천은 눈을 들어 포구 쪽을 바라보았다. 멀리 바다가 남빛으로 넘실거리고 있었다. 언제 보아도 가슴 뛰는 빛깔이었다. 하얀 갈매기도 끼룩거렸다. 들을 때마다 늘 반가운 소리였다. 말 끝에 송천은 자신들의 보시가 자신들만을 위한 것이 아니라는 말을 덧붙였다. 큰 절을 유지하는데 필요한 비용을 돕는다는 것이었다. 더불어 그로 인해 의지할 곳 없는 백성들을 외면하지 않는 것이라는 것과 의현대사의 자비로움에 보답하는 길이라고도 했다. 송천의 말에 단은 고개를 끄덕였다. 힘든 시기 백성들은 의지할 곳이 필요했다. 그들이 찾는 곳은 절이었고 부처였다. 주린 배를 불릴 것과 추위를 이겨낼 것, 편히 쉴 곳이 필요했던 백성들은 보원사를 찾아 기원을 드렸다. 기원은 늘 엄숙했고 엄숙함 뒤에 편안함이 찾아왔다. 마음의 안식을 찾았다. 송천이 보원사를 입에 올리자 단의 머릿속에 연의 모습이 다시 떠올랐다. 눈앞에 가녀린 그녀의 모습이 아른거렸다. 이슬에 젖은 듯한 눈빛과 바람에 흔들리는 꽃떨기처럼 그녀는 늘 나약한 모습이었다. 그런 모습이 안쓰러웠다. 누군가의 도움이 필요한 꽃이었다. 자신이 그 역할을 했었다. 이제 기댈 곳 없는 그녀가 걱정이 되었다. 마음이 무거웠다.

"힘을 내! 어려운 일이 있으면 말을 하고."

어깨를 토닥였다. 송천은 수레를 앞질러 갔다. 그의 입에서 상단을 재촉하는 소리가 터져 나왔다. 우레와도 같았다. 그런 송천이 단은 믿음직했다. 그에게 큰 힘이 될 것 같았다.

바짝 마른 길을 수레가 지나자 먼지가 뽀얗게 피어올랐다. 질긴 잡초가 먼지 속에 힘겹게 버티고 있었다. 어쩌면 백성들의 삶이란 것이 저런 것은 아닌지 모를 일이다. 먼지를 뒤집어쓴 길가의 잡초처럼 버티고 견디는 삶을 살아가는 것 말이다. 버티고 견뎌서 이겨내야 한다. 그래서 살아남아야 한다. 살아남아서 이 세상을 지키고 유지해야 한다. 그게 잡초의 힘이다.

포구로 가는 길은 빽빽했다. 인삼, 마직, 잠사 등을 실은 수레 행렬로 꽉 들어찼다. 수레에 실린 품목도 산더미 같았다. 일 년에 한 번씩 볼 수 있는 장관이었다. 상단 행렬은 큰 축제와도 같았다. 인근 고을 사람들이 모두 다 나와 구경을 했다. 구경은 곧 배웅이기도 했다. 한갓진 길이 이때만큼은 북적였다.

고갯마루로 올라서자 은빛으로 반짝이는 바다가 눈에 들어왔다. 눈이 부셨다. 신비한 빛의 산란이었다. 단은 시야를 당겨 푸른 파도를 끌어들였다. 그 안에 일렁이는 남빛 주름이 있었다. 이마를 찡그렸다. 저 파도 위로 올라서면 이제 기약이 없을 것이다. 무사히 돌아올 때까지는 말이다. 걸음이 내키질 않았다. 그러나 가야 할 길이었다. 싱숭생숭한 마음을 달래고 어를 때 또다시 송천의 목소리가 귀를 울렸다.

"바람이 불 때 돛을 올려야 한다!"

포구가 눈앞에 있었다. 사람들은 부산하게 움직였다. 수레를 끌고 밀며 당기고 서로서로 독려했다. 독려는 떠들썩했다. 구경 나온 포구의 사람들도 덩달아 신이 났다.

수레가 하나, 둘 포구에 들어서자 송천의 거친 목소리는 더욱 바빠졌다.

"인삼과 잠사는 후미에 싣고 마직은 단단히 묶어라!"

서두르라는 소리가 또다시 뒤따랐다. 단은 정신이 없었다. 사람들을 따라 짐을 날랐다. 묵직한 보따리가 어깨를 짓눌렀다. 상단주 송천은 사람을 부리느라 정신이 없었다. 일에 몰입되어 있는 그의 모습에서 단은 존경하는 마음이 일었다. 자신도 저런 성공한 장사꾼이 되고 싶었다. 생각은 곧 행동으로 이어졌고 팔다리에 힘이 바짝 들어갔다. 사람들을 따라 부지런히 짐을 날랐다. 요령이 없어 부족하기는 했지만 그래도 나름 최선을 다했다. 상단의 일원이 되었다는 자부심이 일기도 했다.

포구에는 구경나온 사람들과 배웅하는 사람들로 북새통이었다. 손을 흔들고 소리를 지르고 사람 사는 냄새가 물씬 풍겼다. 어느새 뱃전이 수북해졌다. 산더미 같은 짐으로 가득 차올랐다.

송천의 명령이 떨어졌다. 출항을 명하는 외침이었다. 배가 서서히 움직이기 시작했다. 사람들이 아우성을 쳤다. 잘 다녀오라며, 또 보자며, 부처의 돌보심이 있을 것이라며, 사랑한다는 말은 들리지 않았지만 그 소리도 분명 있었을 터였다. 단은 연을 찾았으나 보이지는 않았다. 멀리 있을 터였다. 포구에서 먼 어느 고갯마루에 있을 것이었다. 단의 눈가로 이슬이 맺혔다. 눈물이 번졌다. 포구의 애달픈 정경이 흐려지며 배가 흔들렸다. 돛이 바람을 받아 부풀었다. 포구가 멀어지자 갈매기가 날갯짓을 했다. 이별의 날갯짓이었다. 송천의 목소리도 잦아들었다. 포구의 사람들이 가물가물 멀어져갔다. 잠시 후, 점이 되어 사라졌다. 그제야 뱃사람들도 돌아섰다. 북적거림 뒤의 허탈함에 뱃사람들은 제 자리를 찾았다. 이물이나 고물, 뱃전에 앉아 먼 바다를 물끄러미 바라보았다. 부서지는 하얀 파도를 내려다보기도 했다. 지친 몸을 쉬기도 하고 아픈 마음을 나독이기도 했다. 단도 뱃전에 앉아 흘러가는 섬을 무연히 바라보았다. 섬은 애잔했다. 망망대해 위에 외로움을 녹이며 홀로 달래고 있었다.

바람은 빠르게 배를 움직였다. 찢어질 듯 돛이 부풀었다. 이제 바다와의 싸움이 시작되었다. 길고 긴 싸움이 될 것이었다.

이제 아무것도 보이질 않았다. 사방 천지 온통 시퍼런 물 뿐이었다. 가끔씩 뒤따르는 갈매기만이 어디쯤엔가 땅이 있을 듯싶었다. 끝없이 펼쳐진 이런 아득한 물은 단에게는 그저 두렵고도 낯선 것이었다. 처음 접해보는 묘한 감정이 가슴 깊숙한 곳에서 일었다. 원초적 두려움이었다. 천판 노인이 말을 걸어왔다. 젊어서부터 송천을 도와 상단을 이끈 부단주였다.

"이런 경험은 처음일 게야!"

물에 대한 두려움을 이야기했다. 단이 뼈저리게 느끼고 있는 것이기도 했다. 들리느니 뱃전에 부딪는 파도 소리와 보이느니 시퍼런 물뿐이라며 너스레를 떨었다. 듣기에 싫지는 않았다. 자신을 위로하는 말이기 때문이었다. 단은 고개를 끄덕였다. 천판 노인은 성근 수염을 한 차례 훑고 나서 다시 말을 이었다.

"처음엔 나도 그랬지. 무섭더라고. 흔들리는 배에 치솟는 파도가 어찌나 겁이 나던지…."

파도가 치기 시작하면 시퍼런 물이 뱃전을 까마득히 올라가는데, 그 두려움이 자신을 이렇게 키웠다며 그는 또다시 너스레를 떨었다. 단도 그럴 것이라며 빨리 적응하기를 바란다는 말을 덧붙이기도 했다. 그는 껄껄 웃고 난 뒤에 혼인에 대해 또 물었다.

"상단 길을 다녀온 뒤에 혼인을 할 겁니다."

"좋을 때야!"

천판 노인은 미리 축복하는 말까지 건네주었다. 단은 고맙다는 의미로 입가에 미소를 지어 보였다. 미소는 잔잔했다. 천판 노인은 신이 나서 떠들었다.

"가슴이 부풀어 있을 걸세. 그때가 인생의 봄날이지. 나도 한 때는 그랬는데."

세월이라는 놈이 이렇게 만들어놨다며 그는 한숨을 내뱉었다. 한숨은 거칠었고 너스레는 바지런했다. 그 바지런함이 단의 마음을 다독였다. 안정감을 일게 했고 동료애를 불러일으키게 했다. 단은 잔잔한 미소만을 지어 보였다. 천판 노인의 입가에도 그런 미소가 얹혔다. 얹힌 미소 사이로 아련한 회상이 떠오른 모양이었다. 회상은 곧 후회의 빛으로 옮아갔다.

"후회라는 말을 떠올리지 않게 사는 것이 이렇게도 힘들 줄 누가 알았겠는가?"

푸념 섞인 말이었다.

"이제 나이 들어 그걸 알게 되었으니 얼마나 한심한지…."

말끝에 혀를 끌끌 찼다. 혀를 찬 뒤에는 그게 인생이라며, 그게 사는 게라며 툴툴거렸다. 천판 노인의 푸념과 한숨이 단은 이해가 되지를 않았다. 그보다는 왜? 그가 그런 말을 늘어놓는지 그게 더 궁금했다.

"어떤 후회되는 일이 있으셨기에?"

물음에 천판 노인은 희미한 웃음을 지어 보였다. 지금까지와는 다른 쓸쓸함이 묻어나 있는 웃음이었다. 웃음 뒤에 그가 대답했다.

"재물은 남부럽지 않게 모았으나 지나고 보니 다 부질없는 짓이었다네. 결국은 뱃전에 부딪쳐 부서지고, 갯바위에 부딪쳐 흩어지는 저 파도와도 같았지.”

말에는 회한까지 짙게 스며들어 있었다. 허무하고 부질없고 쓸데없고 하릴없다는 것이었다. 거친 수염이 바람에 파르르 떨렸다. 천판 노인의 눈이 가늘게 떠지며 멀리 수평선 너머로 향했다.

“말이 씨가 된다더니 바람이 심상칠 앓네!”

천판 노인은 자리를 일어섰다. 상단주 송천을 비롯해 뱃사람들도 모두 자리를 일어섰다.

“조짐이 심상찮다. 수평선 너머로 비늘구름이 일고 있어!”

송천은 손을 들어 수평선 쪽을 가리켰다. 새의 깃털 같은 구름이 빠르게 움직이고 있었다. 그 위로는 찢어진 구름도 흩어지고 있었다. 단은 어리둥절했다. 바람도 적당하고 하늘도 맑았기 때문이다. 다만 바람이 때아니게 찼다.

봄바람이 더 무서운 법이라며 밧줄을 더 단단히 묶으라고 천판 노인이 소리쳤다. 뱃사람들이 분주하게 움직이기 시작했다. 인삼과 잠사는 물에 젖지 않게 덧씌우라고 상단주 송천이 지시했다. 불에 덴 듯 놀란 사람들의 부산한 움직임에 단은 절로 긴장이 되었다. 그러나 무엇을 어떻게 해야 할지를 몰랐다. 그저 사람들의 부산함에 방해가 되지 않게 하는 것만으로도 다행일 듯했다.

"여기 좀 잡게!"

승월 아재의 말에 단은 줄의 끝을 잡았다. 잡고는 그의 지시에 따라 줄을 묶었다. 그 위에 거적을 덧씌우고는 또다시 줄로 묶었다.

"남은 줄은 잘 가지고 있게. 용왕님 수라상에 올라가지 않으려거든."

승월 아재는 짓궂은 웃음을 지어 보였다.

"용왕님 수라상이라니요?"

바다에 빠지면 그게 곧 용왕님 수라상에 올라가는 게 아니냐며 그가 낄낄거렸다. 배가 흔들리면 뱃전에 몸을 단단히 묶으라는 것이었다. 살아남을 제일 좋은 방법이라는 말이었다. 그제야 단은 이해가 되었다. 그리고 상황이 얼마나 심각한지도 그제야 깨달았다. 팽팽하게 부풀었던 돛이 얌전히 내려앉아 있었다. 굵직한 돛대만이 푸른 하늘을 찌를 듯이 서 있었다.

바람이 심상찮게 다시 불기 시작했다. 파도가 일렁였다. 뱃전이 무엇에 부딪힌 듯 쿵 하고 올라섰다가는 힘없이 아래로 내려앉았다. 머리 위로 시퍼런 물이 솟구쳐 올랐다. 단은 숨이 멎을 듯했다. 끝 모를 두려움 속으로 빠져들었다. 진한 공포가 온몸을 휩쌌다. 입에서는 연신 헛바람이 새어 나왔다. 동공이 크게 확장되며 공포와 두려움으로 가득 찼다.

"뭐해, 빨리 묶으라고!"

승월 아재의 외침이었다. 단은 그제야 손에 들고 있던 줄이 생각났다. 배는 또다시 하늘로 솟구쳐 올랐다가는 고개를 처박았다. 여기저기에서 비명과 외침 소리가 쏟아져 나왔다.

"뱃전에 바짝 붙어. 짐이 흔들리지 않게 잡고."

그 상황에도 상단주 송천은 비틀거리며 짐을 챙겼다. 천판 노인도 승월 아재도 마찬가지였다. 물에 젖어 풀어진 머리카락이 마치 구천을 떠도는 야귀만 같았다. 단은 정신이 없었다. 허공으로 붕 떴다 떨어지는 느낌이 꼭 지옥의 한구석으로 처박히는 것만 같았다. 사방은 온통 시퍼런 물뿐이었다. 시퍼런 빛깔이 이리도 두려운 것이었던지, 물이라는 것이 이렇게도 무서운 것이었던지 처음으로 알게 되었다. 뱃전에 부딪는 흰 파도가 널름거리며 무엇이든 집어삼킬 듯 기회만 노리고 있었다. 고개를 돌려보니 노련한 뱃사공과 상단 사람들이 짐을 챙기고 있는 모습이 눈에 들어왔다. 단에게는 그저 미안하고도 부끄러운 일이었다. 그 순간, 또다시 파도가 밀려들었다. 파도는 언덕이었다. 시퍼런 물 언덕이었다. 배가 나뭇잎처럼 아슬아슬하게 그 언덕에 매달려 있었다.

"꽉 잡아!"

상단주 송천의 외침이 귓전으로 파고들었다. 뱃전으로 부딪는 육중한 힘이 느껴지며 배가 기우뚱했다. 물벼락이 덮치고 몸은 바닥을 굴렀다. 하늘이 빙 돌았다. 단은 살아야 한다는 일념으로 두 눈을 부릅떴다. 부릅뜬 눈으로 밀려드는 파도가 끝없이 하얬다. 그 너머로는 시퍼런 물이 또다시 이어지고 있었다. 배는 그 속으로 내려앉고 있었다.

"밧줄로 몸을 묶으란 말이야!"

누군가가 단의 몸을 부축해 일으켰다. 일으켜서는 돛대로 이끌었다. 승월 아재였다. 그는 단의 몸을 돛대에 묶기 시작했다. 다시 한번 배가 멈칫했고 파도에 부딪혔다. 온몸이 기우뚱하며 두 사람은 한 몸이 되었다.

"정신 줄을 놓으면 저 시퍼런 물에 제사를 지내고 마는 게야. 정신 차리라고."

결박을 짓듯 승월 아재는 단의 몸을 돛대에 꽁꽁 묶었다. 단은 팔이 저릴 정도로 아팠지만 개의치 못할 것이었다. 눈으로 밀려드는 두려움에 비하면 아무것도 아니기 때문이었다. 시퍼런 물 언덕은 쉬지 않고 달려들었다. 마치 푸른 벽이 우뚝 일어서는 듯했다. 시퍼렇게 일어섰다가는 순식간에 하얀 파도를 밀어내고는 가라앉았다. 단은 바다가 두려움의 대상이라는 것을 그제야 알아차렸다. 의현대사께서 왜 그런 말씀을 했었는지도 이제야 알 것 같았다. 죽음에 이르는 길이 그리 멀리 있지 않다는 말이었다. 그리고 그제야 깨달았다. 왜 삶이 소중한 것인지를. 순간, 연의 얼굴이 떠올랐다. 살아야 하는 이유였다. 단은 눈을 크게 뜨고는 파도를 노려보았다. 노려본다고 해서 해결될 일은 아니었으나 그래도 마음이 한결 가벼워졌다. 가벼워져서 두려움이 줄어들었다. 두려움이 줄어들자 은근히 즐기는 마음이 솟아났다. 쏜살같이 배가 나아가고 하늘로 솟구쳤다가는 바다 밑으로 가라앉는 순간마다 무중력의 쾌감을 맛보기 시작했다. 두려움과 쾌락의 적절한 조화, 공포가 사그라지고 즐김이 마음 한구석에 자리 잡게 되었다. 죽음에 대한 공포는 서서히 그렇게 적응되어 갔다. 뱃사람이 되어 가고 있던 것이었다.

"봄바람은 잠깐이다. 이제 가라앉을 때가 되었다. 조금만 버텨라!"

상단주 송천의 말이 있은 지 얼마지 않아 정말 거짓말처럼 파도가 잠잠해지기 시작했다. 시퍼런 물은 파랗게 가라앉고 요란스레 달리던 하늘의 하얀 구름도 제자리를 찾기 시작했다. 그렇게 요동을 치며 흔들리던 배도 제자리를 찾았다. 얌전하게 파도를 가르며 서쪽으로 나아갔던 것이다. 사람들은 모두 흠뻑 젖어 물에 빠진 생쥐 꼴이었다. 단은 그제야 묶었던 줄을 풀었다. 이 정도는 아무것도 아니라는 말과 여름 파도는 정말 무섭다는 말 그리고 하루 종일, 어떤 때는 이틀 사흘씩 바다를 떠돌게 만든다는 승월 아재의 말에 첫 상단 길에 좋은 경험을 한 셈 치라는 천판 노인의 말이 뒤섞였다. 뒤섞인 말에 단은 고개를 끄덕였다. 충분히 이해가 되는 말이기 때문이었다. 잠시 부는 봄바람에도 이러니 여름날 큰바람에는 어떠할는지 짐작이 가고도 남았다.

배는 언제 그랬느냐는 듯이 바람을 받아 미끄러지듯 바다를 건넜다. 짙은 남빛 바다는 눈을 편안히 해 주었고 가슴을 시원하게 해 주었다. 해가 떨어지자 노을이 졌다. 타는 붉은빛에서 노란빛과 황금빛으로 이어지는 노을은 말 그대로 황홀경이었다. 산자락으로 떨어져 내리던 해와는 또 달랐다. 어둠으로 홀연히 사라지던 산자락의 노을은 늘 아쉬움이었다. 허탈하기까지 했었다. 그러나 바다를 물들이며 빛의 산란을 뿜내는 망망대해의 노을은 아름다웠다. 황홀했다. 마치 그 바닷속으로 모든 것이 빨려 들어가는 듯했다. 빛의 향연은 눈을 어지럽게 했고 가슴을 뛰게 했다. 황금빛 물비늘과 파도가 세상을 집어삼켰다. 하늘도, 바다도, 배도, 사람도, 숨소리조차도 황금빛이었다. 노을이었다. 타는 노을은 마침내 해를 집어삼켰다. 빛의 잔상은 파도 위에서 일렁이며 어둠을 불러들였다. 서서히 불러들였다. 숨소리가 멎을 듯했다. 물비늘은 차가운 남빛에서 검은 어둠으로 빛을 바꿨다. 별이 총총히 떴다. 동녘으로는 푸른 달도 떠올랐다. 새로운 세상이 보이기 시작했다. 뱃전에 부딪는 파도 소리와 두런거리는 뱃사람들의 푸념, 그리움의 말들, 단은 그제야 하늘을 보았다. 눈으로 보는 하늘이 아닌 마음으로 보는 하늘이었다. 의현대사께서 말씀하시던 그 하늘이었다. 상단주 송천이 아름답지 않느냐며 이게 바다의 멋이자 맛이라고 너스레를 떨었다. 너스레는 너스레가 아니었다. 아니기에 단은 고개를 끄덕였다.

"이런 아름다움을 사람들이 어찌 알 수 있겠는가? 우리 같이 목숨을 걸고 바다를 건너는 사람들에게나 주어지는 즐거움이지."

그악스럽던 바람과는 달리 평온하고 아름답기만 한 밤이었다. 단은 뱃전에 앉아 바다와 하늘의 경계선을 바라보았다. 그 너머로 연의 모습이 살포시 떠올랐다. 자비로운 관음보살의 상이 겹쳐졌다. 보원사 관음전에서 보았던 그 관음보살이었다. 단은 자신도 모르게 마음속으로 불호를 외웠다. 이 험난한 바다를 무사히 건너 돌아갈 수 있기를 기원하고 또 기원했다.

바람은 배를 몰아 서쪽으로, 서쪽으로 향했다. 이틀이 지나고 사흘이 되어서야 망망한 바다 위로 갈매기가 나타났다. 사흘 만에 다시 보는 갈매기였다. 사흘이지만 단에게는 석 달과도 같은 사흘이었다. 갈매기가 나타난 것을 보니 대륙이 가깝다며 승월 아재가 소리쳤다.

"비조도(飛鳥島)다."

누군가 소리치기 무섭게 사람들의 시선이 일제히 가물거리는 섬으로 향해졌다. 이상하다며 상단주 송천이 말끝을 흐렸다.

"섬이 하나가 아닌데."

"아무리 멀어도 저렇게 보일 리는 없지."

상단주 송천은 눈을 가늘게 뜨고는 바다 끝을 살폈다. 사람들도 모두 손을 눈에 얹은 채 섬을 주시했다. 살펴보던 승월 아재가 먼저 입을 열었다.

"저건 비조도가 아니야."

상단주 송천도 고개를 끄덕였다.

"바람이 엉뚱한 곳으로 배를 밀어왔군. 육지가 가까웠으니 일단 준비를 하게!"

사람들은 설레는 마음으로 물품을 챙기기 시작했다. 줄을 풀고 덮개를 열었다. 싸한 인삼 향이 코를 자극했다. 머리가 맑았다. 상단주 송천은 뱃전에 서서 뱃길을 살폈다. 살피던 중 멀리서 떠오른 또 다른 점을 포착했다. 이번에는 섬이 아니었다. 배였다. 한두 대가 아니었다. 상단주 송천의 눈이 잔뜩 찌푸려졌다.

"배를 멈춰라!"

다급한 외침에 사람들의 시선이 일제히 그에게로 향해졌다. 표정이 일그러져있었다.

"예감이 좋지 않다. 저 앞을 봐라!"

그가 손을 들어 가리켰다. 사람들의 시선이 그의 손끝을 따라 움직였다. 넘실거리는 검은 파도 사이로 오르락내리락하고 있는 무언가가 눈에 잡혔다. 그제야 그것이 한 무리의 선단임을 알아차렸다. 선단은 파도를 가르며 달려오고 있었다. 뱃사람들의 얼굴이 하나같이 굳어졌다.

"해도(海盜)다!"

승월 아재의 외침이 터져 나오기 무섭게 뱃사람들은 동요하기 시작했다. 해도라는 말에 단은 오금이 저렸다. 말로만 듣던 바로 그 바다도적이었다. 뱃머리를 돌리라는 둥, 빨리 벗어나야 한다는 둥, 모두 무기를 들라는 둥, 뱃전은 난리가 났다. 뱃사람들의 다급한 목소리에 단은 더욱 겁이 났다. 사람들은 일사불란하게 움직였다. 일부는 노를 젓고 또 일부는 무기를 들어 바다도적에 맞설 준비를 했다. 돛이 부풀고 뱃머리가 방향을 틀었다. 힘찬 어깨가 바쁘게 움직였다. 배는 바람과 노의 힘으로 더욱 빠르게 파도를 갈랐다. 그러나 뒤쫓는 의문의 선단은 그보다 더 빨랐다. 말 그대로 쏜살같이 달려오고 있었다. 간격이 좁혀지자 나부끼는 깃발이 눈에 들어왔다. 흰 바탕에 불꽃이 선명하게 그려진 깃발이었다.

"해화(海火)다!"

천판 노인의 입에서 다급한 소리가 터져 나왔다. 목소리는 두려움에 크게 떨렸다.

해화단(海火團), 당과 백제의 무역선을 습격하는 바다도적이었다. 다른 어떤 바다도적보다도 규모가 크고 질적으로 나빴다. 악랄했다. 물품을 빼앗는 것으로 그치지 않고 닥치는 대로 죽였다. 당 조정에서도 골치 아픈 존재였다. 소탕하려 몇 번이나 시도했지만 워낙 빠르고 날렵해 번번이 실패하고 말았다. 그들은 바다를 너무나도 잘 알고 있었고 정보도 빨랐다.

"큰일이다. 서둘러라!"

상단주 송천의 목소리가 다급해졌다. 그러나 짐을 잔뜩 실은 무역선이 도적단의 가볍고 빠른 배를 따돌릴 수는 없었다. 얼마지 않아 따라잡히고 말았다. 거리가 바짝 좁혀지자 요란한 북소리와 고함소리로 넓은 바다가 뒤덮였다. 단은 정신이 없었다. 두려움이 머릿속을 지배했다. 눈에 보이는 것도 귀에 들리는 것도 없었다.

"활을 들어라!"

상단주 송천은 마지막 선택을 했다. 해화에게 협상이란 없었다. 끝까지 저항을 해보자는 것이었다. 사람들은 망설였다. 그들의 악랄함을 잘 알고 있기 때문이었다.

"해화에게 걸린 이상 죽음뿐이다. 어차피 그럴 거라면 가만히 앉아 죽음을 기다리지 말고 한번 싸워보자!"

상단주 송천의 외침에 뱃사람들은 이를 악물었다. 틀린 말은 아니기 때문이었다. 선택은 그것뿐이었다. 그러나 상대가 너무 많았다. 작은 배지만 다섯 척이나 되었고 도적들도 모두 오십여 인이나 되었다.

가량선 옆으로 바짝 붙은 도적들은 손짓을 하며 소리를 질렀다. 알아들을 수 없는 말은 파도 소리, 바람 소리에 뒤섞여 놀란 귀를 더욱 어지럽게 했다. 손짓으로 보건데 배를 멈추라는 것이었다. 상단주 송천이 긴 장대를 들어 도적의 배를 밀어냈다. 승월 아재가 옆에서 거들었다. 천판 노인도 장대를 들었다. 가량선은 도적선이 붙는 것을 방해하며 바다 위를 내달렸다. 그 사이, 상단 사람들이 활을 꺼내들었다. 꺼내서는 시위를 팽팽히 당겨 겨눴다. 놀란 도적들이 방패를 들고 활과 쇠뇌를 들었다. 화살과 쇠뇌가 빗살같이 날아들었다. 바람을 가르고 파도를 부쉈다. 바다 위는 순식간에 아수라장이 되고 말았다. 단은 얼이 빠지고 혼이 나가는 듯했다. 두려움에 인삼 꾸러미 뒤로 몸을 숨겼다. 싸움이라는 것은 생각도 못했고 죽음이라는 것은 더더욱 생각지 않았던 것이다. 그런데 난데없이 바다 한가운데에서 그런 것을 눈앞에 두고 있는 것이었다. 파도가 눈앞에 일어설 때까지만 해도 두렵기는 했지만 이런 공포는 없었다. 바람을 가르는 시위소리에 단은 넋이 나갔다. 뱃바닥으로 꽂혀드는 화살과 쇠뇌의 야무진 떨림에 단은 오금이 저렸다. 살아야 한다는 일념에 몸을 바짝 웅크렸다. 고개도 들지 못했고 눈도 뜨지 못했다. 비명소리가 들리고 뱃바닥으로 부딪는 둔탁한 소리가 연이어 들려왔다. 누군가 쓰러진 모양이었다. 알아듣지 못할 고함소리와 알아들을 수는 있으나 차마 듣지 못할 소리가 연이어 날아들었디.

"어차피 시작된 싸움이다. 살기 위해서는 싸워야 한다!"

상단주 송천은 시위를 당기며 연신 소리를 질렀다. 그러나 역부족이었다. 싸움을 업으로 삼는 바다도적들에게 무역선 한 척 제압하는 것은 그리 어려운 일이 아니었다. 더구나 바다 위를 안마당처럼 휩쓸고 다니는 바다도적들이었다. 전세가 급격히 기울었다. 게다가 상단주 송천이 쓰러졌다. 싸움을 이끌던 그가 바다도적들의 집중 타격 대상이 되었기 때문이다.

"단주님!"

승월 아재의 귀를 찢는 외침이 쏟아지고 그의 입에서도 똑같은 비명이 터져 나왔다. 선미 쪽에서도 다급한 소리가 날아들었다.

"도적이 배를 건너온다!"

칼이 부딪는 날카로운 쇳소리, 짧은 신음소리, 바람 소리가 피울음을 울었다. 요란한 발자국 소리가 뱃전을 울리기도 했다. 선상 전투가 시작되었다. 전투는 전투가 아니었다. 일방적인 살육이었다. 순식간에 바다도적들이 가량선을 접수해 갔다. 연이은 비명소리가 뱃전을 울렸다. 해도들이 뱃사람을 도륙하기 시작한 것이다. 단은 고개를 들지 않을 수 없었다. 피가 튀고 널브러진 시신들이 뱃바닥을 뒹굴고 있었다. 거친 수염에 낯선 복장이 눈을 어지럽혔다. 두려웠다. 바다도적이었다. 그들은 저승에나 있다는 그 야차가 분명했다. 단은 어떻게든 살아야 한다는 생각에 무릎을 꿇고는 머리를 손으로 감싸 쥐었다. 감싸 쥐고는 뱃바닥에 납작 엎드렸다. 비명과 신음소리, 외침과 고함소리로 가량선은 지옥의 도가니로 변해버렸다.

붉은 피가 뱃바닥으로 흘러 내려왔다. 역한 피 냄새가 진동을 했다. 단은 나무관세음보살을 외웠다. 붉은 피는 붉은 뱀처럼 뱃바닥을 기어 단의 팔꿈치로 흘러 내려왔다. 살아있는 목숨이 움직이는 듯했다. 죽음에서 나온 꿈틀거림이었다. 살이 떨렸다. 연의 모습이 떠오르고 의현대사의 환영이 겹쳐졌다.

아비규환의 지옥이 펼쳐지고 얼마지 않아 가량선은 바다도적들의 손아귀에 들어가고 말았다. 뱃사람들은 모두 살해되었다. 뱃바닥은 그야말로 지옥마당이었다. 널브러진 시신들과 핏물로 난장판이었다. 단은 사시나무 떨듯 떨었다. 그가 한참 떨고 있을 때, 날카로운 칼끝이 등을 찔렀다. 단은 소스라치게 놀라 고개를 들었다. 얼굴은 두려움과 공포로 새파랗게 질려있었다. 바다도적이 무어라 중얼거렸지만 단은 한 마디도 알아들을 수가 없었다. 살려달라고 애원하며 두 손을 모아 빌었다. 도적들은 킬킬거리며 자기들끼리 무어라 주고받았다. 그 중의 험악한 인상을 한 도적이 칼을 들어 찌르려 했다. 단은 고개를 처박았다. 처박아서 끔찍한 현실을 외면하려 했다. 죽음이 코앞으로 다가서 있었다. 머릿속이 하얗게 텅 비었다. 누군가가 그를 막아섰다. 또다시 그들끼리 무어라 주고받았다. 몇몇은 고개를 끄덕이며 막아선 자의 말에 동조하는 듯했다. 칼을 들어 찌르려던 사내도 칼끝을 내려뜨렸다. 단은 넋이 나간 채, 그들의 입만을 쳐다보았다. 분위기를 가늠하기 위해서였다. 다행히 큰 소리가 나지 않는 것으로 보아 희망을 가질 수 있을 것 같았다. 단은 애절한 눈빛으로 그들을 둘러보았다.

비단으로 머리를 질끈 동여맨 도적이 손짓으로 단을 불러일으켜 세웠다. 단은 오금이 저려 제대로 일어설 수도 없었다. 그런 모습을 보고 도적들은 또다시 킬킬거리며 좋아했다. 도적은 칼끝으로 단을 밀어댔다. 배의 뒤쪽으로 가란 모양이었다. 단은 어기적거리며 배의 후미로 갔다. 도적은 노를 가리켰다. 단은 노를 잡고는 부지런히 저었다. 노를 저어본 적이 없는 그였지만 살기 위해 부지런히 젓는 시늉을 했다. 도적들은 킬킬거리며 단을 희롱했다.

살았다는 안도감에 단은 부지런히 노를 저었다. 그제야 뱃전에 쓰러진 상단주 송천과 승월 아재 그리고 천판 노인을 비롯해 상단 사람들이 눈에 들어왔다. 처참한 모습에 단은 모골이 송연했다. 잘린 목과 팔다리, 검붉게 흘러내리고 있는 핏물, 단은 난생처음 사람의 죽음과 피를 보았다. 차마 눈뜨고 보지 못할 끔찍한 광경이었다. 피붙이처럼 지내던 상단주 송천과 승월 아재, 천판 노인이었다. 그들의 주검 앞에서 단은 눈물을 흘리지 않을 수 없었다. 살아남았다는 안도감이 오히려 미안할 따름이었다.

마음을 괴롭히는 또 다른 아픔이자 고통이었다.

그가 눈물을 흘리고 있을 때, 도적들은 시신을 하나씩 바다 위로 던져 넣기 시작했다. 눈물이 폭포수처럼 쏟아지기 시작했다. 앞이 흐려 보이질 않았다. 그때, 한 도적이 소리를 질렀다. 소리는 깨질 듯이 단의 귀를 파고들었다. 단은 놀라 눈물을 훔쳤다. 그리고는 소리 나는 쪽으로 고개를 돌렸다. 푸른 장삼을 걸치고 허리에 긴 칼을 찬 도적이었다. 그가 험악한 얼굴로 단을 가리키고 있었다. 단은 가슴이 철렁 내려앉으며 쏟아지던 눈물이 쑥 들어갔다. 그가 손짓을 하며 불렀다. 단은 득달같이 달려가서는 허리를 굽실거렸다. 도적은 시신을 가리키며 바다에 던져 넣으라는 시늉을 했다. 단은 얼른 알아차리고는 앞에 있던 시신을 들어 올렸다. 들어서는 시퍼런 물에 밀어 넣었다. 도적들은 킬킬거리며 일제히 짐 위로 올라앉았다.

단은 가슴이 찢어질 듯했다. 그러나 살아남는 것이 먼저였다. 시키는 대로 하지 않으면 죽음의 칼날이 곧 내리쳐질 것이었다. 단은 눈물을 머금고 동료들의 시신을 하나씩 하나씩 바다에 던져 넣었다. 상단주 송천과 승월 아재의 시신을 던져 넣을 때는 온몸이 부들부들 떨렸다. 그러나 겉으로 드러내지는 못했다. 죄책감도 분노도 죽음 앞에서는 하릴없는 것이었다.

배가 섬에 닿았다. 바위 절벽으로 둘러싸인 섬은 숲이 우거지고 해안가 절벽이 막아서 천혜의 요새였다. 섬 안으로 오목하게 들어간 곳에 자리한 포구는 거친 파도와 폭풍에도 배를 안전하게 정박시킬 수 있었다. 포구에는 이미 많은 도적의 무리들이 나와 있었다. 전리품을 맞이하러 나온 것이었다. 하나같이 거칠고 험악해 보였다. 그런 도적의 무리들 앞으로 처량한 모습의 사람들도 눈에 띄었다. 깡마르고 초췌한 모습의 사내들이었다. 한눈에 봐도 도적의 무리들과는 다른 사람들임을 알 수 있었다. 아니나 다를까, 도적의 무리들이 뭐라 지껄이자 그들은 일사불란하게 움직여 배에 올랐다. 올라서는 짐을 나르기 시작했다. 단과 같은 처지에 놓인 사내들임이 분명 했다. 목숨을 부지해 도적들의 손발 노릇을 하는 신세로 전락한 사람들이었던 것이다. 알아들을 수 없는 소리로 지껄여대는 도적의 호통에 단은 흠칫했다. 흠칫했으나 그의 손짓에서 무슨 말인지 곧 알아들었다. 부리나케 사내들과 함께 짐을 날랐다.

짐을 나르면서 단은 주위를 살폈다. 차림새로 보아 한두 곳에서 잡혀 온 사람들이 아니었다. 그중의 한 사람이 눈에 띄었다. 옷차림으로 보아 같은 백제 사람임에 틀림없었다. 반가움에 단은 슬그머니 말을 건넸다.

"혹시 백제 분이 아니십니까?"

단의 물음에 사내는 고개를 끄덕였다. 반가웠다. 그러나 곧 입을 다물어야 했다. 도적이 호통을 쳤기 때문이다. 사내는 흠칫

하며 물러섰고, 단도 입을 다물고 말았다. 도적은 손가락으로 입을 가리키며 위협을 했다. 서로 말을 못하게 했던 것이다.

도적들의 본거지에 들자 요새와도 같은 산채가 모습을 드러냈다. 숲속에 자리한 산채는 규모가 컸다. 목책을 둘렀고 그 안에는 나무로 지은 건물들이 즐비했다. 통나무로 얼기설기 엮은 뒤 갈대나 섶으로 대부분 마무리를 했다. 짐승 가죽으로 지붕을 덮은 움막도 있었고 면포나 피륙으로 가림막을 하기도 했다. 열린 문틈으로 얼핏 보니 멍석을 깔고 비단으로 장식한 곳도 있었다. 사람도 꽤 많았다. 남녀노소가 가족 단위처럼 보이기도 했다. 사람 사는 곳이었다. 빨래가 널려 있고 고기가 바람에 말라 가고 있었다. 단은 고향 집이 떠올랐다. 그러나 마음은 고향에 가 닿지 못했다. 두려웠기 때문이다. 짐은 커다란 건물 안으로 쟁여졌다. 산더미 같았다. 뭔지는 모르지만 죄다 노략질한 것일 터였다.

숲으로 둘러싸인 산채는 밖에서도 보이지 않을 듯했다. 게다가 포구와도 가까이 접해 있었다. 언제든지 바다로 드나들기 편한 곳에 자리하고 있던 것이었다. 주위를 둘러보며 단은 참담해진 신세에 한숨이 절로 새어 나왔다. 언제 이 섬을 벗어날 수 있을지 기약할 수도 없었다. 아득한 신세에 눈앞이 깜깜하기만 했다.

짐을 나른 단은 사내들과 함께 산채 한가운데에 있는 건물 안에 갇혔다. 건물은 일종의 감옥이었다. 창문도 없고 밖으로 나갈 수는 더더욱 없었다. 이십여 명의 사내들과 비교적 넓은 공간에 갇힌 단은 그제야 사내들을 자세히 훑어보았다. 대부분이 당나라 복장을 한 사내들이었다. 개중에는 왜국의 차림을 한 사내들도 있었고 유구국의 옷을 입고 있는 사내도 있었다. 단이 이들을 둘러보자 한 사내가 말을 건네 왔다. 백제 복장을 한 그 사내였다. 사내는 남루한 옷차림과는 달리 어딘가 범상치 않은 기운이 느껴졌다.

"사비성에서 온 화문이라 하오. 어쩌다 이리로 오게 되었소?"

사내의 물음에 단은 그동안 있었던 일을 자초지종 설명했다. 자신도 장안으로 가던 중 폭풍우를 만났고 바다 위를 헤매다 그만 이리로 오게 되었다며 사내는 한숨을 내뱉었다.

"상단에 몸을 담고 있습니까?"

단의 물음에 그는 머뭇거리다가는 그냥 고개만 끄덕였다. 무언가 말하기 곤란한 사연이 있는 듯했다. 단도 더 이상 묻지 않았다. 잠시 침묵이 흘렀고 다른 사내들은 이들의 대화를 유심히 살피고 있었다.

"여기는 대체 어딥니까?"

단의 물음에 화문은 자신이 아는 대로 설명을 했다. 대륙에서 얼마쯤 떨어진 바다에 있는 섬이라는 것과 당 조정에서도 골치 아파하는 바다도적의 무리라는 것, 그러면서 자신은 기회를 보아 탈출할 것이라는 말도 은밀히 덧붙였다. 탈출이라는 말에 놀라움 반, 반가움 반으로 단이 물었다.

"그게 가능합니까?"

단의 놀란 표정에 화문이 조심스레 주위를 둘러보았다. 자신의 말을 알아들을 수 있는 포로가 있을까 염려한 때문이었다. 그러나 이들의 말을 알아듣는 포로는 없는 듯했다. 무표정한 얼굴로 자신들의 일에만 열중하고 있었다. 빙 둘러앉아 놀이를 하는가 하면 손짓 발짓으로 무언가 이야기를 나누고 있었다.

"오늘처럼 짐을 나르러 나갈 때가 있는데 그때 무리에서 벗어나 숲에 숨어 있다가 작은 배를 타고 떠날 계획이오."

기회만 잡으면 가능하다며 화문은 목소리를 낮췄다. 포구는 북쪽을 바라보고 있고 그곳에서 곧장 가면 대륙의 해안가에 도착한다는 것이었다. 섬에서 그리 멀지도 않다고 했다. 단이 고개를 끄덕이며 어떻게 알아냈느냐고 묻자 그가 주위를 둘러보고는 속삭였다.

"저들의 말을 알아들을 수 있소. 저들은 모르지만."

그제야 단은 고개를 끄덕였다. 작은 희망의 씨앗이 움텄다. 절망의 벽에서 살아날 희망이었다. 단은 화문을 믿기로 했다. 어차피 선택의 여지는 없었다. 이 절망의 섬을 벗어나기 위해서는 믿을 수밖에 없었다.

"그럼 저도 함께 데려가 주십시오!"

화문이 고개를 끄덕였다. 마침 잘 되었다며 미소까지 지어 보였다. 밖에서 무어라 소리치는 소리가 들려왔다. 웅성거리던 포로들이 잠잠해졌다. 화문이 손가락을 입술로 가져갔다. 조용히 하고 그만 자자는 말이었다. 단은 자리에 누웠다. 거친 멍석의 촉감이 까칠까칠했다. 착잡했다. 이국의 새벽이었다. 지붕 틈으로 푸른 새벽이 열리고 있었다.

답답한 시간이 갑갑하게 흘러갔다. 세월은 무심하게 보름이란 시간을 허비하고 있었다. 단은 지쳐갔다. 화문은 담담히 시간을 견디고 있는 듯했다. 그런 그를 보며 단은 자책했다. 화문의 지혜가 예사롭지 않음도 시간이 갈수록 드러나고 있었다. 태울 듯한 눈빛과 꼿꼿한 자세. 흐트러짐 없는 마음가짐이 겉으로까지 드러나 보였다. 다른 포로들과는 분명 다른 모습이었다. 그리고 마침내 때가 왔다. 기다리던 그 시간이었다. 늦은 밤, 도적들이 다시 배를 몰아왔다. 단과 화문을 포함한 포로들이 밖으로 불려나갔고 짐을 나르게 되었다. 어둠 속에 횃불이 밝혀져 있었다. 가량선 보다도 큰 상선이 두 척이나 포구에 정박해 있었다. 대규모 상단을 탈취해 왔던 것이다. 포로들도 많았다. 바다도적들은 예상치 못한 노획에 기분이 들떠 희희낙락했다. 포로들에 대한 주의도 그만큼 느슨해졌다.

"오늘이 좋은 날인 것 같소."

미소가 단에게로 향했다. 단도 고개를 끄덕여 그 미소를 받았다. 어차피 모험이 아니면 죽은 목숨이나 다를 바 없었다. '어떻게든 이 지옥 같은 곳을 벗어나 돌아가야만 한다.' 조급한 생각이 화문을 더욱 믿게 했다.

어둠 속에 밝혀진 횃불 사이로 군데군데 불빛이 미치지 못하는 곳이 있었다. 화문은 고개를 돌린 채, 혼잣말로 중얼거리듯이 단에게 말을 건넸다.

"어둑한 곳에서 슬쩍 빠집시다!"

함께 하면 눈치챌 염려가 있으니 자신이 하는 것을 보고 따라 하라는 말도 덧붙였다. 단은 고개만 끄덕이고는 입꼬리를 야무지게 베어 물었다.

뱃전에는 짐이 산더미처럼 쌓여 있었다. 화문은 서너 명이 함께 메고 가는 짐에 얼른 끼어들었다. 피륙 뭉치인 듯 짐은 꽤나 무거워 보였다. 면포나 삼베, 아니면 비단인 모양이었다. 이들은 배를 내려서 산채로 향했다. 도적들은 껄껄거리며 웃고 떠들었다. 흡족한 웃음에 만족한 떠벌림이었다. 화문은 불빛이 미치지 않는 어둑한 곳에 이르자 다급히 아랫배를 움켜쥐었다. 그리고는 바위 옆 어두운 곳으로 종종거리며 뛰어갔다. 포로들은 킬킬거리며 화문을 쳐다보았다. 화문은 그 자리에서 바지춤을 내리고는 볼일을 보듯 주저앉았다. 포로들은 무어라 지껄이며 화문을 향해 연신 웃음을 날렸다.

포로들이 멀어지자 화문은 얼른 바위를 넘어 어둠 속으로 스며들었다. 뒤에서 화문의 이런 모습을 본 단은 고개를 끄덕였다. 두어 차례, 짐을 나른 후에 단도 배를 문지르기 시작했다. 얼굴도 잔뜩 찌푸렸다. 왜 그러냐며 사내가 묻는 듯했다. 단은 배를 움켜쥐고는 허리를 바짝 굽혔다. 포로들이 안됐다는 표정으로 고개를 저었다. 유구국의 복장을 한 사내가 손짓으로 바위를 가리켰다. 좀 쉬라는 얘기였다. 단은 고개를 끄덕이며 배를 움켜쥔 채로 바위에 걸터앉았다. 사내들은 짐을 메고 산채로 향했다. 지나가던 다른 포로들이 괜찮으냐는 표정으로 무어라 중얼거렸다. 단은 고개를 끄덕였다. 별일 아니라는 듯 그냥 가라고 손짓까지 했다. 포로들은 메고 있던 짐이 무거웠던지 길을 재촉했다. 포로들이 다시 멀어지자 단은 뒤이어 오는 포로들이 가까워지기 전에 재빨리 바위 뒤로 몸을 숨겼다. 숨어서는 주위를 살펴보다가 숲속으로 스며들었다. 화문이 기다리고 있었다. 칠흑같이 어두운 밤이었다. 두 사람은 기회만 엿보았다. 얼마 지나지 않아 짐이 정리되고 포구는 또다시 고요 속으로 묻혀들었다. 섬은 어둠에 휩싸였다. 깜깜했다. 다행히 단과 화문이 사라진 것을 눈치채지 못한 모양이었다.

"저 앞에 작은 배가 있소. 따라오시오!"

화문은 앞서 어둠을 뚫었다. 다행히 바위가 두 사람을 가려주었고 수런거리는 파도 소리가 이들을 도왔다. 포구를 감시하는 도적이 지키고 있다며 화문이 손을 들어 가리켰다. 불빛이 일렁이고 있는 곳이었다. 화문은 조심스레 어둠 속으로 발길을 옮겼다. 단은 화문만을 믿고 그의 뒤를 바짝 따랐다. 두 사람은 포구 옆으로 접근했다. 화문이 가리킨 초소가 손에 잡힐 듯이 가까웠다. 경계는 허술했다. 들뜬 기분에 술을 마시고 있는 모양이었다. 가끔 호탕한 웃음소리가 깨질 듯이 파도 소리를 뚫고 날아들었다. 단은 온몸에서 땀이 배어 나왔다. 습하고 무더운 날씨 때문만은 아니었다. 화문은 정박해 있던 작은 배를 파도 속으로 밀어 놓았다. 그리고는 잽싸게 올라탔다. 단도 뒤따랐다. 파도가 철썩이며 이들이 배에 오르는 둔탁한 소리를 집어삼켰다.

자리를 잡고 앉기 무섭게 두 사람은 노를 젓기 시작했다. 다행히 파도 소리가 노 젓는 소리를 묻어버렸다. 배는 서서히 넓은 바다로 나아갔다. 무엇이 그리도 좋은지 껄껄거리는 웃음소리가 초소에서 연신 들려왔다. 웃음소리가 점점 멀어져갔다. 섬의 형상이 어둠 속에 서서히 드러났다. 두려움이 잔뜩 웅크리고 앉은 모습이었다. 잠시 뒤, 웃음소리마저 들리지 않았다. 새까만 물 위에 노 젓는 소리만이 철썩거리며 귀를 울렸다. 섬에서 멀어질수록 단은 가슴이 두근거렸다. 다시 잡히지는 않을까 하는 두려움 때문이었다. 두려움은 노를 젓는 팔에 힘이 들어가게 했다. 마음이 앞섰다. 화문은 차분했다. 단의 노에 박자를 맞췄다. 배가 파도를 거슬렀다. 숨이 가쁘고 팔이 저릴 때쯤, 동녘으로 푸르스름한 빛이 스며들기 시작했다. 빛은 안개를 몰아왔다. 해무(海霧)였다.

"뭍이 가깝소."

화문이 입을 열자 침묵이 그제야 흩어졌다. 웬 안개냐며 단이 물었다. 안개는 뭍에 가까워졌다는 징표라며 화문이 대답했다.

"어디 가서 일단 요기를 해야 할 것 같소."

요기라는 말을 듣고 보니 단도 그제야 배고픔이 느껴졌다. 너무 긴장해 있던 탓에 그만 배고픔마저 잊고 있었던 것이다. 흩어지는 안개를 화폭 삼아 갈대가 한 폭의 그림처럼 드리워졌다. 화들짝 놀라 날아오르는 기러기도 화폭의 한쪽을 장식했다. 드디어 뭍이라며 화문이 소리를 질렀다. 반가움이 담긴 소리였다. 누구보다도 반가운 사람은 단이었다. 짧은 한숨까지 내쉬었다. 화문은 노를 저어 갈대 사이를 헤집었다. 서걱거리는 갈댓잎이 연신 두 사람을 할퀴어댔다. 갯골을 따라 두 사람은 갯가로 나갔다.

질척거리는 갈대숲을 한동안 헤치자 서서히 안개가 걷혀 들었다. 그제야 시야가 트이며 끝없이 펼쳐진 갈대밭이 눈에 들어왔다. 푸른 하늘도 머리 위에 펼쳐졌다. 쪽물을 들인 듯 깨끗하게 파랬다. 단은 화문의 뒤를 바짝 쫓았다. 무작정 갈대숲을 헤치는 화문을 두고 단이 궁금하다는 듯 물었다.

"어디로 가십니까?"

화문의 거친 대답이 이어졌다.

"어딘가 인가가 있을 것이오!"

말은 가쁜 숨으로 토막 져 나왔다. 인가를 찾아보자며 그가
다시 말을 이었다. 단이 고개를 끄덕였다. 인기척에 놀라 날아
오르는 새들에 단과 화문은 화들짝 놀라곤 했다. 단은 왠지 불
안했다.

한참을 헤맨 끝에 작은 모옥 한 채를 발견했다. 갈대밭 가장
자리, 언덕으로 이어지는 둑 아래 쓰러질 듯 앉아있는 모옥이었
다. 두 사람은 반가움에 허겁지겁 걸음을 옮겨놓았다. 질척거리
는 갯벌을 벗어나 그제야 흙을 밟을 수 있었다. 발걸음이 가벼
웠다. 바람이 시원했다. 찬바람이 완연했다. 백제 땅에도 이 바
람은 불고 있을 것이었다.

화문은 모옥 앞에서 무어라 불러댔다. 주인을 부르는 모양이
었다. 문이 열리는 소리와 함께 깔끔한 차림의 아낙네가 나왔
다. 화문은 아낙네와 알아들을 수 없는 말로 이야기를 나눴다.
대륙의 말이었다. 단은 옆에서 지켜만 보았다. 두 사람의 표정
으로 보아 그리 나빠 보이지는 않았다. 화문이 단을 향해 말을
건넸다.

"잠시 들어가 요기나 하고 가지요."

화문의 웃는 얼굴에 단은 마음이 놓였다. 아낙을 따라 안으로

들었다. 단출한 실내가 아늑했다. 잠시 후, 아낙네가 먹을 것을 들고 들어왔다. 그녀는 화문과 무어라 주고받고는 다시 밖으로 나갔다. 그녀가 밖으로 나가기 무섭게 화문은 재빨리 먹을 것을 갈무리했다.

"함정이요. 빨리 갑시다!"

바람같이 밖으로 내뺀 두 사람은 갈대숲으로 뛰어들었다. 모옥에서 웅성거리는 소리가 들려왔다. 바다도적들과 내통하고 있는 끄나풀이었다며 빨리 여길 벗어나야 한다는 화문의 목소리가 다급했다. 스치는 갈대 소리에도 단은 놀랐다. 가슴이 뛰기 시작했다. 또다시 바다도적이라니? 밤새 졸인 가슴이 다시 바싹 조여 왔다. 저들의 손아귀에서 아직도 벗어나지 못했다는 현실이 아득했다. 갈대의 두런거림이 서걱거리며 뒤쫓아 왔다.

화문은 주위를 둘러보고는 방향을 잡았다. 방향을 잡고는 바람같이 갈대숲을 헤쳤다. 단은 고개를 처박은 채 정신없이 화문의 뒤를 쫓았다. 검은 갯바닥과 화문의 뒤꿈치만이 단의 시야에 있었다. 고함치는 소리에 두런거리는 소리가 간간이 묻혀왔다. 도적들이 발악을 해대고 있는 모양이었다.

단은 두려웠다. 이번에 잡히면 그냥 두지 않을 것이었다. 목이 잘리고 팔다리가 찢기는 고통을 생각하자 오금이 저렸다. 상단주 송천과 천판 노인과 승월 아재의 끔찍한 주검이 떠올랐다. 도적들은 눈 하나 깜짝하지 않고 그런 일을 저질렀다. 자신도 예외일 리는 없었다. 잡히는 순간, 그보다 더한 고통이 육신으로 밀려들 것이었다.

화문은 잘도 달렸다. 갈대 사이를 이리저리 헤집으며 앞으로 쏜살같이 내달았다. 도적들의 소리도 잠잠해졌다. 화문은 잠시 멈춰 서서는 숨을 골랐다. 단의 얼굴이 벌겋게 상기되었다. 잘 익은 홍시만 같았다. 그도 숨을 고르느라 정신이 없었다.

"큰일 날 뻔했소. 하마터면 저들의 칼에 불귀의 객이 될 뻔했소이다."

그녀가 도적의 무리라는 것을 어떻게 알았느냐는 물음에 화문은 자리에 털썩 주저앉았다. 앉아서는 먹을 것을 꺼냈다.

"이런 외딴곳에 여인이 혼자 머물고 있다는 것에 의심을 했소이다. 게다가 여인의 옷차림이라든지 안의 장식들이 집에 비해 너무 어울리지 않았소이다."

그제야 생각을 해 보니 그럴듯했다. 단출하기는 했으나 장식된 것들이 집에 비해 너무 화려했었다. 고급 진 물건들이 눈에 띄었던 것이다. 화문의 세심함에 단은 그를 다시 쳐다보았다.

"게다가 말을 섞어 보니 보통 여인네의 말투가 아니었소. 왠지 여염집 아낙네와는 다르다는 것을 직감적으로 느꼈지요."

말을 하면서도 화문은 먹을 것을 이리저리 살폈다. 냄새도 맡아 보았다. 단은 허기진 배에 창자가 뒤틀려서 꼬일 지경이었다. 입에서는 연신 침도 새어 나왔다. 순간, 이것도 큰일 날 것이라며 화문이 만두와 전병을 갯바닥으로 던져 버렸다. 단은 안타까움으로 그것들을 잡아채려 했다.

"독이 들어 있소!"

단은 그제야 흠칫했다. 대혼단이나 미약이 들어 있을 것이라는 말이었다. 먹으면 그대로 죽거나 정신을 잃고 만다는 화문의 말에 단은 모골이 송연해졌다. 단은 화문이란 이 사내가 더욱 궁금해졌다. 갈대 사이로 드러난 하늘이 더욱 파랬다.

"갑시다!"

화문이 자리를 일어서서는 갈대를 헤치고 앞으로 나아갔다. 단은 그의 뒤를 바싹 따랐다. 서걱거리는 갈대가 두 사람의 발길을 잡아채곤 했다.

한참이 지나서야 갈대밭을 빠져나와 언덕으로 살며시 올랐다. 주위를 살펴보니 모옥이 까마득했다. 두 사람은 갯벌에 엉망이 된 옷을 씻고는 옷매무새를 가다듬었다. 서로를 바라보는 얼굴에 천진한 미소가 얹혀졌다. 언덕에 올라서자 마을이 눈에 들어왔다. 포구를 감싸고 있는 작은 바닷가 마을이었다.

"저기로 가서 먹을 것을 좀 구해보도록 합시다!"

울창한 소나무 숲으로 내려서자 맑은 솔향이 코를 찔렀다. 나무는 아름드리로 용틀임하며 무겁게 뒤틀려있었다. 굽은 모습이 세월을 가늠케 했다. 단은 보원사 뒷산인 극락산이 떠올랐다. 언제나 솔향 가득한 산은 연과 함께 노닐던 정겨운 곳이었다.

"이제 장안으로 갈 상단도 잃고 어찌할 생각이오?"

화문의 물음에 단은 그제야 막막한 앞날이 떠올랐다. 선뜻 대답을 하지도 못했다. 머뭇거리다가는 겨우 백제로 돌아가야 한다는 말을 내놓았다. 방도는 떠오르지 않았다. 화문이 고개를 끄덕이고는 회계나 항주 쪽으로 가야 할 거라며 중얼거리듯이 말했다.

"월주나 초주도 괜찮지만 아무래도 백제 선박이 많이 드나드는 그쪽이 좋을 거요."

등주는 너무 멀다며 말을 흐렸다.

"여기는 어디쯤입니까?"

"초주 어디쯤일 거요."

말 끝에 확실치는 않다는 말을 꼬리처럼 이어 붙였다. 단은 감이 잡히지도 않았다. 머리털 나고 처음 밟아보는 대륙이었다. 초주니 회계니 아무리 떠들어대도 알 수 없는 일이었다.

"그럼 여기서 항주나 회계로 가려면 얼마나 걸리는지요?"

"여기가 초주 어디쯤이라면 아마도 이틀은 걸릴게요."

이틀이라는 말에 단의 얼굴이 밝아졌다. 목소리에 생기도 살아났다. 그의 계획을 묻자 화문이 망설이다가는 대답을 했다.

"대륙에서 해야 할 일이 있소. 그 일을 마치기 전에는 돌아갈 수가 없소."

단은 그 일이 궁금했으나 묻지는 않았다. 표정이 심각했기 때문이다. 선불리 물을 분위기가 아니었다.

가물가물 이어지고 있는 가느다란 숲길은 마을 안으로 꼬리를 감추고 있었다. 숨이 가쁘지 않을 정도로 걷기에 좋은 숲길이었다. 지친 두 사람에게 있어 그나마 다행이었다. 살짝 턱이 진 고갯마루에서 두런거리는 소리가 들려왔다. 화문이 이마를 찌푸렸다. 단은 자신도 모르게 긴장이 되었다. 알아들을 수 없는 소리가 더욱 불안했고 알아들을 수 없기에 더 두려웠다.

"누굴까요?"

화문은 대답 없이 손을 내젓고는 살핀 후에야 살짝 입을 열었다.

"장사꾼들 같소만 그래도 혹시 모르니 준비를 합시다."

말에 주름이 잡혔다. 고갯마루에는 장사치로 보이는 세 사람이 앉아있었다. 단과 화문을 보자 이들은 말을 끊고 짐을 챙기기 시작했다. 보따리가 작지 않았다. 화문이 그들을 향해 뭐라 묻자 그중의 한 사내가 입가에 미소를 머금은 채 뭐라 대답했다. 보기에 그리 나쁜 사람들 같아 보이지는 않았다.

"맞소. 여기가 초주라 하오."

화문은 가볍게 고개를 숙여 보이고는 이들을 지나쳤다. 그때, 바람이 스치는 소리가 일었다. 보따리에서 칼을 꺼내든 사내들이 화문과 단을 덮쳐왔던 것이다. 눈 깜짝할 사이였다. 단은 놀

라 비명을 질렀고 화문이 몸을 돌려 발을 뻗었다. 발은 번개와
도 같이 허공을 갈랐다. 허공을 가른 발끝에서 살집이 부딪는
둔탁한 소리가 들려왔다. 짧은 신음소리도 이어졌다. 덥수룩한
수염의 장사치가 민망하게 땅바닥으로 나뒹굴었고 칼은 바위에
부딪히며 쇠 울음을 울었다. 단은 화문의 등 뒤로 바싹 붙었다.
그가 먼저 보고 소리를 지르지 않았더라면 두 사람은 불귀의 객
이 되고 말았을 것이다.

생각지 못한 반격에 사내들은 긴장한 눈으로 화문을 노려보
았다. 노려보는 눈매가 찢어질 듯했다. 사내들은 연신 무어라
지껄여댔다. 화문은 반응이 없었다. 두 손을 가슴에 모은 채 사
내들의 공격에 대비할 뿐이었다. 쓰러진 사내가 일어서는 다
시 칼을 집어 들었다. 씩씩거리는 숨소리는 숨이 가빠서가 아니
었다. 분노의 표현이자 부끄러움을 만회하고자 하는 거친 숨소
리였다.

단은 어떻게 해야 할지를 몰랐다. 이러지도 저러지도 못한 채,
화문의 등 뒤에서 서성일 뿐이었다. 달아나자니 미안했고 돕자
니 겁이 났다. 그가 양심과 두려움 사이에서 갈팡질팡하고 있을
때, 사내들이 다시 덮쳐왔다. 화문은 단을 뒤로 밀쳐내고는 사
내들을 막아섰다. 몸놀림이 예사롭지가 않았다. 치고받고 빠지
며 맨손으로 칼 든 사내 셋을 상대했다. 상대하면서도 조금도
밀리지 않았다. 두 팔과 다리가 허공을 가르며 미꾸라지처럼 칼

사이를 누볐다. 누벼서 사내들을 모욕했고 갈라서 욕보였다. 타격을 가하고 물러나고, 물러나고 다가가기를 반복했다. 마치 사내들을 손바닥에 올려놓고 노는 듯했다. 사내들은 당황한 기색이 역력했다. 몇 차례 격한 타격을 당한 사내는 거친 숨소리를 내뱉고 있었다. 숨소리 속에는 씨불이는 소리도 뒤섞여 있었다.

"먼저 가시오! 포구에서 봅시다."

화문이 단을 향해 소리친 것이었다. 단은 차마 그럴 수가 없었다. 생사를 함께 해 온 사람이었다. 그가 없었다면 지금의 그도 없을 것이다. 그런 사람을 두고 의리 없이 혼자 달아나다니? 그럴 수는 없었다. 그건 양심이 도저히 허락하지를 않는 일이었다. 두려움과 양심의 싸움은 결국 양심을 선택하고 말았다. 또다시 화문의 손과 발이 번개와도 같이 작렬했다. 사내들의 입에서 연신 신음소리가 터져 나왔다. 단은 가슴이 두근거렸다. 이제 두려워서가 아니었다. 화문의 몸놀림 때문이었다. 그는 신기한 듯이 화문을 쳐다보았다. 사내들의 입에서 분노에 찬 소리가 쏟아져 나왔다. 자기들끼리 무어라 지껄이는 것인지 아니면 화문을 상대로 욕지거리를 하는 것인지 알 수는 없었다.

"달빛 차기!"

화문의 입에서 외침이 쏟아져 나오고 그의 몸이 허공으로 떠올랐다. 떠오른 몸에서 두 발이 눈부시게 휘돌았다. 마치 바람개비가 돌개바람을 받아 미친 듯이 돌아가는 듯했다. 이어 깊은 신음소리와 함께 날카로운 쇳소리가 또다시 숲을 울렸다. 화문의 발이 땅을 디뎠고 한 사내가 널브러져 있었다. 또 다른 사내는 비틀거리며 연신 뒤로 물러났고 나머지 사내는 두려움에 찬 얼굴로 화문을 바라보고 있었다. 화문의 얼굴은 편안했다. 미소마저 머금어져 있었다. 그가 떨어진 칼을 조용히 집어 들었다. 몸짓에 여유가 있었다.

화문이 칼을 휘두르는데 마치 번개가 법륜을 감싼 듯했다. 여의륜을 든 제석천의 재림만 같았다. 쓰러진 사내는 연신 뒤로 물러섰고 서 있던 사내들은 뒷걸음질을 쳤다. 얼굴은 놀란 표정에서 두려움으로 옮아가고 있었다. 단은 화문의 실체가 더욱 궁금해졌다.

화문이 칼을 뻗어 공격하자 사내들도 맞서지 않을 수 없었다. 세 개의 칼끝이 허공에서 동시에 빛살을 뿜어냈다. 살기를 머금은 빛살이었다. 빛살은 무지개를 그리며 혀를 날름거렸다. 새파랗게 날 선 하얀 칼끝이었다. 허공을 벤 칼날도 사람의 목을 노렸다. 칼날과 칼날이 맞서고 칼끝과 칼끝이 맞서는가 하면 칼끝과 칼날도 서로를 노렸다. 칼이 부딪는 쇳소리가 울리고 호통과 고함소리가 뒤를 이었다.

"빛살 가르기!"

또다시 화문의 입에서 외침이 터져 나왔다. 몸이 빙그르르 돌았다. 칼이 춤을 추듯 사내들 사이에서 맴돌았고 피가 튀었다.

사내들이 동시에 짚단이 넘어지듯 쓰러졌다. 한 사내는 손목을 감싸 쥔 채 고통에 찬 신음소리를 흘려내고 있었으며 또 다른 사내는 옆구리를 감싼 채 고통스러워하고 있었다. 붉은 피가 흘러내렸다. 사내는 두려움에 찬 눈으로 화문을 올려다보았다. 화문이 칼을 던지자 투명하고 맑은 쇳소리가 바위에서 울려 나왔다.

"빨리 갑시다!"

그제야 정신이 든 단은 화문의 뒤를 따랐다. 발걸음이 가볍지가 않았다.

마을에 들어선 두 사람은 곧장 포구로 달려갔다. 숨이 턱에까지 차올랐다. 단은 호흡을 고르며 발걸음을 옮겨놓았다. 사람들은 하나같이 포구로 몰려가고 있었다.

"배가 들어온 모양이오!"

화문이 두런거리고는 포구 쪽으로 향했다. 단은 두리번거리며 마을을 둘러봤다. 순박하고 정겨워서 고향에 온 것만 같았다. 화문이 지나가는 사람을 붙들고는 뭐라 말을 걸었다. 사내가 곧 안됐다는 표정으로 단과 화문을 훑어보았다. 고개를 끄덕이고는 미소를 지어 보였다. 따라오라며 손짓까지 했다.

"됐소. 요기를 좀 하고 갑시다!"

요기라는 말에 단은 그제야 허기진 배가 생각났다. 속이 쓰리고 뒤틀리기까지 했다. 두 사람은 사내를 따라 골목으로 들어갔다. 허름한 집이 눈앞에 있었다. 안으로 들자 단출한 살림살이가 눈에 들어왔다. 넉넉해 보이지는 않았다. 그러나 사내의 얼굴에는 넉넉한 아량이 있어 보였다. 사내는 음식을 마련하느라 분주했다. 화문은 초조한 얼굴로 연신 밖을 살폈다. 사내가 그런 화문에게 무어라 중얼거렸다. 단은 답답했다. 알아들을 수가 없기 때문이었다.

"뭐라고 합니까?"

물음에 화문이 빙그레 웃었다.

"마음을 편히 해야 음식도 맛이 있다고 합니다."

사내의 배려가 마음으로 느껴지는 따뜻한 말이었다. 월주로 가는 배가 좀 있다 떠난다며 화문이 말을 이어 붙였다.

"일단 그곳으로 가면 어디로든지 갈 수 있을 것이오."

화문은 거기에서 사람을 찾아보고 행선지를 결정할 거라고 했다. 찾고 있는 사람이 누구냐고 묻자 그가 머뭇거리다가는 입을 열었다.

"의각대사님을 찾고 있소."

단의 눈이 커졌다. 놀라거나, 의외라거나, 믿기 힘들다거나, 반갑거나 뜻밖일 때 보이는 동공의 확장이었다. 그가 그런 모습을 보인 건 의각대사가 의현대사의 사형이기 때문이었다.

"의각대사와는 어떤 관계이신지?"

화문이 스승이라며 대답했다. 단은 다시 한번 놀랐다. 그리고 그제야 그가 도적들을 그리 물리칠 수 있었던 이유도 알았다.

의각대사의 제자임을 밝힌 화문은 거침없이 자신의 정체를 풀어놓았다.

"의각대사께서 왜국으로 지원병을 청하러 가셨다가 장안으로 향했다는 말을 듣고는 뒤따라 나섰던 것이오. 가던 도중 바다 위에서 폭풍우를 만났고, 해도들에게 그만 붙잡히게 되었던 것이오."

이를 악문 화문의 표정에서 비장함을 읽을 수 있었다.

"신라 놈들이 당을 끌어들여 백제가 백척간두의 위기에 섰습니다. 어떻게든 당의 간섭을 막아야만 합니다."

말을 해놓고도 단은 얼굴이 화끈 달아올랐다. 부끄러웠기 때문이다. 큰일이라는 말로 자신의 부끄러움을 또다시 달래고는 신라 놈들이라며 신라에 대한 적대감으로 자신의 부끄러움을 감추려 들었다. 화문이 고개를 끄덕였다.

사내가 음식을 내왔다. 채소와 약간의 해물을 곁들인 볶음 요리였다. 풍성하고 화려하지는 않았지만 단과 화문에게 있어서는 그 어떤 산해진미보다도 훌륭한 음식이었다. 달콤하기까지 했다. 두 사람은 고맙다는 말과 함께 주린 배를 채우기 시작했다. 말 그대로 허겁지겁 먹었다. 곁에서 사내는 흐뭇한 얼굴로 이들을 바라보았다. 사내는 천천히 먹으라며 두 사람의 기갈을 위로했다. 그제야 화문이 겸연쩍은 얼굴로 사내를 쳐다보고는 허리춤에서 은자를 꺼내 들었다. 사내의 입가로 함박웃음이 머금어졌다. 은자를 받아든 사내는 연신 허리를 굽실거려댔다.

주린 배를 따습게 불린 단과 화문은 다시 거리로 나서서는 곧장 포구로 달려갔다. 포구는 사람들로 북적거렸다. 비릿한 생선 냄새가 코를 확 찔렀다. 생선 비늘과 갯물로 범벅이 된 어부들, 비린내를 진동하는 장사치들, 생선을 사거나 구경나온 사람들, 배에서 막 내린 사람들, 이제 배를 타려는 사람들, 사람 사는 냄새가 진하게 풍겨났다. 단은 어린애처럼 화문의 뒤를 쫄레쫄레 따랐다. 알아들을 수 없으니 눈치껏 눈여겨봐야 했다.

화문은 사람들에게 이것저것 물어댔다. 그때마다 단은 두 사람의 얼굴표정을 번갈아 살펴야 했다. 살피고는 마음이 놓이기도 했고, 불안해하기도 했다. 말할 줄 아는 벙어리의 답답함이었다. 화문이 반가운 소리로 벙어리의 귀를 트이게 했다.

"월주로 가는 배가 곧 뜬다고 하오!"

단은 화문을 따라 배가 정박해 있는 곳으로 갔다. 화문은 또다시 수염이 희끗한 사내와 말을 주고받았다. 말끝에는 은자도 꺼내 들었다. 사내의 얼굴에 희색이 만면했다. 뱃삯이 생각지 않게 많았던 모양이다. 사내의 안내로 두 사람은 배에 올라서는 선미에 앉아 건너편 갈대숲을 바라보았다. 습기를 머금은 바람에 마른 갈대가 우수수 흔들렸다. 가을이 깊어가고 있었다. 마른 갈대만큼이나 단의 마음도 메말랐고 우울했다. 월주로 간 후에는 또 어떻게 해야 할는지 걱정이 앞섰다. 걱정은 화문의 앞날을 묻는 것으로 이어졌다. 의각대사를 찾은 후의 일을 물은 것이었다. 물음에 화문도 심경이 복잡한 모양이었다. 머뭇거리다가는 겨우 입을 뗐다.

"아직은 어떻게 해야 할지를 결정하지 못했소."

말은 그렇게 했지만 표정에는 뭔가 말하지 못할 사연이 있는 듯했다. 묻기에는 화문의 표정이 애매해 단은 고개를 끄덕이고 말았다. 누런 강물과 짙푸른 바다의 경계가 선명했다. 선명해서 확실해 보였다. 답답한 심경과는 대비가 되었다. 경계를 바라보며 단은 침울한 심경을 삭혔다.

"월주에서 백제로 가는 배를 만날 수도 있을지 모르오."

화문의 말에 단의 귀가 뜨였다. 운이 좋으면 이라는 꼬리가 붙기는 했지만 그나마 위로가 되었다. 시절이 시절이니만큼 돌아가는 무역선이 있을 수도 있다는 것이었다. 희망의 씨앗이었다. 비로소 짙푸른 바다가 마음속으로 밀려들어 왔다. 미소도 피어났다.

배가 움직이기 시작했다. 바다는 잔잔했고 그 위를 미끄러지듯이 배는 나아갔다. 뱃사람들은 삼삼오오 모여 알아들을 수 없는 말로 지껄여대기 시작했다. 알아들을 수 없는 말들은 새들의 지저귐과도 같았다. 짐승의 수런거림과도 같았다. 지저귐과 수런거림 사이, 갈대숲을 지날 때의 그 지긋지긋한 탈주가 떠올랐다. 퍼덕이며 날아오르는 새들의 날갯짓에도 뒷머리가 쭈뼛하고 섰다. 오금이 저리기까지 했다. 갈대숲에서 칼을 든 도적들이 소리를 지르며 튀어나올 듯싶었다. 빨리 벗어나고 싶었다. 얄궂은 새들은 여기저기에서 연신 날아올랐다.

배는 넓은 물 한복판으로 들어섰다. 정경이 확 트여 시야는 물론 가슴까지 후련했다. 수평선은 멀고도 아득했다. 그 끝으로 손톱만큼 솟은 땅이 가물거렸다.

"의각대사께서는 어쩐 일로 이곳에 오시게 되었는지요?"

침묵을 깨고 단이 먼저 입을 열었다. 화문의 대답이 이어졌다.

"당 조정을 설득해서 원군을 막겠다는 생각이셨지요."

쉽지 않을 거라는 말에 한숨이 깊었다. 단도 짧은 한숨으로 그의 한숨에 동조했다. 안 될 일일지라도 시도는 해 보아야 한다는 당찬 말이 다시 귀를 울렸다. 깊은 의지가 담긴 화문의 말이었다. 말은 신라로 이어졌다.

"큰일이오! 백제가 망하면 백제인들은 신라의 노예가 되고 말 것이오."

그는 말끝을 잇지 못했다. 신라가 사비성을 위협하고 있다는 소리를 들었다며 단도 맞장구를 쳤다. 화문이 고개를 끄덕였다.

"어떻게든 막아야 하는데."

그는 분노한 얼굴을 드러냈다. 표정에 적의로 가득 찼다. 그런 화문을 바라보는 단의 얼굴이 붉었다. 고개를 돌려 입술을 꼭 깨물기도 했다.

배가 월주로 들어서고 있었다. 포구는 활달했다. 휘날리는 깃발과 사람들의 아우성치는 소리로 정신이 없었다. 짐을 내리는 사람, 물건을 사겠다는 사람, 흥정을 붙이겠다는 사람, 구경하는 사람, 포구는 사람들로 가득했다. 배가 포구에 닿기도 전에 거간꾼들과 장사치들이 손짓을 하며 소리쳤다. 물품이 뭐냐는 말, 얼마면 되겠느냐는 말, 좋은 가격을 주겠다는 말, 온통 말 천지였다. 사공은 고개를 가로젓고는 뭐라 소리치며 그들과 입씨름을 했다. 그 사이, 배가 포구에 닿았고 두 사람은 뭍으로 내려섰다.

거리는 짐을 실은 마차와 쏟아져 나온 사람들로 가득했다. 즐비한 점포에는 물건들로 넘쳐났고, 높이 솟은 누각에는 화려한 옷차림의 사람들로 북적였다. 그들은 차를 마시는 여유를 즐기고 있었다. 사람 사는 맛이 나는 그런 곳이었다. 화려함과 떠들썩함에 단은 가슴이 뛰었다. 연신 고개를 두리번거리며 돌아다보았다. 눈이 바빴다.

"대륙이 크기는 크군요."

화문이 빙그레 웃었다. 그의 둘레거리는 모습에 웃음이 났던 모양이다.

"월주는 그리 큰 도시가 아니오."

그는 여유를 부리기까지 했다. 그러면서 말끝에 또다시 한숨을 물었다. 예전에는 이곳도 백제 영토였다면서 근초고대제의 영광을 입에 올렸다. 대륙의 해안가까지 모두 백제의 영토였었다는 것이다. 하긴 그랬다며 단도 동조하는 마음으로 고개를 끄덕였다. 화문의 탄식이 이어졌다.

"이제 영광은 그만두고 바람 앞의 등불 같은 신세가 되고 말았으니."

탄식은 깊었다. 화문은 누각의 이층으로 올랐고 단은 묵묵히 그의 뒤를 따랐다. 이층에 오르자 포구와 가물거리는 바다가 한눈에 들어왔다. 두 사람은 내려다보는 맛이 느껴지는 한갓진 자리에 자리를 잡았다. 차를 내오자 화문은 점원을 붙들고 이야기를 나눴다. 의각대사의 행적을 묻는 모양이었다. 갑자기 화문의 눈이 커지며 목소리가 높아졌다.

"갑시다! 의각대사께서 이곳에 머무시는 모양이오."

화문은 단을 재촉해 누각을 나섰다. 가을 햇살이 눈부셨다. 이국의 정취는 햇살마저도 낯설게 했고 그 낯선 햇살에 조국은 멀리 있었다. 언제 돌아갈 수 있을지도 알 수가 없었다. 알 수 없음에 단은 착잡했다. 마음 한편으로 제발 의각대사이기를 바랐다. 고향으로 이르는 길이었다.

화문은 거리를 가로질러 골목으로 향했다. 처마가 잇대어 있는 골목이었다. 좁고 복잡한 골목에 이르러 화문은 주춤거렸다.

"여기쯤이라 했는데."

그는 혼잣말로 두런거리기까지 했다. 얼마쯤 다시 들어가자 작은 문이 나타났다. 객잔의 쪽문이었다. 쪽문을 밀고 들어가자 잘 가꾸어진 정원이 두 사람을 맞았다. 괴석과 국화, 키 작은 관목들이 조화를 이루고 있는 후원이었다. 꽃과 나무들은 쓸쓸한 계절을 견디고 있었다. 화문은 두리번거리며 사람을 찾았으나 인기척은 없었다.

"스승님, 저 화문입니다. 안에 계신지요?"

몇 차례 더 부르자 안에서 인기척이 일었고 대사가 밖으로 나섰다. 반가움에 화문은 목소리까지 떨었다. 잘 계셨느냐며, 건강은 하시냐며, 제자가 인사 올린다며 화문은 거듭 허리를 굽혔다.

"여긴 어떻게 알고 왔느냐?"

대사의 물음이 오히려 낯설었다. 화문의 대답이 이어졌다. 천우신조였다며 아마도 부처의 가피가 있었던 모양이라고 했다.

"고생이 많았구나!"

대사가 고개를 끄덕이고는 안으로 들자며 손짓을 했다. 두 사람은 대사를 따라 안으로 들었다. 좁고 침침한 방이 세 사람을 맞았고, 이들은 작은 다탁을 사이에 두고 마주 앉았다. 스승과 제자는 만감이 교차하는 모양이었다. 짧은 한숨과 긴 탄식이 교차했다. 열린 문으로 탁 트인 바다가 한눈에 들어왔다. 그나마 한숨을 식혀주는 청량한 볼거리였다. 대사는 차를 따르고는 단을 물었다. 물음에 그제야 화문이 그를 소개했다. 화문의 이야기에 대사는 낮은 불호를 외웠다. 그의 고난과 역경을 위한 불호였다. 조국의 아픈 현실에 대한 탄식이기도 했다.

"이 모두가 백제가 힘을 잃은 까닭이다. 지난날의 백제라면 어디 감히 바다에서 그런 짓을 할 수가 있겠느냐."

탄식에 화문도 단도 한숨을 몰아쉬었다.

"어찌 여기에 머물고 계십니까?"

대사는 그간의 경과를 자세히 이야기했다. 얼굴에 그림자가 짙게 드리워졌다.

"왜에 가서 구원병을 청하고는 그것만으로는 안 되겠다 싶어 다시 바다를 건너 대륙으로 향했느니라. 황제를 설득해 신라와의 조약을 파기시키기 위해서였지. 그러나 당 조정의 힘 있는 자들이 이미 저들의 뇌물을 먹고는 당 조정으로 들이지도 않더구나. 어쩔 방법이 없었지."

대사는 진주(鎭州) 임제원(臨濟院)의 혜연대사를 만나 방법을 알아보았으나 그마저도 여의치 않았다고 한다. 저들은 철저히 백제인들을 따돌리고 있었던 것이다. 간교한 신라 놈들의 농간이었다.

"죽일 놈들!"

화문과 단은 주먹을 부르쥐었다. 입술도 질끈 깨물었다. 의각 대사의 말은 계속 이어졌다.

"혜연대사가 구자산을 이야기해 그리로 가는 중이다."

"구자산이라니요?"

"구자산에 가서 석불을 조성해 백제 땅에 모시라는 게야. 부처의 힘으로 백제를 구원하라는 얘기지."

화문은 고개를 끄덕이고는 배가 언제 오는지를 물었다.

"월주에서 구자산으로 가는 배가 그리 많지는 않다."

대사가 고개를 흔들며 곧 갈 수 있을 것이라는 희망 섞인 말만 흘려냈다. 단의 귀가 솔깃해졌다. 대사와 함께 백제 땅으로 갈 수 있다는 희망이 생겼기 때문이다. 대사의 관심이 다시 단에게로 향해졌다.

"어찌할 셈이오? 백제로 가려면 여기보다는 항주가 나을 터인데."

단은 어떻게 해야 할지 판단이 서질 않았다. 항주로 간다고 해도 그리 녹록지만은 않을 것이라는 대사의 말이 이어졌다. 예전 같지가 않고 백제 배가 그리 많지도 않다는 얘기였다. 선단도 상선도 마찬가지라는 말을 덧붙이기도 했다. 대사의 말끝에 연민이 가득했다. 이번에는 화문이 나섰다.

"어차피 백제로 갈 거라면 대사님과 함께 하는 것이 어떻소?"

화문의 말에 단은 반가웠다. 은근히 고대하고 있던 말이자 미안한 마음에 꺼내지 못하고 있던 말이기도 했다.

"대사님께 누가 되지 않을까 해서."

대사가 손을 내저었다.

"아닐세. 그런 말 하지 말게. 이국땅에서 고국 사람을 만난 것만도 반가운 일인데. 함께 길을 간다는 것이 얼마나 좋은 일인가?"

대사는 거듭 웃음을 지어 보였다. 단은 고맙다며 고개를 숙였다. 희망의 빛이 보였다. 이제야 고향으로 돌아갈 수 있는 길이 열렸다. 낯선 땅에서 어떻게 해야 할지를 몰라 걱정이 태산이었는데 이제 다행히도 그 길을 찾았다. 단은 언제쯤 백제로 들어가시는지를 물었다. 대사가 빈 바다를 내다보며 깊은 탄식을 흘렸다.

"석불을 조성하면 즉시 떠날 것이네."

조국이 백척간두의 위기에 처해있는데 머뭇거릴 여유가 없다는 말이었다. 그러나 아무리 못 잡아도 일 년은 족히 걸릴 듯싶다는 말에 단은 가슴이 덜컥 내려앉았다. 일 년이라니? 일 년이라는 시간의 너머는 아득하고도 멀었다. 가슴이 내려앉는 시간의 너머였다. 온몸이 늘어지고 사지에서 힘이 빠져나갔다. 그러나 겉으로 드러낼 수는 없었다.

"빠르면 그 안에 떠날 수도 있고, 급하면 먼저 가시게."

단의 얼굴이 붉어졌다. 속마음을 겉으로 드러낸 듯싶어 부끄러웠디. 대사가 학문을 돌아보았다.

"너는 어찌할 셈이냐?"

화문이 대답했다.

"무사하신 모습을 뵈었으니 이제 마음먹었던 일을 할까 합니다."

단이 그를 돌아보았다. 대사는 지그시 눈을 감은 채 생각에 잠겼다. 침묵이 좁은 방 안에 묵묵히 흘렀다.

"그게 그리 쉬운 일은 아니다. 차라리 나를 따라 부처를 모시는 일을 하는 것이 어떠냐?"

말은 달래는 투였다. 화문의 확고한 의지가 담긴 입술이 붉게 열렸다.

"아닙니다. 그건 스승님의 몫입니다. 저는 따로 할 일이 있습니다. 그게 백제를 위한 저의 충정입니다."

단은 화문의 실체가 더욱 궁금해졌다. 궁금함이 여울을 벗어나며 모습을 드러냈다. 바위같이 묵직하고 칼날같이 날카로우며 하늘같이 높은 실체였다. 백제검(百濟劍)이었다. 대사가 백제검을 입에 올렸던 것이다.

"네가 백제검을 익힌 것은 더 유용한 곳에 쓰기 위함이 아니더냐. 그렇게 무모하게 할 일이 아니다."

단은 화문의 실체를 어렴풋이나마 짐작할 수 있었다. 백제검(百濟劍), 사비성의 싸울아비들이 익힌 극강의 검술이었다. 왕의 호위무사들만이 익힌다는 바로 그 검술이었다.

"아닙니다. 이번 일만 성공한다면 그보다 더 유용할 것도 없습니다."

확고한 결심에 대사는 혀를 차며 고개를 흔들었다. 걱정하지 말라는 화문의 말이 건네졌다.

"제아무리 경비가 삼엄한들 어찌 기회가 없겠습니까?"

그는 형가를 입에 올리기도 했다. 그런 실수는 결코 범치 않을 것이라는 말이었다. 대사가 그 말을 받았다. 말은 흔들렸다. 염려와 걱정이 앞선 말이었다.

"형가가 어찌 실수할 것을 알았겠느냐. 세상일이라는 것이 모두 다 그렇게 뜻대로 되는 것만은 아니니라. 만에 하나 실수라도 하는 날에는 너의 목숨은 물론 백제로서도 곤란을 면치 못할 것이다."

좀 더 기다렸다가 다른 기회를 보는 것이 어떻겠느냐며 회유하는 말을 건네기도 했다. 대사의 회유에도 화문의 결심은 돌이켜지질 않았다. 한 치의 변함도 없었다. 금강석과도 같이 단단한 결심이었다. 화문의 분노가 문득 밖으로 튀어나왔다.

"이치 이놈! 감히 백제를 넘보다니."

단은 놀랐다. 황제의 이름을 스스럼없이 내뱉다니, 그것도 그의 땅에서. 듣는 이가 있지나 않을까 염려되었다. 대사도 같은 마음이었던 모양이다. 다급히 손을 내저으며 말리고 나섰다.

"듣는 귀가 있다. 입을 조심해라!"

충고에 화문은 그제야 주위를 둘러봤다. 자신의 실수를 깨달았는지 얼굴을 살짝 붉히기도 했다. 단은 다시 가슴이 뛰기 시작했다. 화문이 하고자 하는 일에 대한 두려움 때문이었다. 그의 일에 휩쓸려 잘못하면 이국에서 대역죄인으로 몰려 죽음을 자초할 수도 있는 일이었다. 단은 어떻게든 백제로 돌아가야 했다. 고향 땅을 다시 밟아야 했다. 연을 만나야 했다. 이대로 죽을 수는 없었다. 대사의 질책이 이어졌다.

"큰일을 하려는 사람이 그리 가벼워서야 되겠느냐? 시작도 전에 일을 망치고 말겠구나!"

꾸지람 섞인 말에 화문은 부끄러워 고개를 들지도 못했다.

"정녕 일을 도모할 생각이냐?"

"성공하기 전에는 결코 저 바다를 건너지 않을 것입니다."

"그렇다면 이 길로 곧장 떠나거라! 장안에서 이치의 외척인 장손무기가 사람을 구한다고 하더구나. 이달 보름에 무술경연대회가 열린다고 한다. 어쩌면 그 길이 네가 이치에게 가까이 다가갈 수 있는 절호의 기회가 될 수도 있을 것이다."

대사의 말에 화문은 반가운 얼굴로 물었다.

"무술경연대회라고요?"

대사가 그렇다고 대답을 하고는 다시 말을 이었다.

"명색이야 천하의 인재를 모은다는 말이지만 불안한 권력을 유지하기 위한 방편을 구하고자 하는 것이 아니겠느냐."

"형제들까지 죽이고 황제의 자리에 오른 사람이 어련하겠습니까."

화문이 이를 갈고는 보름이면 이제 며칠 남지 않았다며 놀란 표정을 지어 보였다.

"빨리 떠나야 할 것이다. 다행히 월주에서 장안으로 가는 길이 많으니 어렵지는 않을 것이다."

화문이 단을 바라보았다. 다시 볼 날이 있을지 모르겠다며 대사를 잘 부탁한다는 말을 건넸다. 말은 비장했다. 단은 어떤 말을 건네야 할지 떠오르지를 않았다. 작별의 말을 건네야 할지, 격려의 말을 주어야 할지, 아니면 위로의 말로 대답을 해야 할지, 그도 아니면 모르는 척해야 할지, 판단이 서질 않았다. 그가 머뭇거리고 있는 사이, 화문이 다시 말을 건네 왔다.

"다시 만나면 크게 한 번 회포를 풀어봅시다!"

단은 다시 볼 날을 기다리겠다는 말로 받았다. 일을 마치고 고국으로 꼭 돌아오라는 말도 건넸다. 화문이 단의 손을 잡았다. 따스했다. 백제인의 온기가 느껴졌다. 동포의 정이었다. 화문은 고개를 돌려 대사를 바라보았다. 눈빛이 애잔했다. 작별의 눈빛이었다.

"석불을 조성해 무사히 고국으로 돌아가십시오!"

자신은 일을 마친 후 뵙도록 하겠다고 했다. 대사의 눈빛이 흔들렸다.

"장한 길을 가는 것이니 가르친 보람이 있기는 하다만. 꼭 다시 보자꾸나!"

세 사람은 서둘러 객잔을 빠져나갔다. 거리는 활기찼다. 사람들의 표정이나 행동이나 모두 여유가 넘쳤다. 백제의 거리와는 사뭇 달랐다. 멀리 왜와 유구국의 상인들뿐만 아니라 섬라국을 비롯해 부남국과 남만, 서역의 사람들까지도 눈에 띄었다.

"얼마 전까지만 해도 백제 사람들이 절반을 차지했던 곳인데."

대사가 탄식을 터뜨렸다. 이제 옛이야기가 되었다는 말도 씁쓸하게 덧붙였다. 단도 가슴이 쓰렸고 화문도 마찬가지였다.

"어쩌다 이 지경이 되었는지. 저 거친 바다를 누비며 천하를 호령하던 백제가 이제는 살아남을 일을 걱정해야 하는 신세가 되고 말았으니."

이런 날이 올 줄은 꿈에도 생각을 못했다는 말로 대사는 거듭 탄식의 꼬리를 이었다.

"이 모두가 어리석은 자들이 불러온 불행한 일입니다. 그 몫은 모두 가여운 백성들이 짊어지게 되었고요."

단은 묵묵히 듣기만 했다. 화문과 같은 젊은이들이 있는 한 백제의 앞날은 그래도 희망이 있다는 대사의 말이 단의 귀를 파고들었다. 바람 앞의 등불과도 같은 백제를 우뚝 세워달라는 당부의 말이 귓전을 때리기도 했다. 대사와 화문은 나라와 백성을 걱정하는 말을 주고받으며 나란히 걸었고 단은 이들의 곁에서 말없이 발걸음을 맞췄다.

포구는 여전히 북적거렸다. 화문이 뱃사람에게 다가가 무어라 말을 주고받고는 밝은 얼굴로 뒤를 돌아보았다.

"양주로 가는 배가 곧 떠난답니다."

단은 기쁜 낯으로 잘 되었다며 고개를 끄덕였고 대사는 서두르라며 손짓을 했다. 포구의 끝자락에서 상선이 막 돛을 올리고 있었다. 화문은 고개를 끄덕여 보이고는 상선을 향해 달렸다. 화문은 상선에 올랐고 배는 곧 거친 바람을 받으며 포구를 떠났다. 화문은 선미에 서서 한참이나 손을 흔들었다. 단도 마주 흔들었다. 대사의 흰 수염이 바람에 휘날렸다. 배는 화문의 그림자를 안은 채 멀어져갔다. 대사는 묵묵히 바라만 보았다.

배가 수평선을 당겨 시야에서 멀어지자 단과 대사는 발길을 돌렸다.

"무사히 돌아가야 할 텐데…."

대사는 깊은 한숨을 토해내며 낮게 불호를 외웠다. 불호는 회색빛으로 우울했다. 잠시 어색한 침묵이 흐르는 사이, 단은 화려한 월주 거리로 눈을 돌렸다. 값비싼 비단과 명주, 보석으로 치장한 사람들이 하나같이 화려했다. 월주는 과연 무역의 중심지다웠다. 대사가 짧은 한숨과 더불어 먼저 객잔으로 들어가 있겠다는 말을 건넸다.

"바람이나 쐬면서 천천히 구경하오!"

두리번거리며 눈요기를 하던 단은 얼굴이 붉어졌다. 딱히 들어가도 할 일이 없을 거라는 둥, 젊은 사람이 대낮부터 방 안에 있는 것도 보기 그렇다는 둥, 월주 거리를 지금 보아두지 않으면 언제 또 보겠느냐는 둥, 대사는 말들로 단의 붉어진 얼굴을 덮어주려 애썼다.

"아닙니다."

자신이 해야 할 일이 무엇인지 이야기를 듣겠다며 단은 미안한 마음을 감추지 않았다. 대사가 웃음을 지으며 손을 내저었다.

"그런 것은 천천히 해도 늦지 않소."

오늘은 그게 좋겠다는 말을 덧붙이기도 했다. 그제야 단은 혼자 있고 싶다는 말을 그렇게 에둘러 표현한 것이라는 것을 알았다. 단이 고개를 끄덕이자 천천히 둘러보고 오라는 말을 남기고 대사는 객잔으로 향했다.

단은 거리를 거닐며 여기저기 기웃거렸다. 아름다운 옷과 화려한 장신구가 눈길을 끌었다. 연이 떠올랐다. 가슴이 저렸다.

"백제에서 오신 분인가 보오?"

고향의 말이었다. 사내의 입가에는 친근한 미소가 얹혀있었다.

"백제 분이신가 봅니다."

그렇다는 사내의 대답이 이어졌고 고향 사람을 만나 반갑다며 두 사람은 오랜 지기처럼 그렇게 서로를 반겼다. 사내는 단을 안으로 청하고는 차를 내왔다. 맑은 차향이 머리를 맑게 해주었다.

"월주에는 어쩐 일이시오?"

사내가 묻자 단은 머뭇거리며 뭐라 대답해야 할지를 생각했다. 사내가 먼저 손을 내젓고는 시국이 어지러운 탓을 얘기했다. 묻는 자신이 어리석다고도 했다.

"가까운 친척이 장안에 있는데 뵈러 가는 중입니다."

말을 내뱉는 단의 입이 씁쓸했다. 사내는 그러냐며 장안까지는 한참을 가야 한다고 말끝을 흐렸다.

"대사님을 모시고 왔습니다."

"대사님이라면? 의각대사님 말입니까?"

그렇다고 대답하는 그의 목소리가 다소 당황스러웠다. 사내가 대사를 알고 있기 때문이었다. 거짓말은 또 다른 거짓말을 불러들였다.

"오늘 다시 뵈었습니다. 백제에서 함께 출발했다가 피치 못할 사정으로 떨어져 있었지요."

거짓말은 아무렇지도 않게 나왔다. 다행히도 사내의 관심은 다른 데에 가 있었다.

"혹시 장사를 하시는 분이신지?"

단이 고개를 가로젓자 사내의 얼굴에 그림자가 짙게 드리워졌다.

"무역선을 찾으십니까?"

사내가 고개를 끄덕였다. 인삼이 없어서 난리라며 예전 같지 않다는 말로 탄식을 터뜨렸다. 인삼이 그렇게 잘 나가느냐며 단이 물었다.

"백제 인삼이라면 사족을 못 씁니다. 황제 이치(李治)도 인삼 없이는 못 산다고 할 정도니까요. 장안의 내로라하는 공경대부는 물론 지방의 아전 나부랭이들까지도 백제 인삼 구하기에 혈안이 되어있습니다."

백제 인삼의 인기에 대해 단도 들은 바는 있었다.

"없어서 못 팔 지경입니다. 한때는 월주에서 제일 잘 나가는 가게였는데…."

지난날의 화려함을 되돌아보려는 듯이 사내는 자신의 점포를 둘러봤다. 회한이 서린 눈빛으로 탄식을 흘렸다. 눈길을 다시 단에게로 돌린 사내는 큰일이라는 소리와 함께 또다시 무너질 듯 한숨을 몰아쉬었다.

"소문이 안 좋습니다. 황제 이치가 다시 백만 대군을 이끌고 고구려를 칠 계획이라는 소리가 들리고 있어요. 측근인 유인원은 삼십만 대군으로 바다를 건너고요."

"바다를 건넌다는 것은?"

백제를 친다는 말이었다. 육로로는 고구려를, 해로로는 백제를 치겠다는 것이었다.

"그게 가능한 일이겠습니까?"

단이 놀란 얼굴로 물었다.

"예전에 수양제가 그렇게 고구려를 치다가 망했는데?"

고개를 갸웃하기까지 했다.

"그때와는 상황이 많이 다르지요. 지금이라면 가능합니다. 상대적으로 고구려나 백제의 힘이 떨어지기도 했고요. 어쩌면 거저먹는 것이 될 수도 있습니다."

"고구려에는 연개소문이 버티고 있고, 백제에는 계백장군이나 성충, 윤충 같은 분들이 있는데."

사내는 손을 내저었다. 입가에는 씁쓸한 미소도 곁들여져 있었다.

"연개소문에게는 을지문덕이나 양만춘 같은 능력이 부족합니다. 더구나 그 주변 인물들이 모두 사리사욕에 어두워 큰일을 감당해내기에는 턱없이 모자라지요. 백제 또한 계백이나 성충, 윤충 같은 분들이 뛰어나기는 하지만 수적으로 상대가 되지 않는 싸움은 해보나 마나 한 겁니다. 전쟁은 장수 혼자서 하는 것이 아니잖습니까?"

단은 고개를 끄덕였다. 사내의 말이 일리가 있기 때문이었다.

"턱없이 모자란 군사로 어찌 삼십만 대군을 상대할 수 있겠습니까? 게다가 신라 놈들도 합세를 할 텐데."

사내는 이를 갈았다. 곧 군사를 일으킬 것이라며, 인심이 들끓고 있다며 등주에는 이미 함선들이 집결하고 있다는 소리가 들리고 있다고도 했다. 단의 입에서도 한숨이 쏟아져 나왔다. 연에 대한 걱정 때문이었다.

"우리도 눈치가 보입니다. 저들의 시선이 곱지가 않아요."

심란한 얼굴로 사내는 단을 바라보며 장안으로 가는 길에도 조심해야 할 것이라고 주의를 줬다. 단은 고맙다는 말로 사내의 친절에 감사해했다. 그때, 손님들이 점포 안으로 들어섰다. 사내가 미소를 머금고는 부리나케 달려갔다. 포구가 노을에 붉게 물들어가고 있었다. 이국의 저물녘이었다.

해가 기울자 거리는 더욱 복잡해졌다. 머물 곳을 찾는 상인들과 유흥을 즐기러 나온 사람들, 가격을 흥정하는 사람들, 거리를 구경하는 사람들, 물건을 파는 사람들, 사람들로 거리는 북적거렸다. 화려한 불꽃도 빛을 밝혔다. 설레게 하는 불꽃이었다. 그러나 단의 마음은 설레지가 않았다. 오히려 착잡해졌다. 어떻게든 빨리 고향으로 돌아가 연을 지켜야 했다. 적의 말발굽에 짓밟히는 불행이 닥치기 전에 돌아가야 했다. 며칠 사이 겪은 악몽과도 같은 시간이 결코 현실 같지가 않았다. 꿈속에서 헤매고 있는 듯했다. 그 꿈이 빨리 깨기를 바라며 단은 객잔으로 발걸음을 옮겼다.

5장

구자산

단은 대사와 함께 구자산에 이르렀다. 웅장한 산세가 백제의 그것과는 또 달랐다. 대륙의 기상이 느껴졌다. 규모도 클뿐더러 험하기가 말이 아니었다. 구불구불 이어진 돌길이 끝도 없이 하늘을 향해 뻗쳐올라 있었다. 천천히 걷는데도 숨이 가빴다. 대사는 내색하지 않았다. 젊은 단이 오히려 부끄러웠다.

험한 길은 어색한 침묵을 흐르게 했고, 단의 힘겨운 발걸음을 더욱 지치게 만들었다. 산이 크고 험하다며 단이 푸념을 늘어놓았다.

"화성사(化成寺)가 이 언저리에 있다고 했는데….."

대사는 엉뚱한 소리를 했고 단은 두리번거리며 주위를 둘러봤다. 대나무가 푸르게 가득했고 시원한 바람이 숲을 흔들고 있었다. 멀리 물드는 단풍에서 이제 막 붉은 빛이 스며나고 있었다. 맑고 고운 빛깔이었다. 그 위로 연화봉이 미소를 짓고 있었다. 미소는 연꽃처럼 깨끗했고 맑은 향이 나는 듯싶었다. 구자산 문수봉이었다.

"마음을 어디에 두느냐에 따라 몸은 어렵기도 하고 쉽기도 한 것이니라. 이 아름다운 것들을 마음으로 두면 이까짓 돌길이 무에 그리 대수이겠느냐."

대사는 눈을 들어 구자산을 올려다보았다. 단은 푸른 대나무 숲과 무명같이 하얀 폭포, 연꽃의 꽃봉오리를 닮은 구자산의 아홉 봉우리를 가슴에 담았다. 가쁜 숨도 힘겨운 발걸음도 그제야 한결 가벼워졌다. 마음이 자연에 동화되자 마침내 험한 산길을 걷고 있다는 것이 잊혀져갔다.

문수동을 지나자 화성사가 손에 잡힐 듯이 다가섰다. 대나무 숲 사이에 고즈넉이 앉은 오래된 사찰이었다.

"화성사로구나!"

대사가 짧은 한숨을 몰아쉬었다. 반가움과 함께 염려가 뒤섞인 한숨이었다. 단도 안도감에 짧게 한숨을 내뱉었다. 사하촌(寺下村) 사람들이 우물에서 물을 긷고 있었다. 물을 마시고 가자며 대사가 사람들 사이로 끼어들었다. 대사는 사람들과 뭐라 이야기를 나누었고, 단은 그런 대사와 사람들의 표정을 살폈다. 표정에서 호의적이라는 것과 순박함이라는 것을 읽어낼 수 있었다. 물을 마시고 나서 대사는 가해(家海)대사를 입에 올렸다.

"가해는 백가제해(百家濟海)에서 따왔다고 한다. 백 집이 바다를 건너왔다는 말에서 백제라는 이름이 나왔듯이 대사 역시 백가제해에서 다른 두 글자를 취해 법명으로 삼았다는 것이다."

백제를 영원히 잊지 않기 위해서였다는 말이 가슴에 와 닿았다. 그 가해대사가 다행히도 화성사에 지금 계시다는 것이었다. 바람이 대숲을 흔들고, 대사는 그 바람을 따라 화성사로 고개를 돌렸다. 혼잣말처럼 하는 대사의 말이 이어졌다.

"대사는 보원사에서 출가를 하고 바다를 건너오셨느니라. 지금은 화성사 주지로 계시지."

구자산은 중원에서도 이름난 곳이라며 봉우리의 형상이 연꽃을 닮아있어 영험한 기운이 충만해 있다고도 했다.

"그 영험한 기운을 빌어 백제의 구원을 도모하려 한다."

단이 고개를 끄덕였다. 대사의 뜻을 미루어 짐작할 수 있기 때문이었다.

일주문을 들어서자 우뚝한 금강문이 맞았다. 부릅뜬 금강역사의 두 눈이 금방이라도 튀어나올 듯했다. 사악함을 막는 호법신이었다. 부르쥔 주먹에서는 법계를 지키려는 의지를 읽어낼 수 있었다. 금강문을 지나자 화려한 사천왕문이 웅장하게 서 있었다. 사천왕은 사왕천을 다스리는 영험한 법계의 수호신이었다. 동서남북, 지국천, 광목천, 증장천, 다문천, 수미산 중턱을 지키는 천왕들이었다. 사천왕문을 지나자 안양루가 있었고 안양루를 올라서자 날아갈 듯한 금당이 눈앞에 나타났다. 금당은 대륙의 건물답게 그 규모가 남달랐다. 보원사와는 또 달랐다.

화려했다. 청황백 삼색을 비롯해 금색과 은색의 화려함이 전각의 곳곳을 장식하고 있었다. 눈이 다 어지러울 지경이었다. 고향의 무채색 단아함과 중원의 화려함에 얽힌 기교가 엇갈렸다.

파르라니 깎은 머리가 유난히도 눈길을 끄는 젊은 스님이 금당을 막 나서고 있었다. 대사가 스님에게 합장을 하고는 말을 걸었다.

"가해대사님을 뵈러 왔소이다만."

스님은 반가운 기색으로 대사와 단을 안내했다. 금당을 끼고 좌로 돌았다. 흰 벽을 따라 얼마쯤 가자 작은 전각이 단출하게 앉아있었다. 백제각이라는 편액이 눈길을 끌었다. 스님이 누군가를 조심스럽게 불렀다. 가해대사를 부르는 모양이었다. 낮은 기침소리와 함께 노스님이 모습을 드러냈다. 표정이 환했다. 의각대사도 마찬가지였다.

"편안하셨습니까?"

의각대사가 두 손을 모아 합장을 했다.

"이게 얼마 만이냐?"

노스님도 전각을 내려섰다. 내딛는 발길에 반가움이 앞섰다. 가해대사는 눈물까지 글썽였다.

"들어가자! 그 먼 길을 어떻게 왔느냐?"

말투는 염려로 가득했다. 대사 이전에 한 인간의 물음이었다.

안으로 들자 불상이 단출하게 놓여 있고 은은한 향이 텅 빈 공간을 채워가고 있었다. 법계의 향이었다. 자리를 잡고 앉자 가해대사가 먼저 어떻게 지냈는지를 물었다. 의각대사가 그동안 있었던 일을 자초지종 이야기했다. 바람 앞의 등불과도 같은 백제의 위기를 구하고자 왜로 건너갔고 구원병을 요청했다는 것이었다. 말은 힘에 겨웠다.

"왜인들도 예전 같지가 않았습니다."

고개를 좌우로 흔들었다. 가해대사도 눈을 지그시 감은 채 한숨을 토해냈다.

"구원병을 보내주겠다는 약조는 받았으나 저들의 말이나 행동이 그리 믿음직하지는 않았습니다. 그래서 다시 바다를 건너 대륙으로 향했지요."

가해대사가 감았던 눈을 떴다. 눈빛에 절망이 스며들어 있었다. 절망은 곧 아픔이었다. 백제에 대한 아픔이었다.

"당 군이 원정길을 떠났느니라."

의각대사는 물론 단도 놀란 눈으로 가해대사를 똑바로 쳐다보았다. 잘못 들었다는 듯이 다시 묻기까지 했다. 가해대사의 낮은 불호가 향연(香煙)을 흩트렸다. 흩트려진 향연 사이로 대답이 피어올랐다. 대답은 대사답지 않게 흔들렸다.

"소정방을 비롯해 유인궤와 유인원, 손인사 등으로 하여금 십삼만 대군을 이끌고 바다를 건너게 했느니라. 아마도 지금쯤 피바람이 불고 있을 게야."

의각대사는 연신 불호를 외웠고 단의 가슴은 방망이질을 해 댔다. 저들이 그래서 외면을 했다며 짐작은 했지만 벌써 그리됐을 줄은 미처 생각지 못했다고 대사는 한숨을 몰아쉬었다.

"매일 같이 관세음보살께 빌고 있다."

타국 땅에서 할 수 있는 것이 그것뿐이라는 말을 할 때는 눈동자가 살짝 흔들리기도 했다.

"장안에서 여기저기 손을 넣어봤지만 아무런 소용이 없었습니다. 누구도 황궁으로 들어갈 기회를 주지 않았어요."

울분을 토해내기까지 했다. 대사의 입에서 토해질 분노가 아니었다. 이제야 그 이유를 알겠다며 대사는 말을 끊었다. 끊는 말에서 한숨이 이어졌다. 관음보살을 찾는 말도 연거푸 쏟아져 나왔다.

단은 눈앞이 깜깜했다. 가슴이 뛰고 얼굴은 달아올랐다. 연 때문이었다. 걱정과 근심이 가슴 속을 휘저었다. 신라군의 말발굽 소리와 당 군의 함성소리가 귓가에 울리는 듯했다. 신음소리와 울부짖음, 비명소리가 가슴을 찢었다. 짐승 같은 적들이 들이닥쳤을 것이니 보지 않아도 알 수 있는 일이었다. 마을은 짓밟히고 사람들은 도륙을 당할 것이라는 생각에 이르자 가슴은 더욱 요동질을 쳤다. 손이 후들거리고 몸이 떨렸다. 가량협의 검은 솔이 붉게 타오르고 맑은 내가 핏빛으로 물드는 모습이 그려질 때는 머리가 다 어지러웠다. 단은 고개를 세차게 흔들었다.

부처바위에 마지막 희망을 걸었다. 다행히 떠나기 전, 이런 일에 대비해 부처바위를 이야기해 주었었다. 난리가 터지면 부처바위 뒤로 몸을 피하라는 것이었다. 약삭빠른 연은 신라군이나 당 군을 피해 몸을 숨겼을 것이라 자위했다. 스스로 위로했지만 그것도 믿음직하지는 않았다. 하루 이틀도 아니고, 몇 날 며칠 버티기에는 어려움이 있을 것이기 때문이었다. 생각이 이에 미치자 단은 다시 눈앞이 아득해졌다. 단이 혼란한 생각들에 어쩔 줄 몰라 하고 있을 때, 방법은 없다며 부처의 자비를 빌리자는 말이 가해대사의 입에서 나왔다.

"구자산은 부처의 영험함이 깃든 곳이니 이곳 바위로 석불을 조성해 백제로 돌아가 모시거라!"

대사가 고개를 끄덕였다.

"혜연대사께서도 그런 말씀을 했었습니다."

"문수동에 가면 문수암이라는 영험한 바위가 있다. 그 바위를 깨뜨려 석불 만불(萬佛)을 조성해라! 조성한 석불을 배에 싣고 돌아가 백제 땅에 모시면 부처의 자비가 있을 것이다."

의각대사가 고개를 끄덕였다.

"위기가 풍전등화와도 같으니 당장 시작해야겠습니다."

가해대사는 돌을 다룰 줄 아는 사람을 알고 있다며 그 사람 도움을 받을 수 있도록 해 주겠다고 했다.

"백제를 위한 일이다. 나도 석불을 조성하는 일에 적극 나서겠다."

문수동으로 함께 가겠다는 것이었다. 두 대사의 입에서 연신 불호소리가 쏟아져 나왔다. 화성사 앞뜰의 대나무가 우수수 흔들렸다. 바람이 한차례 훑고 지나갔다.

이튿날부터 문수동에서는 석불이 조성되기 시작했다. 단도 거들었다. 바위를 자르고 석불을 조각했다. 다행히 돌을 잘 다루는 장인이 있어 도움을 받을 수 있었다. 돌을 깎는 법과 석불을 조각하는 법 등을 배울 수 있었던 것이다. 석불은 어른의 손바닥보다 약간 큰 정도의 크기였다. 만 불을 조성하기 위해서는 그 정도 크기가 적당했다. 무엇보다도 시간이 촉박했다.

문수동은 돌 깨뜨리는 소리로 정신이 없었다. 정과 망치가 부딪고 돌이 깨뜨려졌다. 깨뜨려진 돌은 다시 쪼개지고 다듬어지며 부처의 형상으로 거듭났다.

"만 불은 그 형상이 다 달라야 한다. 똑같은 표정이 하나라도 있어서는 안 된다."

의각대사의 말이었다. 부지런히 손을 놀리고 있던 단이 뜨악한 얼굴로 돌아보았다.

"어떻게 그렇게 할 수 있습니까?"

만개 중에 하나도 똑같은 것이 있어서는 안 된다니? 불가능한 일이었다. 일일이 석불의 표정을 다 기억할 수도 없거니와 사람이 하는 일인데 어찌 그것이 가능하겠느냐는 것이었다.

"할 수 있느니라. 어찌 못한다고만 하느냐!"

의각대사는 나무라는 소리를 했다. 대사의 손은 끊임없이 움직이는 채로였다. 돌을 다듬고 어루만지며 불상을 조성했다.

"정성이 지극하면 그것이 보이느니라. 부처에 대한 정성, 백제에 대한 정성, 사람에 대한 정성이니라. 어려운 일만은 아니다."

더불어 네 마음이 곧 내 마음이고, 내 마음이 또한 네 마음이니 네가 조각한 것이나, 내가 깎은 것이나 모두 매한가지라는 말이었다. 단은 알 듯 모를 듯 고개를 갸웃했다.

"정성이 가득하면 내가 조성한 석불이 네 마음속에서 일어날 것이며, 네가 깎은 석불이 내 마음속에서도 살아날 것이니라. 그리되면 한 사람이 조성한 것처럼 만 불은 완성될 것이고, 그래야만 진정한 만 불을 조성했다 할 수 있느니라. 그리되어야만 바람 앞의 등불과도 같은 백제를 구원할 수 있을 것이니라."

그제야 단은 조금이나마 이해가 되었다. 정성을 다해 만 불을 조성해야겠다는 마음도 일었다. 외물(外物)과 나는 하나라는 말, 결코 둘이 아니라는 말(不二), 다르다고 느끼는 것은 마음속에 쓸데없는 욕망으로 가득 차 있기 때문이라는 말, 욕망이란 것이 사람의 마음속을 지배하게 되면 외물도 함께 일그러지고 만다는 말, 그것을 버리라는 말, 그러면 하나가 된 것을 느낄 수 있다는 말, 그래야만 정성으로 가득 찰 것이라는 말, 말들이 단의 귀를 울렸다. 단은 연에 대한 욕망을 지우려 애썼다. 욕망은 쉽게 놓아주질 않았다. 잊으려 애쓰면 애쓸수록 선명하게 피어올랐다. 석불은 찡그린 상(像)으로 살아났다. 미소를 짓고 있는 의각대사의 것과는 달랐다. 보기에 좋지 않았다. 단은 석불을 깨뜨리려 정을 들었다. 순간, 의각대사가 벼락같이 외쳤다. 그가 손을 멈추고는 대사를 돌아보았다. 대사가 탄식을 터뜨렸다.

"아직도 깨닫지 못했느냐? 그것도 하나의 상(像)이요 석불이니라. 찡그린 상(像)은 그 상(像)대로, 미소 짓는 상(像)은 또 그 상(像)대로 깨달음을 줄 수 있는 것이니라. 찡그린 상(像)이라 하여 그것을 깨뜨리려는 것 자체가 헛된 욕망이다. 석불 속에도 나름 고뇌가 있을 것이고, 찡그린 상(像)은 물론 우는 상(像)까지 모두 깨달음의 상(像)이 될 수 있느니라. 부처의 생(生)도 곧 우리네 생(生)과 다를 바 없으니 결코 달리 생각하지 마라. 기쁨은 물론 슬픔과 고통, 번뇌와 희열마저도 우리와 매한가지일 뿐이니라."

대사의 말에 환희의 빛이 쏟아지며 단은 마음이 안정되었다. 서서히 번뇌가 가라앉고 떨리는 손이 안정을 되찾았다. 귀가 편안해지면서 맑은 바람 소리가 들려오고 푸른 대숲의 열락이 가슴을 적시기 시작했다.

"부처는 곧 내가 되고, 내가 곧 부처이니라."

단은 석불 조성에 정성을 다했다. 이마에 땀방울이 솟고 팔에 조화(造化)가 실리기 시작했다. 밤낮없이 울려대는 정 소리에 만불이 서서히 채워져 갔다. 의각대사와 단은 밤낮으로 석불 조성에 힘을 기울였다.

삼천 불이 넘는 석불이 조성되었을 때였다. 뜻하지 않은 소식에 의각대사와 단은 정을 놓아야만 했다. 바람 소리 차가운 어느 날 아침이었다. 그날도 의각대사와 단은 석불 조성에 여념이 없었다. 가해대사가 바쁜 걸음으로 문수동으로 달려왔다. 노쇠한 몸에 숨이 턱에까지 차 있었다. 얼굴은 잔뜩 상기되어 있었다.

"큰일 났다! 화문이란 젊은이를 알고 있느냐?"

단이 무슨 일이냐고 묻자 의각대사가 나서 화문에 대해 설명을 했다. 대사가 말을 마치기도 전에 가해대사가 말을 채뜨렸다.

"틀림없군! 빨리 석불을 싣고 떠나거라!"

의각대사가 눈살을 찌푸렸다. 상황의 심각함을 눈치챈 모양이었다. 다시 가해대사가 말을 이었다.

"그 젊은이가 황제 이치를 암살하려다 붙잡혔다. 그 젊은이의 입에서 의각 네 법명이 나왔고, 방이 붙었느니라. 서둘러라!"

대사의 입에서 낮은 불호소리와 함께 깊은 한숨이 쏟아져 나왔다.

"화문이 결국 그리되고 말았군."

대사는 합장을 했다. 단은 오금이 저렸다. 또다시 쫓기는 신세
가 되고 말았기 때문이다. 그것도 황제의 쫓김을 당하게 되었으
니 눈앞이 캄캄하기만 했다.

"마차는 내 준비하라 일렀다."

가해대사가 비단 주머니를 내밀었다.

"황금이다. 배 한 척을 살 수는 있을 것이다."

의각대사가 고맙다는 말을 꺼내자 다 백제를 위한 일이라며
가해대사는 손을 내저었다.

"속세를 떠나 출가한 사람이기는 하지만 그 낳아 준 땅에 대
한 의리마저 저버려서는 안 된다. 내 일이니 네 일이니 따지지
마라."

눈물겨운 말이었다. 의각대사도 말을 아꼈다. 이심전심이었
다. 의각대사는 단에게 석불을 싣고 지주(池州)포구로 오라고 했
다. 자신은 먼저 가서 배를 구해 놓겠다는 것이었다. 대사는 서
둘러 지주(池州)로 향했고 단은 석불을 정리했다. 아미타불을 비
롯해 관세음보살과 대세지보살 삼존상과 십육나한상을 포함한
3,053불이었다. 마차가 당도하자 단은 석불을 마차에 실었다.
다행히 황제의 근위병이 구자산에까지는 아직 미치지 않은 모
양이었다.

의각대사는 지주포구에 배를 준비시켜 놓았다. 석불을 싣기

에 적당한 규모였다. 마차가 도착하고 석불을 배에 옮겨 실었다. 선체가 묵직하게 가라앉았다. 가해대사는 포구에 나오지 않았다. 시간을 지체할까 염려해서였다. 의각대사는 화성사를 향해 합장을 해 보이고는 서둘러 배를 움직였다.

배는 바람을 받아 강을 따라 내려갔다. 적당히 부는 바람에 배는 빠르게 바다로 향했다. 단이 키를 잡고 의각대사는 이물에 앉아 염불을 외웠다. 무사히 백제 땅으로 돌아갈 수 있기를 간절히 비는 기도였다. 물살을 따라 내려가자 드넓은 장강 하구가 모습을 드러냈다. 강과 바다의 경계는 선명했다. 파란 하늘 아래 푸른 바다와 불그레한 강물이 조화를 이루고 있었다. 단은 가슴이 뛰었다. 이제 저 바다만 건너면 백제 땅일 것이다. 그토록 그리던 연을 다시 만날 수도 있을 것이다. 단은 하염없이 바다 건너를 바라보며 연을 그리고 또 그렸다. 배는 곧장 바다로 들어섰다. 늦가을로 접어드는 시기였지만 바다 날씨는 이미 초겨울이었다.

바다로 들어서자 단은 마음이 한결 가벼워졌다. 대륙을 벗어났다는 안도감 때문이었다. 지긋지긋한 시간이었다. 가량협을 떠나 바다로 들어서고 해도를 만나 고생했던 일들이 주마등처럼 스쳐 지났다. 끔찍했던 순간들, 아슬아슬했던 때, 다시는 기억하고 싶지 않은 시간들이었다. 지난 일 년, 석불을 조성하며 이 시간만을 기다려왔다. 만 불을 채우지는 못했지만 여하튼 백제로 돌아간다는 사실에 기쁘기 한량없었다. 연만 무사하기를 바랐다. 마음속으로 관세음보살을 수없이 외우며 연을 떠올렸다. 멀리 수평선 위로 흰 구름이 연인 듯, 관음보살인 듯 형상을 그려내고 있었다. 대사는 지그시 눈을 감은 채 꼼짝하지 않고 염불만을 외워대고 있었다. 경외감마저 일었다. 바다 위 이물에 앉은 부처였다. 단은 경건한 마음으로 대사를 향해 합장을 올렸다. 바람은 배를 몰아 바다를 건너고 있었다. 동쪽 백제로 향하는 바람이었다.

해가 지자 핏빛 노을이 바다를 물들였다. 빛깔은 섬뜩했다. 그러나 두려움의 빛깔은 결코 아니었다. 아름다움의 빛이었다. 배의 꽁지부리 끝으로 시간이 끌려갔다. 시간은 일렁이는 바다를 핏빛에서 금빛으로 바꿔놓았다. 서서히 변해가는 빛의 향연에 단은 황홀했다. 뭍에서는 결코 볼 수 없었던 빛깔들이었다. 금빛은 노란빛으로 옅어지면서 다시 검은빛을 끌어들였다. 밤의 빛깔이었다. 어둠을 지배하는 빛이었다. 검은빛이 세상을 지배하자 하늘도 바다도 온통 검은빛으로 물들었다. 검은빛은 침묵이었다. 침묵은 평화였다. 세상에 평화가 찾아들었다. 그리고 달이 떴다. 하얀 달은 수평선에 희붐하게 빛을 뿌리며 바다를 밟고 올라섰다. 달의 부스러기들이 멀리서 반짝이며 떠오르는 달을 맞았다. 신비롭고 아름다운 바다였다.

석불을 실은 배는 은빛 주단 위를 미끄러지듯이 나아갔다. 지난한 침묵이 이어졌다. 침묵은 무료했다. 무료함은 엉뚱한 상상을 불러오고 상상은 또다시 두려움을 불러들였다. 무채색의 두려움이 단의 가슴속에서 일렁였다. 파도가 일렁이듯이 두려움은 거칠게 요동쳤다. 단은 고개를 흔들며 정신을 차리려 했다. 키를 잡은 손에 힘을 주고 눈을 부릅떴다. 검은 하늘이 하얗게 일어섰다. 별빛과 달빛이 세차게 흔들렸다. 바람이 거세졌다. 키를 잡은 단의 손이 버거워졌다. 구름이 몰려들었다. 달빛이 부스러지고 별빛이 잠겨들었다. 배가 흔들렸다. 거칠게 흔들렸다.

"외물(外物)은 눈 밖의 것에 불과한 것이다. 마음을 가라앉히면 외물은 그저 밖의 것에 불과하니라. 마음을 가라앉히고 키를 잡아라!"

파도가 일어섰다. 뱃전을 때렸다. 물이 새까맣게 튀어 오르고 옷이 하얗게 젖었다. 난데없는 폭풍이었다. 대사는 이물에 앉아 염불만을 외웠다. 그 모습이 의연했다. 반면 단은 두려움에 얼굴이 일그러졌다. 대사의 말을 되뇌며 키를 움직였다. 파도가 일어서는 곳으로 배를 몰았다. 파도는 집채만 했다. 언덕을 넘듯이 배는 힘겹게 파도를 넘었다. 별빛이 구름 사이로 들락거렸다. 꿈속의 환영을 보는 듯했다. 파도에 몸을 맡긴 채 배는 오르락내리락했다. 3,053불의 법력이 대사의 염불을 따라 흘러나왔다. 관음보살의 영험함과 세지보살의 자비로움이 단의 두려움을 달렸다. 아미타불의 인자한 미소가 거친 파도 위로 스며들었다. 스며들어 해인(海印)으로 찍혔다. 해인은 파도를 잠재웠고 단으로 하여금 평정심을 되찾게 해주었다. 가슴 속 두려움의 뿌리도 잘라내 주었다. 배는 미끄러지듯이 파도를 넘었다. 파도를 넘어 쏜살같이 동쪽으로 향했다. 백제로 가는 길이었다.

파도가 잦아들자 바다는 또 언제 그랬느냐는 듯 평온을 되찾았다. 별빛도 달의 부스러기처럼 반짝거렸다. 맑고 깨끗한 빛이었다. 달은 희붐한 빛살을 뿜어냈다. 자비로운 빛이었다.

"저곳으로 방향을 잡아라! 우리가 가야 할 곳이다."

대사가 가리키는 곳으로 단은 키를 움직였다. 망망대해에서 어떻게 방향을 알아내는지 단은 그저 신기할 따름이었다. 둘러보아도 하늘과 물뿐인 곳에서 대사는 방향을 정확히도 잡아내고 있었다. 동녘은 푸르스름하게 터오고 있었다. 푸른 새벽이었다. 간밤의 사나운 파도를 제외하고는 아무런 일이 없었다.

갈매기를 보았다. 뭍에 다다른 것이었다. 아니, 백제로 돌아온 것이었다. 그토록 그리던 곳이었다. 단은 반가움에 갈매기라며 소리를 질렀다. 대사가 지그시 감고 있던 눈을 떴다. 멀리 가물가물 백제 땅이 눈에 들어왔다. 그제야 대사는 자리를 일어섰다.

"저곳으로 가자!"

대사의 지시에 따라 단은 키를 움직였다. 석불을 실은 배는 깊숙이 들어간 만을 따라 서서히 하천을 거슬러 올라갔다. 푸른 산이 가까이 다가섰고, 넓은 들판이 반갑게 맞아주었다. 그립기만 하던 곳이었다. 하천을 더 거슬러 오르자 마을이 눈에 띄기 시작했다. 사람은 보이질 않았다. 텅 비어서 괴기스럽기까지 했다. 대사는 눈살을 찌푸렸고, 단은 가슴이 뛰기 시작했다. 우려했던 일이 현실이 되어있기 때문이었다. 예감이 좋지 않다며 단은 한숨을 몰아쉬었다. 대사의 긴 눈썹이 꿈틀거렸다. 대사는 보이지 않는 상류 쪽만을 바라보았다. 뱃전으로 갈대 스치는 소리가 스산했다. 침묵이 그 소리를 홀로 들었다.

갈대가 흔들린 사이로 작은 군선이 튀어나왔다. 단은 가슴이 철렁 내려앉았다. 당나라 군선이었다. 군선의 이물에 젊은 군장이 버티고 서 있었다.

"어디로 가는 배인가?"

"구자산에서 석불을 싣고 오는 길이오. 이 땅에 부처의 정토를 만들려 하오. 길을 비키시오!"

말은 거역하지 못할 위엄이 있었다. 군장이 멈칫했다. 판단이 서질 않는 모양이었다. 불력(佛力)과 군령(軍令)사이에서 서성였던 것이다. 대사의 긴 눈썹이 바람에 휘날렸다. 군장은 곧 허리를 굽히고는 공손히 물었다.

"구자산 어디십니까?"

의각대사가 학성사라는 대답과 함께 가해대사를 얘기했다.

군장이 고개를 끄덕이고는 손인사를 입에 올렸다.

"함께 가서 여쭈시지요."

대사가 그러마고 했다. 군장이 신호를 쏘아 올렸다. 폭죽이 터졌다. 흰 연기를 꼬리 삼아 불꽃이 푸른 하늘로 치솟아 올랐다. 배는 다시 하천을 거슬러 올라갔다.

"백제는 어찌 되었소?"

군장이 공손히 대답했다.

"의자왕은 항복했고 임존성에 백제의 유민들이 항거하고 있습니다. 흑치상지와 지수신을 비롯해 몇 명의 장수가 버티고 있으나 그도 곧 무너질 것입니다."

말은 자신감으로 가득 차 있었다. 대사는 어두운 표정으로 연신 불호를 외웠다. 단은 답답했다. 이들이 무슨 말을 하는지 알아들을 수가 없기 때문이었다. 갈대가 우거진 하천을 벗어나자 멀리 당나라 군영이 눈에 들어왔다. 들판을 뒤덮고 있는 깃발과 군막, 끝없이 정박해 있는 함선에 단은 입을 다물 수가 없었다. 대사도 놀란 듯 눈을 크게 떴다. 예상보다 사태가 심각했기 때문이었다.

"군사들은 대체 몇 명쯤이나 되오?"

대사가 묻자 군장이 의기양양하게 대답했다.

"유인원과 유인궤를 비롯해 손인사, 풍사귀, 방효태 등이 거느리는 군사가 십삼만입니다."

대사는 고개를 가로저었다. 뿐만 아니었다. 상류 쪽에는 신라
군 오만이 또 진을 치고 있다고 했다. 대사는 절망했다.

"겨우 삼만의 군사로 버틴다 한들 얼마나 버티겠습니까?"

젊은 군장은 회심의 미소까지 지어냈다. 배가 군선들 사이로
들어섰다. 바람에 휘날리는 장수기가 화려했다. 우위위장군(右
威衛將軍) 손인사(孫仁師)라 쓰인 깃발이 우뚝해 보였다. 뱃전에는
칼을 찬 손인사가 허리춤에 손을 얹은 채 배를 맞고 있었다. 짧
은 수염에 작은 눈이 간특하게 생겼다.

"무슨 일이냐?"

젊은 군장이 구자산 화성사의 가해대사가 보낸 대사라며 보
고를 올렸다. 젊은 군장의 힘 있는 목소리가 쩌렁쩌렁 울렸다.
보고를 받은 손인사는 실눈을 가늘게 떠 대사와 뱃전을 한 차례
훑어보았다. 훑어보고는 실려 있는 석불에 슬며시 합장을 올렸
다.

"어디로 가시는 길입니까?"

대사가 석불을 모실 장소를 찾고 있다고 대답했다.

"위쪽은 전투 중이니 석불을 모실만한 상황이 못 됩니다. 이
쯤에서 길을 찾는 것이 좋을 듯싶습니다."

표정과는 달리 공손하고 자상하기까지 했다. 불력(佛力)의 영
험함을 믿는 모양이었다.

"너희들은 다시 내려가 매복을 하고 있도록 해라. 왜의 구원

병이 언제 들이닥칠지 모른다. 잘 살피도록 해라!"

젊은 군장은 알겠다는 대답과 함께 군선을 돌려서는 쏜살같이 무한천을 내려갔다. 손인사는 함선을 지휘해 물을 거슬러 올라갔다. 올라가며 석불을 실은 배가 도착했으니 이곳을 석주포(石舟浦)라 이름하라 명령했다.

"석주포라?"

중얼거린 대사는 눈을 들어 주변을 둘러보았다. 갈대 사이로 가느다란 길이 길게 뻗어 있었다. 길 끝으로는 우뚝한 산들이 머리를 맞댄 채 힘을 겨루듯이 서 있었다.

"이곳에 잠시 머물면서 갈 곳을 모색해야겠다."

대사는 배를 정박시킨 후, 염불을 외웠다. 맑은 종소리와 함께 낭랑한 염불소리가 멀리 퍼져나갔다. 말발굽 소리와 군사들의 함성을 넘어 백제 땅 너머로 울려 퍼졌다.

단은 마음이 조급했다. 가량협으로 한달음에 달려가고 싶었다. 그러나 그럴 수는 없었다. 대사를 홀로 두고 떠난다는 것이 양심상 허락하지를 않았다. 그런 단의 심정을 꿰뚫기라도 했다는 듯이 대사가 먼저 떠나기를 재촉했다.

"연이 기다리고 있을지도 모르니 그만 가 보거라! 나는 인연이 닿는 대로 석불을 모실 것이다."

"아닙니다. 연은 지혜로워 부처바위나 다른 곳으로 무사히 몸을 피했을 겁니다."

머뭇거리다가는 다시 말을 이었다.

"임존성으로 들어갔을 수도 있습니다. 괜히 혼자 움직였다가 당나라 군사들이나 신라 놈들에게 붙잡혀 낭패를 보느니 차라리 대사님과 함께 석불을 모시며 기회를 엿보도록 하겠습니다."

대사가 낮게 불호를 외웠다.

"온조왕께서 백제를 세우신 지 벌써 육백하고도 칠십 년의 세월이 흘렀다. 그 세월 동안 많은 변화가 있었지만 오늘 같은 변화는 일찍이 없었다. 이제 백제라는 이름이 사라지려 하고 있구나!"

대사의 말에는 안타까움이 가득 묻어났다. 단의 표정에도 그랬다. 이후로 사흘 동안 종소리와 염불소리가 석주포에서 끊임없이 울려 퍼졌다.

6장
회상 또 회상

"아직 전쟁이 끝나지 않았다. 괜히 나섰다가 험한 꼴을 당하지 말고 좀 더 기다려 보거라."

마음이 급한 단이었다. 주저하다가는 연을 영영 잃어버리지나 않을까 싶었다.

"석불도 모시고 했으니 이제 길을 나서보겠습니다."

대사도 더 이상 만류하는 것은 무리다 싶었는지 어디로 가겠느냐고 물었다.

"일단 가량협으로 가겠습니다."

대사가 한숨과 함께 고개를 끄덕였다.

"네 뜻이 정 그렇다면 그렇게 하도록 해라. 전쟁은 젊은이에게 독과도 같은 것이니라. 언제 해를 끼칠지 모르니 조심 또 조심해야 한다."

연을 찾으면 꼭 함께 찾아뵙겠노라고 했다. 대사는 말없이 고개만 끄덕였다.

단은 산모퉁이를 휘돌아 들판으로 나섰다. 누렇게 익어가야 할 곡식들이 보이질 않았다. 거무튀튀한 흙바닥 그대로 황량했다. 마음이 아프고 쓰렸다. 무한천을 건넜다. 제법 차가운 기운이 종아리로 전해져왔다. 가을물이었다. 오산산성 쪽에는 당 군이 진을 치고 있었다. 멀리 임존성 쪽으로 뽀얀 먼지가 이는 것이 대군이 움직이고 있는 듯했다. 단은 누가 볼세라 빠른 걸음으로 가량협 쪽을 향해 발걸음을 옮겨놓았다. 시절은 어느새 붉은 가을로 접어들고 있었다. 밭두둑의 풀도 누렇게 시들고 나무들은 붉은 기를 머금고 있었다.

금물현을 지나 가야산에 오르자 붉은 기는 더욱 선명했다. 단풍나무, 가래나무, 서어나무 모두 푸른빛을 잃고 있었다. 대신 노랗고 붉은 기운을 머금은 채 눈길을 사로잡았다. 깨끗했고 맑았다. 시리도록 맑고 깨끗한 빛깔에 단은 문득 서러운 마음이 일었다. 연이 떠올랐던 것이다. 마음은 더욱 조급해졌고 덩달아 걸음도 빨라졌다. 숨이 가빴다. 가슴이 터질 듯했다. 등성이가 손에 잡힐 듯 다가섰다. 건너편 능선이 아스라했다. 깊이 물든 단풍이 붉게 아팠다. 돌길은 숨 가쁜 단의 걸음을 자꾸 잡아챘다. 흔들리며 단은 가야산을 올랐다. 가쁜 숨을 몰아쉬며 뒤를 돌아보았다. 들판 건너 아스라이 무한천이 은빛으로 빛나고 있었다. 그곳에서 시작된 바람이 들판을 건너왔다. 바람은 가야산에 부딪혀 골짜기를 울렸다. 나무들이 흔들렸다. 단풍이 춤을 췄다. 오색의 현란한 춤이었다. 눈이 부셨다. 노랑, 빨강, 초록, 선홍빛 빛깔들이 미친 듯이 흔들렸다. 군무였다. 빛깔들의 군무였다.

오산산성 너머로 금오산이 아련했다. 땀이 비 오듯 했다. 젖은 소매로 땀을 훔친 단은 푸른 하늘이 머리 위에 있음을 보았다. 정상이었다. 그 아래로 가량협이 한눈에 들어왔다. 떠나던 포구도 가물가물 손에 잡힐 듯했다. 단은 지난날이 떠올랐다.

흐드러진 진달래가 눈을 시리게 했다. 지난겨울 혹독한 추위를 견디고 보란 듯이 따스한 꽃을 피워냈다. 해지는 서쪽 경계산에도, 아침 해 찬란한 명월봉에도 분홍빛 꽃잎의 흩날림은 화려했다. 산봉우리에서부터 등성이를 타고 산자락까지 붉은 진달래는 지천으로 널려있었다. 역천(逆川)의 맑은 물도 무색할 지경이었다. 봄은 역시 진달래의 계절이었다.

가량협 보원사, 가야산 줄기의 북쪽 끝으로 극락산 아래에 자리하고 있는 절집이었다. 앞으로는 수정봉이 내려다보고 있었으며 동쪽으로는 명월봉이 굽어보고 서쪽으로는 경계산이 둘러싸고 있었다. 이층 누각에서 쨍하고 눈이 부셨다. 햇살이었다. 풍경 소리가 흔들렸다. 잔잔한 바람이었다. 석탑의 보륜과 보주도 눈이 부셨다. 처마 끝의 풍경이 다시 흔들렸다. 파란 하늘과 흰 구름이 미소를 지었다.

금당 안에서 꽃공양을 올리고 있는 처자가 있었다. 진홍빛 진달래가 그녀의 손에 한 움큼 쥐어져 있었다. 그녀는 무릎을 단정히 꿇었다. 은은한 꽃 내가 어둑한 공간으로 퍼져나갔다. 두 손을 모아 무언가 간절히 염원하는 그녀는 연이었다. 그녀의 뒤로 사각 안에 담긴 밝은 세상이 눈부셨다. 단아한 오층석탑과 그 뒤로 장엄하게 서 있는 천왕문, 우뚝한 일주문까지 맞춤한 듯 늘어서 있었다. 역천 세심교의 홍교(虹橋)는 비 개인 뒤의 맑은 무지개가 내려앉은 듯 가볍고도 아름다웠다. 모두 다 눈부신 날들을 노래하는 사각 안의 풍경이었다. 펄럭이고 있는 당간지주의 흰 깃발은 이곳이 정토(淨土)라는 것을 말 없는 침묵으로서 묵묵히 드러내고 있었다. 금당 옆으로 취개각이 다소곳이 앉아 있었다. 섬돌 아래에서 흰 수염에 주름진 노승이 뒷짐을 진 채 단에게 물었다.

"연이를 어떻게 할 것이냐?"

단이 머뭇거렸다. 노승은 기다렸다. 햇살이 석탑의 보륜과 보주를 다시 한번 비껴갔다. 눈이 부셨다.

"돌아와 혼례를 올릴 생각입니다."

노승이 고개를 끄덕이고는 건너편 수정봉을 먼산바라기 했다. 흰 눈썹이 바람에 흔들렸다.

"바다는 험하다. 굳이 그럴 필요까지 있겠느냐?"

단은 또다시 머뭇거렸다. 이번에는 기다리지 않고 노승이 먼저 말을 이었다.

"세상살이 방편이라는 것이 한 길만 있는 것은 아니다. 찾아보면 그리하지 않고도 방법이 있을 게야. 저 여린 처자를 두고 그 먼 바닷길을 다녀온다는 것이 그리 녹녹치 만은 않을 텐데."

단의 얼굴이 어두워졌다. 세상은 혼란스러웠다. 이치가 군사를 준비하고 법민이 국경을 넘어올 것이라고 했다. 소문은 흉흉했다. 백제가 무너지면 세상은 신라의 것이 된다고 한다. 백제 사람들은 신라의 노예로 전락하고 백제라는 이름은 영영 묻힐 것이라고들 했다. 단은 두렵고도 답답했다. 현실이 두렵고 상황은 답답했다. 연을 데려가려면 손에 쥔 것이 있어야 했다. 그래야 목구멍에 풀칠이라도 할 수 있을 것이기 때문이었다. 그래서 상단을 따라나서기로 했던 것이다.

"눈에 보이는 것이 전부는 아니다. 보이는 것에만 너무 연연하지 말거라."

정작 소중한 것을 잃을 수도 있다는 말이었다. 노승은 불어오는 바람을 등지고 취개각 아래 회랑을 따라 걸었다. 바람은 훈훈했다. 진달래 향기가 묻어나는 바람이었다. 단의 입에서 한숨이 새어 나왔다. 차가운 한숨이었다. 한숨은 아직도 깊은 겨울이었다.

금당 쪽문이 열리고 잘 빗은 머리에 감빛 치마저고리를 입은 연이 모습을 드러냈다. 단은 그녀를 바라보며 하얗게 웃었다.

그녀의 입가에도 미소가 번졌다.

"무얼 그리 열심히 빌고 나오는 게야?"

그녀가 눈을 살짝 치켜떴다. 바람에 흔들리는 진홍빛 진달래만 같았다.

"빌 게 뭐가 있겠어!"

대답은 설레는 마음이 눈빛으로 드러나 보였다. 단이 두 손을 비볐다. 차마 입이 떨어지지를 않는 모양이었다. 그녀가 입을 샐쭉거리고는 먼저 말을 꺼냈다.

"마음은 알지만 난 반대야. 그 멀고도 험한 바다를 건넌다는 것은 너무 위험한 일이야."

단의 입술이 질끈 깨물렸다.

"일 년이야. 일 년만 고생하면 평생 잘 살 수 있을 거라고. 잠깐이면 돼!"

잠깐이라는 말이 그녀는 더욱 불안했다. 그 일 년이 기약할 수 없는 일 년이 될 수도 있기 때문이었다. 더구나 지금같이 어지러운 때에는 일 년은 너무 긴 시간이었다. 누구도 예측할 수 없는 날이었다.

"이달 보름에 상단이 떠나기로 되어있어."

연은 발걸음을 옮겨 금당 앞 석탑으로 향했다. 내딛는 발걸음이 무겁기만 했다. 뒤따르는 단의 걸음걸이도 그랬다. 영원을 품은 석탑은 푸른 하늘 아래 우뚝 서 있었다. 연이 두 손을 모아 합장을 올렸다. 입으로는 석가모니불을 외웠다. 단도 조용히 따라 했다.

"이 석탑의 영원함처럼 너를 향한 내 마음도 변치 않을 거야."

단의 넋두리에 그녀는 미소를 머금었다. 미소는 불안했다. 그녀가 합장을 한 채, 탑을 돌았다. 단도 따라 돌았다. 두 남녀가 탑을 돌며 말없음으로 서로의 마음을 전했다. 탑신의 푸른 사자가 단의 곁을 늘 지켜주기를 연은 마음속으로 빌었다. 지혜로운 문수보살의 화신이었다.

"너무 걱정하지 마!"

단이 입가에 미소를 피워 물었다. 말린다고 될 일도 아니지 않느냐며 그녀가 미소로 답했다. 그녀가 걸음을 멈추고는 탑신을 가리켰다. 면석에 돋을새김으로 새겨진 푸른 사자 상이었다. 한 면에 세 마리씩 모두 열두 마리의 사자 상이 제각기 다른 모습으로 새겨져 있었다. 단은 연이 마음을 정했음을 알고는 비로소 무거운 짐을 내려놓았다. 훈훈한 바람이 극락산 쪽에서 몰아 내려왔다. 언제인지 의현대사가 뒤에 와 서 있었다. 연이 합장으로 맞았고 단의 손도 모아졌다.

"바람이 제법 훈훈하구나!"

대사는 탑을 올려다보았다. 옥개석 끝으로 푸른 하늘이 날카롭게 잘려져 있었다.

"영원함은 순간에서 비롯된 것이니라. 또 순간은 영원함을 낳고."

대사는 혼잣말처럼 중얼거렸다. 대사의 말에 단은 옥개석에 잘려진 푸른 하늘을 올려다보았다. 연의 눈길도 그쯤으로 향했다.

"이 돌과 바람처럼 영원이라 이르는 것도 따지고 보면 순간에 불과한 것이고, 순간이라 이르는 것 또한 영원을 간직한 것이지."

대사는 다시 중얼거렸다. 뒷짐을 진 대사의 모습이 장엄해 보였다. 영원과 순간을 함께 지닌 깨달음의 실체 같았다. 단은 자신도 모르게 숙연해졌다. 사람의 마음도 그러한지를 물었다. 대사가 그를 돌아보았다. 자애로운 미소가 한없이 평온하기만 했다. 훈훈하게 젖어드는 봄바람만 같았다.

"눈에 보이는 것과 보이지 않는 것도 마찬가지니라. 사람의 마음이라 해서 다를 바 없지."

단의 고개가 갸웃해졌다. 자신은 변치 않을 마음에 자신이 있기 때문이었다. 그런 마음을 읽기라도 했다는 듯 대사의 말이 이어졌다.

"착각이라는 게 있느니라. 사람은 누구나 자신만은 변치 않을 것이라고 믿지. 그만큼 어리석은 것도 없느니라. 세월이라는 놈 앞에서는 누구도 제행무상(諸行無常)의 법을 비껴갈 수가 없으니. 돌도, 바람도, 사람도 모두 그렇게 변해가는 것이니라. 변치 않는 것이 있다면 그건 이미 이 세상 것이 아닐 것이다."

문득 바람이 풍경 소리에 놀라 석탑의 옥개석을 휘돌았다. 어디선가 날아든 뻐꾸기 소리가 보원사 앞뜰을 헤치기도 했다.

"언제 떠나느냐?"

대사의 물음에 단은 머뭇거리다 입을 열었다. 미안함을 넘어서 죄스러운 마음이 가득했다. 연 때문이었다. 이달 보름에 떠난다는 말이 흐릿했다. 부디 몸조심해야 한다는 말이 작별의 말처럼 대사의 입에서 흘러나왔다. 말이 연에게로 향했다. 염려로 가득했다. 피붙이 없이 어려서부터 보원사에서 자란 그녀였다. 그녀는 의현대사를 부모로 알고 자랐다. 대사의 낯빛이 어두웠다. 화창한 봄날에 어울리지 않는 수심이었다. 단은 염려 말라는 말로 가량상단에 대한 믿음으로 대답했다.

"이번 기회에 세상 구경도 할 겸, 앞날을 준비해 볼까 합니다."

대사는 고개를 끄덕이고는 탑을 돌아 금당으로 향했다. 뒷짐을 진 모습이 염려로 가득했다.

오늘도 꽃공양을 올렸느냐며 그제야 연에게 물었다. 그녀가 해맑은 얼굴로 고개를 끄덕였다. 한 떨기 환한 꽃이었다.

"달리 올릴 게 없어서."

그녀가 시무룩해 했다. 그보다 더 좋은 게 어디 있느냐며 부처께서도 마음을 아실 거라고 단이 다독였다.

"대사님께서도 그러셨어. 쌀이니 금이니 공양을 올리는 것도 좋지만 마음으로 올리는 공양이 제일 소중한 것이라고 말이야."

그녀가 배시시 웃었다. 순결하고 청정한 미소였다. 그럴 수밖에 없는 처지라고 말하는 단의 가슴이 아팠다. 그녀를 위해 좀 더 좋은 것을 해주고 싶었지만 그럴 수 없는 자신이 안타까웠다. 혼인도 올리지 못할 만큼 여력이 없는 처지에 쌀이니 금이니 하는 공양은 엄두도 내지 못했다. 그래서 가량상단을 선택했다. 일 년만 다녀오면 어떻게든 연과 혼인을 할 수 있을 것이다.

단은 살며시 연의 손을 잡고는 안양문 밖으로 향했다. 천왕문을 지나 금강문을 나섰다. 역천(逆川)의 버드나무가 푸릇푸릇 눈을 뜨고 있었다. 시야가 청정했다. 마음이 깨끗했다. 잘 휘어진 소나무가 양옆으로 도열해 있었다. 당당한 일주문이 버티고 있었다. 세심교 맑은 물이 재잘거렸다. 봄 소리가 완연했다. 간간이 날아드는 새들의 소리도 맑았다. 속세는 정신이 없었다. 봄빛으로 어지러웠다.

"어딜 가는데?"

물음에 대답이 없었다. 수정봉 하늘이 요란했다. 휘날리는 깃발 때문이었다. 연은 거듭 물었지만 대답은 여전히 묵묵했다. 그녀의 손만을 이끌 뿐이었다. 봄날의 설렘이 가슴으로 벅찼다.

연도 더 이상 묻지 않았다. 그거면 족했기 때문이었다. 아지랑이 피어오르는 언덕과 꽃다지 가득한 밭두둑으로 한가한 얼룩소가 풀을 뜯고 있었다. 비릿한 풀내음이 지천으로 솟아올랐다. 폴폴 솟아올랐다.

역천을 따라 내려가자 경계산 언저리로 푸른 솔이 빽빽했다. 물가의 버들가지도 앙증맞은 솜털을 내밀고 있었다. 검붉은 바위와 흰 바윗돌이 흐르는 물 사이에서 어울렸다. 흐르는 소리에 장단을 맞췄다. 화사한 봄날을 장식했다. 물은 시리도록 찼다. 가까이하기에는 아직 이른 계절이었다.

역천을 건넌 단은 쥐바위를 돌아 고양이바위로 향했다. 검은 쥐바위는 용트림하는 소나무와 빽빽한 서어나무 사이에 숨어 있었다. 숨을 죽였다. 뒤쫓는 고양이바위가 한껏 몸을 웅크렸다. 뒷발을 차며 당장이라도 뛰어들 기세였다. 발톱을 잔뜩 세우고 눈을 부라렸다. 그렇게 항하사의 세월만큼이나 긴 시간 동안 노리고만 있었다. 잡아챈 적은 한 번도 없었다. 그게 고양이바위의 운명이었다. 쥐바위의 운명이었다. 기구했다. 쫓기는 고통의 바다를 그 시간만큼이나 헤매고 있었다. 질긴 인연이었다. 악연이었다. 그들의 가련한 운명을 뒤로한 채, 단은 계곡의 끝자락으로 다가갔다. 가파른 돌길이 앞을 가로막아 섰다. 돌길은 우뚝해서 숨이 가빠 보였다. 연은 그제야 알았다. 단이 어디로 가고 있는지를.

"좀 쉬었다 올라가!"

연이 힘겨워했다. 얼굴은 파리했고 숨은 쌕쌕거렸다. 그제야 단은 걸음을 멈춰 세우고는 돌아서서 그녀의 얼굴을 바라보았다. 이마에 땀이 송글송글 맺혀 있었다.

"불암(佛岩)에 가려는 거야?"

단이 고개를 끄덕였다.

"전설이 맞는지 알아보려고."

그녀가 피식 웃음을 터뜨렸다.

"그걸 믿어?"

부처바위라는 바위가 있었다. 사람들이 많이 찾는 불암(佛岩)이었다. 영험함이 있어 한 가지 소원은 꼭 들어준다고 했다. 가량상단 사람들도 상단이 떠나기 전에는 꼭 축원을 드리고 떠났다. 그러나 전설의 상(像)이 나타난 적은 한 번도 없었다. 부처의 상(像)이 나타나면 소원이 꼭 이루어진다는 것이었다. 그래도 사람들은 불암의 영험함을 믿었다.

돌길은 사람들의 발길로 반들반들 닳아있었다. 윤기가 났다. 거울 같았다. 숨을 돌리며 연은 아래를 굽어보았다. 역천의 맑은 물이 비단 폭처럼 하얗게 쏟아져 내리고 있었다. 건너편 등성이로는 가래나무 사이로 붉은 진달래가 흐드러졌다. 멀리 보원사의 기왓장도 푸른 솔 사이로 거뭇거뭇 가물거렸다.

"부처의 상(像)이 나타나지 않더라도 난 불암의 영험함을 믿어!"

소원을 들어주실 거라며, 지금까지 상단이 아무 일 없이 저 험한 바다를 건너다녔지 않았느냐며 불암에 대한 믿음을 다시 한번 나타냈다. 연도 고개를 끄덕였다.

"나도 그렇게 믿고 싶어. 의현대사께서도 그렇게 말씀하셨어. 간절히 바라면 꼭 이루어진다고 말이야."

그것은 부처의 영험함이 아니어도 그럴 것이라고도 했다. 두 사람은 자신들의 혼인이 무사히 이루어질 수 있기를 간절히 빌 었다.

다시 돌길을 올랐다. 가파른 돌길은 서로의 숨소리를, 서로의 발걸음을 느끼게 해주었다. 꼭 잡은 손에서는 땀이 촉촉이 배어 나왔다. 기분 좋은 매끄러움이 손바닥으로 그대로 전해져왔다. 숨이 턱에까지 차오르자 더 이상 오를 곳이 없었다. 머리 위로 커다란 바위가 가로막아 섰다. 불암이었다. 비스듬히 앞을 향해 기울어진 바위는 나무꾼들이 비를 피하기도 하고 그늘로 삼아 쉬기도 했다. 오후 햇살에 바위는 긴 그림자를 늘어뜨리고 있었 다. 단은 숨을 고르며 주변을 살폈다. 멀리 여촌현의 산줄기가 출렁거리며 흘러가고 있었다. 그 너머로 바다가 있을 것이다. 그리고 그 너머 너머로는 대륙이 있을 것이고 장안도 있을 것이 다. 보이지 않는 그곳을 향해 이제 얼마 있지 않으면 떠나야 한 다. 가녀린 연을 남겨둔 채.

단은 마음이 착잡했다. 후회가 되기도 했다. 그러나 현실은 떠나야만 한다. 그래야 자신들에게 미래가 있을 것이기 때문이었다. 그 앞날을 위해 지금 여기 불암 앞에 선 것이었다. 단은 순간, 이것저것 생각이 많아졌다. 연도 그런지 말이 없었다. 단정히 손을 모은 채 기도를 올릴 뿐이었다. 단도 손을 모아 정성을 다했다. 바위틈을 비집고 고개를 내민 진달래가 관음의 미소처럼 자비로웠다. 미소가 두 사람을 내려다보았다. 햇살에 물든 미소는 연분홍을 머금은 흰빛이었다. 바람에 파르르 떨렸다. 가녀린 연의 모습을 보는 것만 같았다. 단은 마음이 더욱 무거워졌다. 신라군이 마음에 걸렸다. 당나라군이 머리를 어지럽혔다. 백제는 곧 망할 것이라고들 한다. 사비성이 무너지고 나면 그다음은 임존성과 가량협일 것이다. 가량협은 서해로 통하는 관문이었다. 백제의 목 줄기였다. 그런 가량협은 철저히 짓밟힐 것이다. 단은 생각이 이에 이르자 손을 내리고 주위를 둘러보았다. 깎아지른 낭떠러지와 막아선 바위가 아찔했다. 연은 여전히 두 손을 가지런히 모으고 있었다. 눈까지 지그시 감고 있었다.

단은 돌길을 돌아 내려갔다. 모퉁이를 돌자 산으로 오르는 희미한 자욱이 어렴풋이 눈을 뜨고 있었다. 사람이 다니는 길은 아니었고 노루나 멧돼지가 다니는 짐승길인 모양이었다. 단은 그 길을 따라 산으로 올랐다. 가파른 능선을 따라 오르자 훤하게 정상이 보였다. 단은 그곳에서 숨을 돌리고는 다시 불암 뒤쪽으로 내려갔다. 예전에 누군가에게서 들은 이야기가 있었기 때문이다. 불암 뒤에는 고승이 수행하던 작은 동굴이 있다고 했다.

길 없는 길을 만들어 가며 겨우겨우 불암 뒤로 내려서자 과연 작은 동굴이 눈에 들어왔다. 한 사람이 겨우 머물만한 공간이었다. 동굴이라기보다는 비를 피하고 바람을 막을 만한 바위 밑이었다. 그러나 어디에서도 보이지는 않았다. 나무로 우거지고 바위로 둘러싸여 숨어있기에 딱 맞춤한 곳이었다. 단은 마음이 놓였다. 이곳이라면 연이 숨어있기에 적당한 곳이라 생각했다. 그때 연의 불안해하는 목소리가 건너편에서 들려왔다.

"어디 있어?"

여기 있다며 단은 그녀의 흔들리는 목소리를 달랬다. 건너편에서 들려오는 소리에 그녀가 다시 물었고 그는 잠깐 기다리라며 가파른 바윗길을 다시 올랐다.

단은 연을 데리고 또다시 건너편 동굴로 향했다. 험하고 거친 돌길은 위험천만이었다. 발을 옮길 때마다 돌이 굴러떨어지고 발은 미끄러졌다. 연의 입에서 당황한 비명이 쏟아져 나오기도 했다. 그때마다 잡은 손에 힘이 들어갔다. 꼭 거머쥐었다. 보드랍고 매끈한 감촉이 가슴을 설레게 했다. 이 세상 무엇을 쥐어도 느껴보지 못할 좋은 느낌이었다. 능선을 오르고 바위를 내려서자 다시 동굴이 나타났다. 연이 놀란 눈으로 단을 바라보았다.

"잘 들어! 이다음에 혹시 어려운 상황이 닥치면 여기로 숨도록 해. 먹을 것만 갖고 오면 아무도 널 찾지 못할 거야."

바람이 연의 귀밑머리를 하얗게 간질이고 달아났다. 햇살에 붉은 입술이 더욱 짙어 보였다. 바위틈 진달래꽃보다도 더 붉은 빛이었다. 단은 그녀의 손을 맞잡았다.

"불암에 기도를 올렸으니 잘 될 거야!"

경계산 너머로 떨어져 내리는 노을이 유난히도 붉었다. 멀리 여촌현의 저녁 안개가 황금빛으로 물들어가고 있었다. 가야산 불암이었다.

회상에서 벗어난 단은 핏빛으로 물든 가야산을 내려갔다. 보원사는 여전한 모습 그대로였다. 얼마 만에 보는 정겨운 모습인지 몰랐다. 가슴이 뛰고 걸음은 가벼웠다. 왠지 모를 불안이 엄습하기도 했다. 마음이 무거웠다. 무거워서 다시 불안했고 불안해서 또다시 무거웠다. 불안과 무거움이 그렇게 돌고 돌았다.

7장
마지막 영웅

　문무왕과 김유신은 군량 부족으로 인해 곤욕을 치렀다. 진퇴양난에 빠졌다.

　"마지막 선택을 해야 한다."

　왕이 비장한 소리를 했다. 유신이 나섰다.

　"마지막으로 임존성을 치고 실패하면 회군을 해야 할 것입니다."

　침묵이 흘렀고 침묵은 무거워서 하얗게 가라앉았다. 이의를 제기하는 사람은 없었다. 왕이 눈살을 찌푸렸다.

　"명예를 걸고, 아니 사활을 걸고 전투에 임하라! 실패하면 죽음이요. 성공하면 영광이 있을 것이다."

　임전무퇴까지 입에 올렸다. 화랑의 정신이었다. 신라군은 총력전을 펼쳤다. 선봉에 김유신이, 좌우에 천존과 진춘이, 후방에서 인문이 문무왕을 모셨다. 진격은 비장했다. 하늘을 찌르는 창이 빛났고 허공을 메운 깃발이 화려했다. 말은 발을 채며 푸르르 거렸고 윤기 나는 갈기가 바람에 휘날렸다. 투구 끝이 햇살에 튕기며 날카로운 빛살을 쏘았다. 무지개가 그려졌다. 쩔그렁거리는 칼 소리가 들녘을 울렸다. 가슴을 울리는 전사의 소리였다. 창과 도끼, 칼과 화살이 임존산 아래를 향해 한 걸음씩 다가갔다. 일촉즉발의 위기가 임존성으로 향했다. 잔인한 발걸음이자 무도한 발걸음이었다.

임존성은 연이은 승리로 고무되어 있었다. 사기도 한창 올라 있었다. 그러나 신라 오만 군이 움직이자 바짝 긴장하지 않을 수 없었다. 흑치상지는 대책과 소책을 모두 비운 채 성안으로 물러났다. 전면전에 자칫 실수할 수도 있기 때문이었다. 남문에는 지수신과 사타상여가 버티고 북문에는 흑치상지가 몸소 백제 싸울아비들을 거느렸다. 상지는 전사들을 독려해서 신라군에 맞설 준비를 마쳤다. 백제군 역시 비장한 각오였다.

"임존성에 군량이 있다. 힘을 내라! 점령하기만 하면 모두 배부르게 먹고 마실 수 있다."

김유신이 이틀째 굶고 있던 신라군에게 유혹의 말로 공격을 명령했다. 맨 앞에서 명령을 내린 그는 말을 탄 채 험한 산길을 올랐다. 검은 말에 올라탄 그는 천신이 강림한 듯 우뚝한 모습으로 능선을 올랐다. 말이 긴 호흡으로 연신 고개를 추켜세웠다. 뜨거운 호흡이 길게 토해졌다. 그의 뒤를 개미 떼와도 같은 신라군이 뒤따랐다.

상지는 검은 수염을 휘날리며 다가서고 있는 유신을 노려보았다. 눈빛에 분노가 가득했고 살기가 가득했다. 이민족을 끌어들인 그가 역겹다는 듯이 그는 하얗게 눈을 찢었다. 역겨웠으나 현실은 엄연했다. 그가 백제를 무너뜨렸던 것이다. 이제 그 마지막 목 줄기를 조이려 다가서고 있었다. 상지는 입술을 깨물며 칼자루에 힘을 주었다. 때가 이르렀다. 칼을 빼 들었다. 예리한 칼날이 빛을 튕겨냈다. 눈이 부셨다. 오색의 무지개가 칼날에서 펼쳐졌다.

화살을 날리라는 명령이 떨어졌다. 한 놈도 살려두지 말라는 명령도 이어졌다. 명령은 울분에 차 있었고 분노에 휩싸여 있었다. 시위를 떠난 화살이 몸을 부르르 떨며 적의 목 줄기를 노렸다. 허공을 가르고 폐부를 찔렀다. 노여움을 죽였다. 상지의 명령이 또다시 이어졌다.

"돌을 던져라!"

화살 사이로 돌이 날아갔다. 돌과 화살은 마치 유성처럼 쏟아져 내렸고 소나기처럼 퍼부어졌다. 성벽 아래에서 비명소리가 터졌다. 신라군을 지옥으로 몰아넣는 소리였다. 삼도천(三途川)으로 인도하는 소리였다.

유신은 당황했다. 거센 저항에 방법이 없었다. 그러나 그는 역전의 용장이었다. 칼을 들어 화살을 막아내며 전사들을 독려했다.

"성벽을 오르라! 궁수는 전방을 지원하라!"

목이 터져라 외치고 칼을 휘둘렀다. 칼 빛이 무지개를 그리며 능선을 수놓았다. 신라의 화랑도 목숨을 조국에 담보한 채, 날아드는 돌과 파고드는 화살에 맞섰다. 맞섬은 치열했다. 피를 흘리며 쓰러지고 비명을 지르며 굴러떨어져도 앞으로 나아가는 것을 멈추지 않았다. 발걸음은 무거웠다. 무거웠으나 물러서지 않았고 더뎠으나 앞으로 나아갔다. 신라군의 화살도 맞대응했다. 가파른 능선을 타고 하늘로 솟구쳐 올랐다. 그러나 내리쏘는 화살에 치쏘는 화살이 당해 낼 수는 없었다. 게다가 무거운 돌덩이도 함께 힘을 보태는 데는 용빼는 재주가 없었다. 몸을 움츠리고 고개를 숙여야 했다. 상황은 긴박했고 급박했다. 유신은 말에서 내려 칼을 들었다. 성벽으로 다가가려 했으나 더 이상 나아갈 수는 없었다. 빗발치는 화살에 위협을 느꼈기 때문이다. 목숨을 노리는 위협이었다. 방패를 들어 막았다. 정신이 없었다. 뒤를 돌아보니 쓰러진 군사가 부지기수였다. 유신의 눈에 불꽃이 튀었다. 분노의 불꽃이었다. 임존산이 험하다고는 하나, 임존성이 견고하다고는 하나 이토록 지리멸렬 당하다니 믿기지가 않았다. 수적으로 우세하다는 사실이 부끄러웠고 참담했다.

"고개를 들어라! 고개를 들어야 목숨을 건질 수 있다!"

앞으로 나아가라고 소리에 소리를 보탰다. 그러나 그것은 유신만의 바램이자 착각이었다. 군졸들은 이미 몸을 돌렸는가 하면 쓰러진 동료의 시체를 밟느라 정신이 없었다. 유신은 이를 악물었으나 뾰족한 수는 없었다. 고개를 들어 성벽을 올려다보았다. 상지가 바람에 수염을 휘날리며 자신을 굽어보고 있었다. 가슴에 불이 붙었다. 분노가 치밀어 올랐다. 저놈을 어떻게든 요절을 내고야 말겠다며 유신은 다짐을 했다. 다짐을 했으나 현실은 멀리 있었다.

왕은 산 아래에서 유신의 공성을 지켜보았다. 눈을 부릅뜨고 손에 땀을 쥐며 가슴을 조이고 지켜보았지만 그도 임존성 앞에서는 소용이 없었다. 전투에 패한 적 없는 천하의 유신이었지만 상지가 버티고 있는 임존성에서는 그 힘을 제대로 발휘하지 못했다. 무너지고 있는 자신의 군대가 예사롭지가 않았다. 대패인 듯했다. 예감이 좋지 않았다. 왕은 연신 혀를 찼다. 곁에서 호위하고 있던 인문도 무안했던지 말을 건네지 못했다. 눈살만 잔뜩 찌푸린 채 입술을 깨물었다.

"물러나야 하지 않겠는가?"

왕이 시름겹게 물었다. 인문은 말을 아꼈다. 함부로 나설 분위기가 아니었다. 상황은 당연히 군사를 물려야 했지만 그것은 유신에 대한 의리가 아니었다. 인문의 침묵에 왕은 답답했던지 다시 물었다. 두 번의 물음에 대답을 안 하면 그건 침묵이 아니라 불손이었다. 불충이었다. 그가 입을 열어 대답하려는 순간, 무한천 아래에서 먼지가 뽀얗게 일었다. 당 군이었다. 깃발이 휘날렸다. 검교대방주자사의 위엄 있는 깃발이었다. 신라군의 공성 소식에 유인궤가 군사를 이끌고 올라온 것이었다. 그의 화려한 전포가 햇살에 빛났다. 유인궤는 껄껄웃음으로 인사를 대신했다. 왕은 자존심이 상했으나 어서 오라는 말로 반겼다.

"신라군이 쩔쩔매고 있소."

유인궤가 또다시 말끝에 웃음을 묻혔다. 웃음은 노골적이었다. 인문이 노해서는 앞으로 나서려 하자 왕이 말렸다.

"멀리 바다 건너까지 와서 이렇게 고생하시니 그 수고로움을 무엇으로 다 보답하리까?"

왕의 위로에 인궤가 답했다.

"황제폐하의 은혜를 잊지 않으면 되오! 폐하의 도움 없이 어찌 귀국이 통일의 위업을 이룰 수 있겠소."

거만한 말투에 왕은 불쾌한 기색을 드러냈다. 그의 불손함은 그것으로 그치지 않았다.

"보시오! 산 도적 하나 제대로 잡지 못하는 그대의 군사들로 어찌 저 강대한 고구려를 정벌할 것이며 이 잔적들을 토벌할 것이란 말이오. 김법민, 그대는 금성으로 돌아가 우리가 저 임존성을 함락하고 고구려를 무너뜨리는 것을 통보나 받기 바라오."

인문이 칼자루로 손을 가져갔으나 왕은 다시 한번 말렸다. 인궤는 무심한 얼굴로 임존성을 올려다보았다.

"군량이 충분했다면 저렇게 당하고 있지만은 않을 것이오. 우리 군사들은 이틀이나 굶고 오늘 전투를 치르는 것이오."

왕의 평계에 인궤는 다시 고개를 돌리고는 비릿한 웃음으로 입을 놀렸다.

"군량을 지키지 못한 것, 그 자체가 이미 패배요."

말은 비아냥거림이자 비난이었다. 그럼에도 왕은 할 말이 없었다. 무너지고 있는 신라군이 심상치가 않았다. 그때, 전령이 다급히 달려왔다. 흙먼지를 뒤집어쓴 채, 전령은 곧 숨이 넘어갈 듯했다.

"폐하, 구마노리성의 부여자진이 배신을 하고 출병했사옵니다."

왕은 당황했고 인궤는 여유로웠다. 이미 그가 성을 빠져나와 거열성 쪽으로 향했다는 말이 전령의 입에서 다시 튀어나왔다. 인문은 혼비백산했다.

"후방이 막히면 금성으로 통하는 길이 끊기게 되고, 신라군 전체가 위험에 빠지게 됩니다."

인궤는 웃었고 왕은 안절부절못했다.

"금성이 위험에 처하기 전에 군사를 돌리시오!"

인궤가 조언 아닌 조언을 주었다. 임존성은 대당의 검교대방주자사인 자신이 맡겠다는 말을 덧붙이기까지 했다. 냉소 섞인 말에 왕은 대구할 말이 없었다. 결국 후퇴를 명하지 않을 수 없었다. 퇴각을 알리는 북소리가 울렸다.

부장 거야록이 유신을 돌아보았다. 산 아래에서 북소리와 함께 깃발이 휘날리고 있었다. 유신은 물러나지 않을 수 없었다. 분하기는 했지만 더 이상 버틴다는 것도 무리였다. 어쩌면 자신도 명령을 기다리고 있었던 것은 아닌지 모를 일이었다. 상황은 그만큼 어렵고도 급박한 것이었다. 유신은 백제군이 날리는 화살과 돌을 피해 몸을 돌렸다. 쓰러진 군사들을 넘어설 때는 가슴이 아렸다. 숱하게 전장 터를 누벼온 그였지만 오늘 같은 패배는 일찍이 없었다. 이를 악문 채 물러나야 했다.

임존성에서 환호성이 터져 나왔다. 야유하는 소리도 쏟아져 나왔다. 당나라의 개들이라느니, 왜 꽁무니를 내빼느냐느니, 올라올 용기가 없느냐느니, 다시 한번 올라와 보라느니, 다시는 넘볼 생각도 말라느니, 비웃음과 야유로 유신은 속이 끓어 올랐다. 뒤를 돌아보자 상지가 껄껄웃음으로 호탕하게 웃고 있었다. 유신은 다리가 다 후들후들 떨렸다.

산자락으로 내려서자 천존과 진춘도 와 있었다. 몸은 이미 만신창이가 되어있었다.

"지독한 놈들입니다."

다리를 저는 천존이 먼저 말을 건네 왔다. 말은 패배에 대한 미안함과 부끄러움 그리고 동병상련의 투였다. 허벅지에 깊은 상처를 입어 붉은 피가 흘러내리고 있었다.

"남문의 지수신이란 놈이 어찌나 사납던지…."

진춘도 거들었다. 그는 한쪽 팔을 싸매고 있었다. 어깨에 부상을 입었던 것이다. 유신은 물러가자는 말 외에는 어떤 말도 하지 않았다. 그때, 말발굽 소리가 산을 울렸다. 소리는 다급했다. 구르듯 뛰어내린 전령이 부여자진을 입에 올렸다. 유신은 아연실색했다. 얼굴색이 변했다.

"서두르자!"

그가 다시 말에 올라타 채찍에 힘을 가했다. 그의 뒤로 패잔병들이 줄줄이 따랐고 먼지구름이 누렇게 일었다.

왕을 대면한 유신이 고개를 들지 못하자 급한 목소리로 왕이 먼저 물었다.

"부여자진이 거열성으로 향했다고 하니 어쩌면 좋으냐?"

패배에 대한 소리는 꺼내지도 않았다. 유신의 대답이 풀이 죽었다.

"면목이 없습니다."

죄스러움을 먼저 입에 올렸던 것이다. 왕이 듣고 싶은 것은 그게 아니라며 답답하다는 듯, 다시 재촉을 했다.

"그건 지금 이야기할 것이 못된다. 지금 당장 발등에 떨어진 불부터 꺼야 한다."

그제야 유신은 생각해 두었던 말을 풀어냈다.

"어차피 물러날 것이라면 신속히 해야 할 것입니다. 그게 금성의 안전을 도모하는 상책이라 생각됩니다. 제가 오천의 기병을 이끌고 먼저 구마노리성으로 달려가겠습니다. 가서 성을 공격하면 놈들도 발길을 돌리지 않을 수 없을 것입니다."

"한시가 급하다. 당장 떠나라!"

왕의 명령에 유신은 기병을 이끌고 먼저 떠났다. 천존과 진춘, 인문이 왕을 모시고 뒤를 따랐다.

신라군이 떠나자 임존성은 유인궤의 몫이 되었다. 그는 한숨부터 몰아쉬었다. 어떻게든 무너뜨려야 했으나 결코 만만치가 않았다. 눈을 가늘게 뜬 채 목책을 시야 깊숙이 끌어당겼다. 가파른 산세가 험했다. 험해서 험난한 전투가 될 듯싶었다. 그의 눈에 백제 목책은 생선 가시와도 같아 보였다. 날카롭고 버거운 장애물이었다. 그냥 삼키지 못할 것이었다. 쉽지 않을 것이었다. 험한 산세에 깊이 박힌 목책이 부담스러웠다. 넘어서기에는 너무 많은 희생이 따를 것이었다. 먹을 것 없는 생선 가시를 이리저리 뒤집어보기만 하는 듯싶었다. 성 위의 휘날리는 깃발이 그렇게도 눈부실 수가 없었다. 대백제의 삼족오기였다. 임존성이었다.

주류성으로부터 전령이 달려왔다. 상기된 얼굴이 심상치가 않았다. 상지는 불길했고 불길함은 곧 그 정체를 드러냈다. 부

여자진이 당 군과 내통하다 상잠장군에게 발각되어 처형되었다
는 보고였다. 상지는 머리를 짚었다. 어지러웠다. 그렇게 믿었
던 자진이 배신을 하다니? 믿을 수가 없었다. 누구보다도 가까
운 곳에, 또 듬직하게 있던 그였기에 충격은 더욱 컸다.

"어찌 된 일이냐? 자세히 말해 보라!"

곁에 있던 수신이 다그쳤다. 전령이 그간의 사정을 이야기했
다.

부여자진은 유인궤의 유혹에 빠졌다. 자신을 새로운 백제의
왕으로 앉혀주겠다는 유혹에 넘어가고 말았던 것이다. 그는 유
인궤가 시키는 대로 군사를 움직여 신라의 후방을 노리는 척 이
동했다. 문무왕은 임존성을 떠나게 되었고 임존성은 유인궤의
차지가 되었다. 그는 난공불락의 임존성을 함락시켜 백제의 마
지막 숨통을 끊는 업적을 남기고 싶었다. 또한, 부여자진과 복
신의 관계를 이용해 백제군의 내분을 조장케 하고자 함이었다.
유인궤의 작전은 모두 성공했다. 자진의 배신은 임존성 전투 승
리에 찬물을 끼얹었다. 상지는 불안했고 그런 모습을 본 수신은
복신의 말이 다시금 떠올랐다. 그를 끝까지 믿지는 말라는 말이
었다.

"자진이 배신을 하다니? 믿을 수 없는 일이다."

상지는 도저히 믿기지 않는다는 듯 새파란 하늘을 올려다보
았다. 자진은 부여 씨로 자신과 같은 뿌리였다. 믿음이 컸다.

"상잠장군께서 잘못 보았을 리 없습니다. 현실을 받아들이셔야 합니다."

별부장 사타상여가 나섰다. 수신은 입을 다물었다. 판단이 서질 않기 때문이었다. 주군인 복신이 한 일이기 때문이기도 했다. 그는 복신을 믿었다.

"중요한 것은 현실입니다. 지금 산 아래에는 유인궤가 우리의 숨통을 노리고 있습니다."

상여가 다시 상지를 일깨웠다. 그가 고개를 끄덕였다. 그건 그렇다며 대책을 세우도록 하자고 했다. 상지는 유인궤와의 전투를 생각하며 자진의 일을 잊으려 애썼다. 애썼으나 불행은 그것으로 끝이 아니었다. 부여자진이 복신에게 처형당한 지 보름이 지나서 주류성에서 또다시 전령이 달려왔다. 이번에는 복신이었다. 백제의 마지막을 알리는 비보였다. 하늘이 무너지는 아픈 소식이었다.

복신이 도침을 참하고 부여자진마저 처형을 하자 불안에 휩싸인 부여풍은 자신의 안위를 먼저 걱정해야 했다. 왜에서 올 때부터 그는 복신의 꼭두각시라는 것을 느끼고 있었다. 도침과 부여자진이 참형을 당하는 것을 보고는 자신의 앞날을 걱정해야 했다. 언제 그런 꼴을 당할지 모른다는 두려움에 휩싸이게 되었던 것이다. 이후로 복신은 드러내놓고 부여풍을 업신여기기 시작했다. 자신도 부여 씨라는 것을 은근히 드러내며 위협을 가하기도 했다.

부여풍은 자신이 먼저 복신을 살해하기로 결심했다. 기회는 멀리 있지 않았다. 복신이 먼저 눈치를 채고 부여풍을 없애기로 한 것이었다. 그가 병을 핑계로 부여풍을 불렀다. 부여풍은 측근을 데리고 복신이 거처하고 있는 동굴로 찾아가 그를 체포했다. 허무하게 사로잡힌 복신은 자신이 생각했던 것과는 다른 길로 가야 했다. 무릎이 꿇린 복신을 두고 어떻게 할 것인지를 묻자 달솔 덕집득이 나섰다.

"참해야 합니다."

무참한 말이었다. 말은 얽혔고 피비린내가 풍겼다. 복신은 처형되었다. 연이은 내분으로 꿈은 물거품이 되고 말았다. 백제가 무너졌다. 주류성은 함락되었고 부여풍은 고구려로 망명을 했다. 두량윤성, 가림성, 피성이 차례로 모두 무너졌다. 이제 남은 것은 임존성뿐이었다. 마지막 보루였다.

상지는 북문 문루에 서서 산 아래를 굽어보았다. 앞날은 막막하기만 했다. 깊은 밤과도 같이 아득하기만 했다. 백제를 일으켜 세우기로 한 지난날의 꿈이 모두 허사가 되는 듯했다. 깊은 수렁으로 빠져드는 듯, 나락으로 떨어져 내리는 듯 마음은 허공을 헤매었다. 이제 남은 것은 수신과 상여뿐이었다. 믿고 따르는 삼만의 군사들과 백성들의 앞날이 어두웠다. 가늠이 되질 않앗다. 산 아래로는 인궤의 오만 군사가 호시탐탐 기회를 노리고 있었다. 이제 백제를 평정한 유신도 또다시 군사를 이끌고 달려올 것이다. 임존성이 험하고 단단하기는 하나 부족한 식량과 무기를 생각할 때, 언젠가는 무너져 내리고 말 것이다. 성문이 열리는 날, 저 가여운 백성들은 자신과 함께했다는 이유만으로 목이 베이고 말 것이다.

"적이 남문으로 짓쳐들고 있습니다."

정신이 번쩍 들었다. 그는 스스로 놀랐다. 자신이 한 생각 때문이었다. 가여운 백성, 그들을 죽게 할 수는 없다는 생각, 살려야 한다는 생각, 살아남아야 한다는 생각, 무릎을 꿇어야 할지도 모른다는 생각 그런 생각들이 머리를 어지럽게 했고 혼란스럽게 했다. 스스로를 자책했다. 쓸데없는 생각이 자신을 나약하게 만들었다면서 그는 남문으로 향했다.

남문에는 손인사가 일만 오천의 군사를 이끌고 와서 공격을 하고 있었다. 수신이 전사들을 독려하며 간신히 맞서고 있었다. 적의 공세가 가볍지 않았다. 가을빛에 새까맣게 탄 채, 수신은 땀을 뻘뻘 흘리고 있었다. 여름 뒤끝이 남은 가을은 아직도 무더웠다.

당 군은 사다리를 걸치고 성벽을 넘으려 기를 썼다. 백제 싸울아비들도 만만치 않았다. 사다리를 밀어 넘어뜨리는가 하면 뜨거운 물을 붓고 돌을 던지고 화살을 날리며 쇠뇌를 쏘고 창을 찔러 맞섰다. 백성들 또한 돌을 나르고 물을 끓여 대느라 정신이 없었다. 쇠뇌와 화살이 성벽을 넘나들고 비명과 신음소리가 산자락을 울리며 능선을 타고 넘어 골짜기 아래로 떨어져 내렸다. 성벽을 지키라며, 적의 공성을 막으라며 상지는 서쪽 얇은 성벽 쪽으로 다급히 달려갔다. 성벽을 무너뜨리려는 충당부대가 성벽에 구멍을 내려 하고 있기 때문이었다. 싸울아비들은 돌과 쇠뇌로 달려드는 충당부대를 막았다. 당의 충당부대는 쓰러지는 군졸을 넘어 성벽 아래로 달려들고 또 달려들었다. 마치 불을 보고 달려드는 부나비와도 같았다. 성벽 아래에는 당 군의 시체로 작은 토산을 쌓아놓은 듯했다. 핏물이 내를 이루기도 했다. 임존산 등성이가 시뻘겋게 물들었다.

"한 놈도 남기지 마라. 달려드는 놈은 모조리 죽여라!"

수신은 마른입으로 군사들을 독려했다. 소리치고 외치며 호통을 치느라 침도 말랐다. 손으로는 연신 바윗돌을 집어 던졌다. 그가 힘을 쓸 때마다 당 군의 입에서 비명이 터져 나왔다. 멀리서 지켜보던 손인사는 입술을 바짝 깨물고는 눈을 질끈 감았다. 차마 더 이상 보지 못하겠던 모양이다. 지독한 놈들이라는 말을 연거푸 뱉어냈다. 고개도 절레절레 흔들었다. 도리질에는 탄식과 놀라움, 패배에 대한 불길한 예감 그런 것들이 한데 뒤섞여 있었다. 곁에 있던 군사 엽초금이 한마디 거들었다.

"임존성이 험하다는 말은 들었지만 이 정도일 줄은 미처 몰랐습니다."

"그러게 말이다. 안 되겠다. 일단 물러나야겠다."

엽초금도 그래야 할 것 같다며 피해가 너무 크다며 이대로 두었다간 큰일 나겠다는 말로 후퇴에 동조했다. 북을 울리라는 명령에 이어 물러나라는 외침이 산자락에 깊이 울려 퍼졌다. 다급한 북소리가 골짜기를 타고 올랐고 등성이를 넘어갔다. 퇴각을 알리는 북소리였다. 당 군이 앞뒤를 다투며 성벽에서 물러났다. 썰물이 빠지듯 했다. 임존성에서는 또다시 환호성이 터져 나왔다. 환호성 속에는 백제군의 상처도 깊었다. 적지 않은 군사들이 죽거나 다쳤고 성벽의 일부도 허물어졌다.

"성벽을 보수해야 한다. 언제 놈들이 다시 쳐들어올지 모르니 지금 당장 보수하도록 하라!"

상지의 명령에 백제군은 일제히 성벽 보수작업에 들어갔다. 일부는 경계를 서고 나머지 군사들은 성벽 보수작업에 들어갔다. 다행히도 산 아래 당 군은 대열을 정비한 채, 본진을 향해 말머리를 돌리고 있었다.

물들어가는 능선의 단풍이 오늘 흘린 싸울아비들의 붉은 피만 같았다. 고귀한 빛깔이었다. 상지는 쓰린 가슴을 달래며 성벽을 물끄러미 바라보았다. 종일 전투에 시달린 싸울아비들이 쉬지도 못한 채, 성벽에 매달려 또다시 돌 더미와 씨름을 하고 있었다. 허물어졌던 성벽이 가지런하고 탄탄하게 쌓여갔다. 백제를 지킬 마지막 보루였다. 임존성이었다.

유인궤는 초조했다. 우위위장군 손인사가 또다시 패하고 임존성의 사기만 하늘을 찌를 듯이 높아졌다. 신라 왕 김법민에게 큰소리를 쳤지만 성과는 참담했다. 전사자가 천여 명에 부상자가 이천에 가까웠다. 게다가 부장이 셋씩이나 전사했다. 참담함을 넘어서 처참한 것이었다.

"어떻게 하는 것이 좋겠느냐?

유인궤가 물었다. 손인사는 대답을 못했다. 겪어보니 대책이 없기 때문이었다.

"부여융을 이용하는 것이 어떻겠느냐?"

유인궤가 은근히 묻자 손인사가 되물었다.

"좋은 계책이라도 있으십니까?"

"흑치상지를 회유시키도록 하자."

유인궤의 눈빛이 음흉하게 빛났다.

"회유라니요?"

"백제는 망했고 남은 것은 임존성뿐이다. 저들이 버틴다 한들 얼마나 더 버티겠느냐? 이미 흑치상지도 자신의 운명을 예측하고 있을 게다. 그러니 잘 달랜다면 넘어올 수도 있지 않겠느냐?"

손인사가 고개를 끄덕였다. 지금까지 유인궤의 전략은 모두 적중했다. 백강구 전투가 그랬고 사비부성 함락과 두량윤성 함락이 모두 그랬다. 이번 임존성 공격도 신중을 기하라는 그의 말을 가볍게 듣고 나섰다가 그만 수모를 당한 것이었다.

"묘책입니다."

인궤가 별장 두상을 불렀다. 군막 밖에 대기하고 있던 그가 득달같이 안으로 들었다. 부여융을 데려오라는 명령에 두상이 다시 부리나케 달려나갔다.

"부르셨습니까? 장군."

융이 공손하게 인사를 올렸다. 눈빛이 불안하게 흔들렸다. 적국에 대한 분노와 울분은 두려움과 공포로 하얗게 가라앉아 있었다. 비운의 태자 융이었다.

"편지를 좀 써야겠소."

"편지라니요?"

융이 의아한 얼굴로 좌중을 돌아보았다. 돌아보고는 쏘아보는 인궤의 눈빛으로 끌려들어 갔다. 그가 고개를 떨궜다.

"흑치상지에게 항복을 권하시오! 태자의 편지에 임존성이 달렸소이다."

그가 고개를 끄덕이며 알겠노라고 했다. 대답은 순종하는 것이자 받드는 것이었다. 붓과 종이는 이미 마련되어 있었다. 자리에 앉기 무섭게 엄포와도 같은 말이 인궤의 입에서 나왔다.

"만약 듣지 않으면 부여의자를 비롯해 당신 융과 백제의 신하들, 포로로 잡혀간 만 이천의 백제인들 모두 참수를 면치 못할 것이라 이르오."

융의 얼굴이 새파랗게 질렸다. 붓을 들기도 전에 손이 먼저 바들바들 떨렸다. 인궤가 껄껄 웃었다. 괜찮다며 흑치상지를 달래기 위한 협박일 뿐이라며 놀라지 말라고 다시 다독였다. 다독이고는 또다시 호탕하게 웃었다. 웃음이 군막을 뚫고 나갈 듯했다. 바람이 스산했다. 해 질 녘의 무한천이 석양을 머금었다. 붉고 투명한 석양이었다. 손인사가 웃었다. 그의 각지고 거친 웃음이 융의 가슴을 짓눌렀다.

"허나 항복을 하면 그대와 더불어 백제를 재건하는데 우리 당군이 적극 돕겠다는 약속도 적어 넣도록 하시오!"

융이 놀란 얼굴로 인궤를 바라보자 그가 뚫어질 듯 융을 쳐다보았다.

"새로운 백제요. 우리가 어렵게 바다를 건너온 이유가 무엇이겠소? 신라를 위해 이 고생을 하고 있는 줄 아시오?"

백제는 당의 속국으로 다시 태어날 것이라고 했다. 인궤의 말에 융은 가슴이 뛰었다. 백제를 재건한다? 새로운 희망이 보였다. 융은 그제야 환한 웃음으로 고개를 끄덕였다. 인궤의 진심이 보이는 듯했다. 융은 정성을 다해 편지를 썼다. 상지의 마음을 돌릴 수 있도록 최선을 다해 붓을 놀렸다. 무한천 상류가 은빛으로 눈을 찔렀다. 갈대는 구름 꽃을 피워냈다. 그 너머로 울굿불긋 단풍이 물들어 있었다. 깊은 가을이었다.

"두상, 가서 이 편지를 전해라!"

인궤는 융의 편지를 부장 두상에게 건넸다. 두상이 부복을 하고는 즉시 군막을 나섰다. 흙먼지가 일었다. 임존성으로 향하는 단기필마였다. 등에는 흰 깃발이 꽂혀 있었다.

상지가 북문 문루로 올라섰다. 그는 눈을 가늘게 떠 치닫고 있는 말을 주시했다. 뽀얀 먼지가 길게 일고 있었다. 말은 대책을 향해 달려왔다. 사자라며 뒤따라온 상여가 나섰다. 상지가 고개를 끄덕였다.

대책 앞으로 군장 귀실임유가 나섰다. 말이 멈춰 서자 뽀얀 먼지가 뿌옇게 흩어졌다. 두상은 편지를 전했고 곧 말머리를 돌렸다. 흙먼지가 다시 일었다. 시야를 흐렸다.

산자락으로도 흙먼지가 피어올랐다. 귀실임유였다. 그는 임존성으로 말을 몰았다. 먼지는 서어나무 숲을 돌아 등성이로 이어졌다. 말이 벅찬 듯 무릎을 꺾었고 숨을 헐떡거렸다. 거친 숨이 골짜기를 울렸다. 채찍이 재촉했다. 말은 능선에 발굽을 올려놓았다. 버거워 보였다. 능선을 따라 다시 먼지가 피어올랐다. 북이 울렸다. 둥둥거리는 울림이 말의 무릎에 힘을 실어주었다. 북문이 열리고 귀실임유가 들어섰다.

"장군, 융 태자께서 편지를 보내셨습니다."

태자라는 말에 상지의 안색이 흐려졌다.

"태자께서?"

"그렇습니다."

편지를 받아든 상지의 손이 떨렸다. 단정한 태자의 글씨였다. 바람이 불었다. 단풍이 흩날렸다. 붉은 이파리가 문루를 가로질러 성벽 아래로 떨어져 내렸다.

'장군. 백제를 재건하는 일은 장군과 내가 해야 할 천명이오. 허나 우리의 힘만으로는 어려운 일이며 대당 황제폐하의 은혜로움으로 가능한 일이라 생각하오. 임존성이 비록 험하고 견고하며 싸울아비들이 용맹스럽고 충성스럽다 하나 대당의 군사를 끝내 당해내지는 못할 것이오. 또한, 장군이 지혜롭고 출중하다 하나 작은 성과 적은 군사로 버틴다는 것은 힘에 부치는 일일 것이오. 이미 모든 백제의 성들이 함락되었소. 혈혈단신 남은 임존성이 언제까지 버텨낼 수 있을는지, 장담하지 못한다는 것은 장군도 잘 알고 있으리라 생각하오. 장군이 대당에 협력해 성문을 활짝 열어젖힌다면 검교대방주자사이신 유인궤 장군께서 백제를 재건하는데 장군과 나를 돕겠다고 약속을 하셨소. 이는 검교대방주자사의 사사로운 의견이 아니며 대당 황제폐하의 뜻이오. 그러니 장군께서는 부디 생각을 달리하시길 바라오. 또한, 만에 하나 장군이 이 편지를 가벼이 여기신다면 부왕을 비롯해 나와 여든여덟의 신하, 백제의 억울한 백성 만 이천의 목숨이 모두 불귀의 객이 되고 말 것이라는 것을 명심하길 바라오. 이는 이 한목숨 아까워 장군을 겁박하고자 하는 것이 아니라 진실로 백제의 재건을 위해 드리는 간절한 말씀이니 심사숙고하기를 부탁 또 부탁하는 바이오. 임존성을 바라보며 대당 황제폐하의 신민 부여융.'

편지를 읽고 난 상지의 눈빛이 흔들렸다. 떨어져 내리는 붉은 단풍 때문만은 아니었다.

"죽일 놈들!"

상여는 분노했고 뒤늦게 달려온 수신은 편지를 갈기갈기 찢어버렸다. 쇠한 낙엽이 지듯 편지가 하얗게 흩어졌다. 수신의 노한 눈빛이 붉은 단풍을 짓이겨 버릴 듯했다. 수작에 흔들리면 안 된다며, 겨우 이따위 협박으로 농락하려 든다며 가엾은 놈들이라고 입가에 비릿한 웃음을 흘려내기까지 했다. 그는 뚫어질 듯 산 아래 당 군을 노려보았다.

"당장 말을 달려 놈들에게 본때를 보여줘야겠습니다."

허리춤의 칼자루를 거머쥐어 보이기까지 했다. 상지는 아무 말이 없었다. 떨어지는 고운 단풍에 눈길을 주고 있을 뿐이었다.

"어떻게 하시겠습니까?"

답답했던지 상여도 묻고 나섰으나 상지는 여전히 말이 없었다.

"흔들리고 있는 건 아닙니까?"

수신이 묻자 그제야 고개를 가로저었다.

"아니오. 어찌 그럴 수 있겠소."

대답과는 달리 목소리는 흔들리고 있었다. 수신은 복신의 말이 가슴에 와 닿았다.

"저들이 폐하와 태자를 비롯해 그 많은 백제 사람들을 욕보이려 드니 그것이 마음에 걸리는구려."

상지의 염려에 수신이 거칠고 벌건 입을 벌려 받았다.

"염려할 것 없습니다. 아무렴 죄 없는 폐하를 해치기야 하겠습니까?"

협박에 불과하다는 말을 덧붙이기도 했다. 상여도 수신의 말에 동조하고 나섰다.

"맞습니다. 저들의 야비한 수작에 불과합니다."

"아무튼 방비를 철저히 하고 우리는 우리의 길을 가도록 합시다. 끝까지 임존성을 사수하며 백제 싸울아비의 매운맛을 보여주도록 합시다."

수신의 결의에 상지도 주먹을 불끈 쥐었다. 상여도 손을 내밀어 맞잡았다. 바람이 찼다. 어느새 계절은 찬바람을 불러오고 있었다. 임존성으로 낙엽이 졌다. 퇴색한 이파리가 쓸쓸하게 바닥으로 굴렀다.

융의 편지에도 반응이 없자 인궤는 실망이 이만저만 아니었다. 계략에 걸려들지 않자 괜한 짜증을 내기까지 했다. 그러나 융의 편지는 임존성에 작은 구멍을 내기 시작했다. 상지의 마음이 흔들리기 시작한 것이다. 그는 문루에 서서 붉게 물든 단풍을 내려다보는 일이 잦아졌다. 눈길은 단풍이었으나 시야는 그 너머 당 군에 가 있었다. 이를 눈치채지 못할 상여가 아니었다. 그와 더불어 반평생을 함께 한 동지이자 형제였다.

"빛깔이 너무 짙습니다."

그가 붉은 단풍잎을 입에 올렸다. 상지가 쓴웃음을 지었다.

"그러게 말이다. 장부로 태어나 큰일을 한 번 도모하려 했으나 이제 그 꿈도 다 깨진 것 같다."

저 붉게 물든 단풍처럼 화려하게 지고 말 것이라며 한숨을 몰아쉬었다. 몰아쉰 뒤 '이 임존성과 함께'라는 말을 혼잣말처럼 흘리기도 했다. 탄식에 상여의 눈썹이 꿈틀거렸다. 예감이 적중했기 때문이다.

"폐하의 안위와 태자를 비롯한 수많은 백제인의 목숨이 달려 있습니다."

상여가 넌지시 건네자 상지가 흠칫했다.

"별부장은 장군의 뜻에 따를 것입니다. 장군의 꿈이 결코 작지 않다는 것을 아는 이 사타상여는 죽음까지 함께 할 것입니다."

견디고 또 견디던 말을 상여는 기어코 내뱉고 말았다. 그가 견딘 말에서 백제의 끝자락이 보였다. 상지는 견딘 말의 끝을 내보여준 상여가 고마웠다. 두리번거리며 주위를 둘러봤다. 상여의 말은 거침이 없었다.

"장군께서 어떠한 결정을 내리시든 이 사타상여는 함께 하겠습니다. 며칠간 장군께서 잠 못 이루시며 힘겨워하는 모습을 곁에서 지켜보았습니다. 처음 편지를 대하고 분노했으나 생각해보니 장군의 뜻이 옳을 수도 있겠다는 생각이 들었습니다."

말은 깊은 생각을 거듭한 끝에 내린 결정이었다. 순간의 감정으로 내뱉은 말이 아니었다. 상지가 뒷짐을 진 채, 산 아래를 굽어보았다. 흐드러진 단풍이 바람에 잘도 흔들리고 있었다. 색채의 파도만 같았다. 붉고 노란 잎들이 좌우로, 위아래로 흔들리고 있었다. 빛깔의 향연이었다. 시리도록 눈부시고 아름답기만 했다. 산바람이 낙엽을 긁어모으고 있는 산자락도 울긋불긋 아름다웠다. 처연한 빛깔이기도 했다. 붉음 속에 노랑이 섞여 있고 노랑 속에 푸름도 뒤섞여 있었다. 뒤섞여 있으나 색은 선명하게 구분되어 졌고 구분되어 져서 빛깔은 더욱 투명했다. 깊은 가을 속의 투명함이자 선명함이었고 아름다움이었다. 사람의 일과는 무관하다는 듯이 저리도록 아름다운 풍경이었다. 현실과는 너무나도 다른 가슴 아픈 아름다움이었다. 피를 흘리는 전장터, 임존성이었다.

"성안의 백성들도 그렇습니다. 저 가엾은 백성들이 무슨 죄가 있어 목에 칼을 받아야 합니까?"

"누가 들을까 두렵다. 소리를 낮춰라!"

상지가 손을 내저었다. 상여가 한 걸음 바짝 다가서서는 속삭이듯 말을 건넸다.

"장군께서 결정을 하면 제가 수신을 설득하겠습니다. 그만 설득하면 모든 것이 끝납니다."

그러면서 그는 상지가 재건 백제의 기둥이 되어야 한다고 했다. 상지는 마음이 흔들렸다. 바람에 흩날리는 낙엽만큼이나 흔들렸다. 바닥을 구르는 흔들리는 마음이었다. 그러나 아직은 모를 일이었다. 자신의 마음을 자신도 알지 못했다. 그래서 어지러웠다.

사타상여는 지수신 몰래 성을 내려갈 채비를 했다. 조용히 했다. 풍달군 출신 군졸들, 상지와 상여를 따르는 군사들을 가려 뽑았다. 이들을 이끌고 성을 나갈 참이었다. 때가 이르자 상여는 상지를 찾았다.

"준비는 끝났습니다. 이제 수신만 남았습니다."

"그가 동의하겠는가?"

상지가 조심스레 묻자 상여가 거침없이 대답했다.

"그건 상관없습니다. 동의한다면 다행이지만 반대해도 걱정할 것 없습니다. 준비한 대로 그냥 떠나면 됩니다."

상지가 수염을 꼬았다.

"그가 저항을 하면 어쩔 텐가?"

"가슴 아픈 일이지만 그땐 제거하겠습니다."

상지의 한숨이 깊었다. 고개까지 흔들었다. 찬바람이 군막을 뚫고 들어왔다. 잔뜩 흐린 하늘이 비가 쏟아질 듯했다.

"다녀오겠습니다."

상여가 군례를 올리고는 밖으로 나갔다. 수신이 있는 남문 쪽이었다. 상지가 그를 불러 세웠다. 상여가 몸을 돌렸다. 상지는 그를 불러놓고는 손만을 비벼댔다. 안절부절못했다. 한참이 지나서야 중얼거리듯 입을 열었다.

"차라리 몰래 떠나느니만 못할 것 같다. 성에 나가서 설득하는 것도 늦지 않을 것이다."

그게 좋겠다는 말을 거듭하기까지 했다. 상여가 고개를 끄덕였다.

"그럼, 언제 나가시겠습니까?"

상지는 군막 밖으로 울긋불긋 난리를 피우고 있는 단풍을 바라보았다. 철없는 계절만 같았다. 입술을 질끈 깨물었다. 입술에서 붉은 피가 배어 나왔다.

"오늘 밤이 달도 뜨지 않는 그믐이니 좋을 것 같다."

상지는 한숨을 몰아쉬었다. 백제를 되살리기 위해 애쓴 일들이 주마등처럼 스쳐 지났다. 풍달군장으로서 군사를 이끌고 임존성으로 달려오던 일, 복신, 도침과 함께 의기투합하던 일, 수신과 함께 피 흘리며 당 군을 물리친 일. 이제 배신자가 되어 떠나야 한다. 흑치상지라는 이름 넉 자도 영원한 배신자로서 낙인이 찍히고 말 것이다. 한숨이 깊었다.

'더 큰 세상을 위한 일이다. 장부로 세상에 나와 어찌 이름 없이 지고 말 것인가? 더 큰 일을 위해서라면 지금의 작은 일은 감내해야 한다.'

상지는 혼잣말로 중얼거리며 배신을 합리화했다. 스스로에 대한 위로이자 괴로움을 이겨내기 위한 방편이었다. 백제가 재건될 수만 있다면 배신이라는 낙인은 감수할 만한 것이었다. 상지는 그렇게 되뇌며 흐드러진 단풍을 내다보았다. 얼마 전까지만 해도 푸르렀던 잎이었다. 잎은 이제 눈이 부시도록 화려한 빛깔로 세상을 유혹하고 있었다. 상지는 문득 그런 잎들의 화려함이 좋았다. 변하는 것에 대한 마음이 넉넉해졌다. 심경의 변화였다. 제행무상을 떠올리며, 세상에는 변하지 않는 것이 없다며 사람의 마음도 그와 마찬가지라고 자신을 위로하고 위무했다. 군막 밖으로 시든 잎이 처량하게 굴러갔다. 무심한 바람이었다.

사타상여는 조용히 준비했다. 곧 해가 지고 나면 은밀히 성을 빠져나갈 것이다. 흑치상지를 따르는 이천여 명의 군사들이 썰물처럼 성을 빠져나갈 것이다. 이미 삼천여 명의 군사들은 대책과 소책으로 빼돌린 상태였다. 성 위의 군사들만 은밀히 빠져나가면 된다. 그도 이미 북문에 대기시켜 놓은 상태였다. 문만 열고 나가면 된다. 남문을 지키고 있는 수신이 눈치채지 못하게 해야 했다.

밤이 깊어지자 상지는 도열해 있는 군사를 이끌고 성을 나섰다. 대책과 소책의 군사들과 교대한다는 명분이었다. 구름이 별마저 집어삼켰다. 사방은 먹물을 뿌려놓은 듯했다. 그런 어둠이 떠나는 배신자를 감춰주었다. 성을 나서며 상지는 몸을 떨었다. 밤 추위 때문만이 아니었다. 가을이라고는 하나 아직 몸을 떨게 할 추위는 아니었다. 동지에 대한 배신, 백성에 대한 배신, 역사에 대한 배신, 백제에 대한 배신 때문이었다. 떨리는 몸이 상지는 두려웠다. 말이 걸음을 헛디뎌 흔들릴 때마다 상지는 가슴이 조여 왔다. 말의 헛디딤과 자신의 배신이 동류임을 알아차렸다. 그러나 그 헛디딤과 이 배신이 결코 헛발질이 아니기를 빌었다. 간절히 빌었다.

상지가 앞서고 상여가 뒤를 보았다. 북문이 텅 비었다. 문루에도 지키는 군사가 없고 한가한 백성들만이 횃불 아래 모여 시시덕거렸다. 교대해 돌아온다던 군사들이 소식이 없자 그제야 백성들은 불안했다. 이상하게 여긴 누군가가 남문의 수신에게 달려가 보고했다. 허겁지겁 달려온 수신은 그제야 아차 했다.

"이럴 수가, 이럴 수가 있단 말인가!"

수신은 망연자실한 얼굴로 검은 어둠을 내려다보았다. 상지는 저 짙은 어둠 속으로 항복의 길을 걸어갔을 것이다. 내 실수라며 수신은 땅을 치고 후회를 했지만 헛된 일이었다. 북을 울려 군사를 집결시켰다. 노한 북소리가 깊은 밤을 깨웠다. 불빛이 혀를 날름거리며 깨어났고 성안은 대낮같이 밝혀졌다. 군사들이 도열하고 백성들이 모여들었다. 수신은 군사를 점고했다. 목책 방비 군을 빼고 이천여 명이 비었다. 모두 오천이었다. 수신은 분노했다. 오천의 군사들이 상지를 따라 당나라의 개가 되기 위해 나갔다며 이를 갈았다. 죽일 놈들이라며 주먹을 부르쥐었다. 부장 덕집하가 미간을 찌푸리고는 혼잣말로 중얼거렸다.

"그래서 그랬구나."

수신이 묻자 그가 대답했다.

"엊그제 상여가 목책 방어 군사들을 교체했습니다. 전체가 아닌 일부만 교체했습니다. 생각해보니 모두 풍달군 군사들이었습니다."

수신이 고개를 끄덕였다. 불찰이라며 세세히 살피지 못한 자신의 불찰이라고 자책했다. 탄식에 덕집하가 놀란 소리를 질렀다. 소리는 불에 덴 듯한 것이었다.

"목책이 텅 비었을 것 아닙니까? 적이 야습이라도 한다면."

말은 호들갑스러웠다. 수신이 차분한 어조로 말했다.

"남은 군사로 목책까지 방어하기는 무리다. 차라리 버리고 성을 굳게 지키느니만 못하다."

생각해보니 그랬다. 남은 군사로는 성벽을 지키는 것도 빠듯할 듯했다. 이제 채 일만이 되지 않는 군사만 남았다. 목책까지 생각하기에는 여유가 없었다. 수신이 바윗돌에 올라서서는 피를 토하는 심정으로 말을 쏟아놓았다.

"백제의 용맹한 싸울아비들이여, 백제의 충성스러운 백성들이여! 이제 우리는 죽음으로서 백제를 지켜내야만 한다. 흑치상지와 사타상여는 백제를 버리고, 우리를 배신하고 떠났다. 그러나 나 지수신은 그대들과 더불어 끝까지 죽음으로서 백제를 지켜낼 것이다. 모두 각오를 단단히 하고 저들에 맞서 싸우자!"

연과 초림은 초조한 얼굴로 수신을 바라보았다. 횃불 아래 번득이는 그의 눈빛이 맹수의 그것만 같았다. 세상 모든 것을 태워버릴 듯이 이글거리며 불타오르고 있었다. 연은 가슴이 아팠다. 그토록 믿었던 흑치상지가 임존성을 버리고 가다니, 믿기지가 않았다. 세상 모든 것이 그 자리에 멈춰선 듯했다.

"우리가 하나 되어 버틴다면 승리할 것이요. 그렇지 못하면 패배라는 치욕만이 남을 것이다. 지금이라도 늦지 않았다. 저 이치의 개가 되어 갈 사람이 있다면 가라! 막지는 않을 것이다."

비장한 말에 여기저기에서 웅성거리는 소리가 들려왔다. 그

웅성거리는 소리를 딛고 누군가 소리를 질렀다.

"우리는 장군과 함께 백제를 지킬 것입니다. 목숨을 다해 백제의 자존심을 지켜낼 것입니다."

그 말을 받아 장군을 믿고 끝까지 함께 할 것을 맹세하기까지했다. 지수신 장군 만세 소리가 성안에 가득 울려 퍼졌다. 백성들도 하나같이 따라 외쳤다.

연은 입으로는 지수신 장군을 외쳐대면서도 마음속으로는 흑치상지의 배신에 대한 의구심으로 가득 찼다. 왜 그랬을까? 알수 없는 일이었다. 아무리 생각해도 모를 일이었다. 백제를 위해 그처럼 혼신을 다하던 그가 무엇 때문에 백제를 버리고 스스로 치욕의 길을 선택했단 말인가? 가슴이 아팠다. 믿었던 장군이기에 더욱 가슴이 쓰렸다. 눈물이 주르륵 흘러내렸다. 단과이별할 때의 그 아픔이 다시 살아났다.

"우리는 수가 절대 부족하다. 이제 목책은 포기하고 임존성만사수한다."

수신은 다시 부대를 정비했다. 부장 덕집하로 하여금 오천의 군사로 남문을 지키게 했다. 자신은 삼천의 군사로 북문을 지켰다. 교대할 군사가 부족해 상황은 점점 더 열악해져 갔다. 그러나 백제를 지킨다는 의기만은 더욱 높아져 갔다. 청명한 하늘만큼이나 높아만 갔다.

별도 뜨지 않은 밤에 상지는 군사를 거느리고 목책을 나섰다. 서릿발 같은 목책이 그를 내려다보았나. 목책이 울음을 울었다. 상지가 울음을 울었다. 서릿발이 우는 소리가 들려왔다. 바람이 더불어 울고 있었다.

살갗으로 닿아오는 공기가 제법 싸늘해져 있었다. 무한천을 따라 내려가는 상지의 심경은 만감이 교차했다. 자신이 제 발로 임존성을 내려와 적국의 진영으로 가리라고는 꿈에도 생각지 못한 일이었다. 상지의 입에서 깊은 한숨이 배어 나왔다. 멀리서 말발굽 소리가 요란하게 울려왔다. 소리는 점점 가까워져 오더니 상지의 앞에서 멈춰 섰다.

"장군, 검교대방주자사께서 기다리고 계십니다."

당 군의 부장 하수량이었다. 그는 어둠 속에서도 공손한 언사로 상지를 맞았다. 상지의 가슴이 울컥했다. 적장으로부터 환대를 받는 모진 운명을 어찌 감당하란 것인지. 상지는 입술을 질끈 깨물었다. 하수량이 가자며 손을 내밀었다. 상지는 순간, 눈앞이 아찔했다. 몸이 흔들렸다. 배신의 아픔이자 충격이 그제야 실감났다.

하수량이 먼저 말머리를 돌렸고 어색한 침묵이 어둠속에 휘돌았다. 고삐만 쩔그렁거렸다. 상지는 말없이 뒤따랐다. 서걱거리는 갈대가 어색한 침묵을 흔들어 깨우곤 했다. 소리가 처량했다. 멀리서 우는 밤새소리도 구슬펐다. 소리들이 상지의 마음을 뒤흔들었다. 배신은 멀리 떠나갔다. 적을 향해 다가갔다. 당 군영이었다. 불빛이 흔들리며 다가섰다.

당 군영은 대낮같이 불이 밝혀져 있었다. 유인궤를 비롯해 유인원과 손인사, 풍사귀, 방효태 등 제장들이 서 있었다. 반갑다며, 잘 왔다며 검교대방주자사 유인궤가 먼저 맞았다. 넓은 이마와 거친 수염이 대륙의 사내다웠다. 상지가 고개 숙여 인사를 했다.

"임존성의 성주 흑치상지를 이름만 듣다 이렇게 직접 뵈니 과연 명불허전이오."

유인원도 알은체를 했다. 말 속에 반가움이 가득했다. 상지가 겸허히 허리를 굽혔고 손인사, 풍사귀, 방효태도 차례로 인사를 건네 왔다. 그들의 반김에 상지는 반갑지 않았다. 반가울 수 없는 반김이었다. 그들의 뒤로 태자 융이 서 있었다. 상지는 무릎을 꿇었다.

"태자저하, 흑치상지가 저하를 모시고자 왔습니다."

상지의 태도에 유인궤를 비롯한 당 장수들이 당혹해했다. 일부 장수들은 싸늘한 표정을 짓기도 했다.

"일어서시오! 여기는 백제가 아니오. 이제 우리는 대당 황제 폐하의 은혜로움으로 살아가야 할 사람들이오!"

융이 난감해 하자 인궤가 껄껄웃음을 터뜨렸다.

"괜찮소. 어차피 공(公)은 새로운 백제의 도독이 될 것이오."

그가 공을 도울 것이라고도 했다. 대당의 관료로서 상관에게 예를 갖추는 것은 당연한 일이라는 말을 덧붙이기까지 했다. 그가 호탕하게 웃음을 터뜨렸다. 찬바람이 소매 안으로 싸늘하게 스며들었다.

흑치상지는 태자 융과 함께 당 군의 후진에 머물렀다. 이후로도 당 군은 임존성을 끊임없이 공략했다. 그러나 한 번도 성공하지 못했다. 인궤는 몸이 달았고 초조해졌다. 마지막 남은 임존성을 무너뜨려야 자신의 자존심은 물론 백제 평정의 임무를 완수하는 것이기 때문이었다. 고민에 고민을 거듭하던 인궤는 마지막 수를 쓰기로 했다. 손인사를 불렀다.

"이이제이(以夷制夷)라 했다. 흑치상지로 하여금 임존성을 공략하게 할까 하는데."

손인사가 놀란 눈으로 손을 내저었다.

"그건 안 될 말입니다. 군사를 내줬다가 만에 하나 그가 마음을 달리 먹기라도 한다면, 그때는 감당할 수 없을 것입니다."

그는 강력 반대했으나 인궤는 아니라며 생각했던 것을 천천히 풀어놓았다.

"부여융을 잡고 있는 한 그가 마음을 달리 먹을 일은 없을 것이다. 융에 대한 그의 충성과 백제에 대한 충정을 알지 않느냐?."

손인사는 고개를 가로저었다.

"그렇다 하더라도 군사를 내어주는 것은 위험한 일입니다. 그는 이곳 지형을 손바닥 보듯이 잘 알고 있고, 성안의 군사들과 호응을 한다면 그야말로 진퇴양난에 빠지고 말 것입니다. 비록 우리 군사가 많다고는 하나 그런 위험을 자초한다는 것은 어리석은 일입니다."

거듭 반대에도 인궤는 말꼬리를 잡고 늘어졌다.

"임존성의 허술한 점을 누구보다도 잘 알고 있는 그다. 그에게 작은 자리를 마련해 주어 성안의 군사들로 하여금 동요하게 만들자. 대당에 항복을 하면 좋은 대접을 받는다는 것을 보여줌과 동시에 저항하면 죽음만이 있을 것이라는 것을 똑똑히 보여주자는 말이다."

그가 나선다면 틀림없이 성공할 것이라는 말을 그는 다시 한번 강조했다. 군막 안으로 밀려든 바람이 제법 쌀쌀했다. 손인사는 지그시 눈을 감았다. 감고는 생각에 잠겼다. 이제 매서운 바람이 불어올 것이다. 그런 계절이 오면 병사들은 더욱 고향 생각이 간절해질 것이다. 자신도 어떻게든 이 지긋지긋한 전쟁을 마무리하고 싶었다. 인궤의 말은 이어졌다.

"백제군으로 하여금 백제군을 제압하게 하면 당 군의 손실도 최소화할 수 있다. 그가 이끌고 온 백제군을 내어주도록 하자. 우리는 뒤에서 감시만 하면 된다."

손인사의 얼굴이 다소 풀어졌다.

"흑치상지나 사타상여 모두 짐승과 같은 자들입니다. 가볍게 믿을 수 없는 자들입니다. 저들에게 군사를 내어주는 것은 마치 승냥이에게 닭을 맡기는 것과 같으니 조심 또 조심해야 합니다."

말은 이미 동의의 선을 넘어서 있었다. 인궤도 이르다 뿐이냐며 그의 말에 동조했다. 결국 인궤는 상지에게 우무위낭장을 제수하고 백제군을 내어줬다.

상지는 망설였다. 제 손으로 임존성을 허무는 것까지는 차마 양심이 허락치를 않았기 때문이다.

"배려는 알겠으나 그만은 거두어주십시오!"

정중히 거절했다. 자신의 손으로 차마 부끄러운 짓을 할 수는 없기 때문이었다. 태자 융이 나섰다.

"아니오. 저들은 반역의 무리요. 태자인 내가 이곳에 와있는데 어찌 저리도 무엄하오. 당장 성을 나와 맞이해도 시원찮은데 성에 틀어박혀 시위를 하다니, 괘씸하기 짝이 없소!"

당황한 것은 상지였다. 인궤와 손인사, 풍사귀의 입가로 흐뭇한 웃음이 걸렸다. 상지의 얼굴이 붉어졌다.

"부여융이 백제 태자라는 것은 흑치상지 그대도 잘 알 것이오. 그런데 저들은 태자를 향해 창과 칼을 겨누고 있소. 그런 저들을 어찌 백제의 신민이라 할 수 있겠소."

풍사귀가 나서서 거든 말이었다. 태자 융이 그 말을 다시 받았다.

"맞는 말이오. 당 군은 백제를 재건하기 위해 저 험한 바다를 건너왔소. 이제 그 일은 임존성으로부터 시작되어야 할 것이오."

저들을 끌어안고 새로운 백제를 세우자는 말을 덧붙이기까지 했다. 상지는 성안에 있는 수신과 군사들, 백성들이 주마등처럼 스쳐 지나갔다. 자신이 성을 공략한다면 저들은 죽음으로서 맞서 싸울 것이다. 눈앞이 아득했다.

"아픈 마음을 잘 알고 있소. 큰 뜻을 위해서 작은 희생은 감내하시오!"

인궤가 또다시 달래고 나선 것이었다. 백제를 위해 사사로운 감정은 접어두라는 말로 유혹하기까지 했다. 유혹은 협박이자 겁박이기도 했다.

"아픔을 견뎌야 새 살을 돋게 할 수 있는 것이오."

상지는 결심하지 않을 수 없었다. 아니, 협박과 겁박에 고개를 끄덕이지 않을 수 없었다.

"그럼 일단 설득해보겠습니다."

인궤는 웃었고 상지는 입술을 질끈 깨물었다. 상황은 최악이었다. 우려했던 일이 현실이 되었기 때문이다. 속이 쓰렸다. 군막을 나서자 차가운 바람이 북쪽에서 불어왔다. 매서웠다. 겨울이 바짝 다가서고 있었다.

붉은 잎이 바람에 지고 있었다. 산 아래로 붉은 눈이 날리는 듯했다. 상지는 상여와 함께 임존성으로 올랐다. 수신을 설득하기 위해서였다. 산을 오르며 성을 지키기 위해 안간힘을 쓰던 일이 떠올랐다. 엊그제의 일이었다. 오르는 발걸음이 무거웠고 부끄러웠다. 발길을 돌렸으면 싶었다. 그러나 그럴 수는 없었다. 백제 재건을 위해서였다. 거친 돌길이 눈에 익었다. 수없이 밟고 오르내리던 길이었다. 오늘따라 더욱 거칠어 보였다.

잘 휘어진 소나무 옆에서 상지는 북문 문루 위를 올려다보았다. 올려다보는 순간, 상지는 깜짝 놀라지 않을 수 없었다. 문루 위에 자신이 서 있기 때문이었다. 상지는 아득했고 혼란스러웠다. 정신까지 혼미해지는 듯싶었다. 순간, 산을 무너뜨릴 듯한 호통 소리가 문루 위에서 터졌다.

"당나라의 개가 여긴 어쩐 일이냐? 죽음이 두렵지도 않더냐?"

상지는 그제야 정신이 퍼뜩 들었다. 수신이었다. 지난날 자신이 그 자리에 서 있듯 수신이 그렇게 늠름한 모습으로 자신을 대신하고 있었다. 모골이 송연했다. 부끄러운 자신은 수신의 적수가 되지 못할 거라는 생각에 가슴이 떨리기까지 했다.

"장군, 태자께서 그대를 원하고 계시오. 새로운 백제를 건설하는데 그대가 꼭 필요합니다. 성을 내려와 함께 하도록 합시다!"

상지는 수신을 설득했다. 말은 정중했고 간절했다. 정중하고 간절한 말에 돌아온 것은 싸늘한 미소뿐이었다.

"돌아가라! 가서 군사를 끌고 오라! 나를 데려갈 길은 그것뿐이다."

예상한 대로였다. 상지는 문루를 올려다보았다. 밖에서 보니 더욱 높아 보였다. 깨뜨려지지 않기 위해 죽을힘을 다했었다. 이제 깨뜨리기 위해 그 힘을 다해야 한다. 모진 운명에 상지는 가슴이 저렸다. 어제의 동지가 오늘의 적이 된 상황이 아슴아슴했다.

"네가 알다시피 우리 전사들은 그 어떤 군사들보다도 의롭고 용맹하다. 백제를 위해 끝까지 싸울 것이다."

수신은 낙엽이 꽃비처럼 내리고 있는 문루 위에서 소리쳤다.

"죽을지언정 살아 항복하지는 않을 것이다. 돌아가라!"

상지는 부끄러웠다. 수신의 인물됨이 아까웠다. 새로운 백제를 위해서는 꼭 필요한 사람이었다.

"안 될 것 같습니다."

상여가 곁에서 꼬리를 내렸고 상지도 고개를 끄덕였다. 순간, 날카로운 쇳소리가 허공을 꿰뚫었다. 상지의 투구가 무겁게 흔들렸다. 놀란 상지가 목을 움츠렸다. 껄껄웃음 소리가 임존성을 울렸다. 수신의 화살이었다. 돌아가지 않으면 목을 겨눌 거라며 수신이 다시 활을 들었다. 시위에는 화살이 먹여져 있었다. 바람을 가를 촉이 상지를 한껏 노려보았다. 상여가 노한 얼굴로 수신을 노려보았다. 수신이 상여를 보고 한 마디 던졌다.

"이놈, 주인을 잘 모셔라. 겨우 그렇게밖에 모실 줄 모르더냐? 주인이 개가 되는데도 너는 구경만 하고 있는 게냐?"

수신의 호통에 상지는 부끄러웠다.

"미친놈! 시류도 볼 줄 모르는 청맹과니 같은 놈!"

상여가 맞받았다. 말은 그렇게 했지만 얼굴은 역시 부끄러운 낯빛이었다. 불그레했다. 상지는 더 이상 대꾸하지 않았다. 상여를 재촉해 산을 내려갔다. 체념, 상실, 부끄러움, 분노, 그런 것을 가슴에 품은 채, 마지막 승부수를 던지기로 했다.

군영으로 돌아온 상지는 곧바로 상여에게 명했다.

"군사를 이끌고 가서 갈대를 베어오게."

"갈대라니요?"

뜬금없는 소리에 상여가 묻자 상지가 주위를 둘러보고는 조심스레 말했다.

"화공을 쓸 것일세. 비밀로 하게!"

상여가 그제야 고개를 끄덕였다. 탁월한 전략이라며 얼굴이 밝아졌다.

상여는 군사를 이끌고 가서 무한천의 갈대를 베었다. 갈대는 서걱거리며 바람을 따라 하얗게 춤을 췄다. 마치 하늘의 선녀가 땅으로 내려와 군무를 추는 듯했다. 상여는 갈대를 베어서는 짊어지기 좋게 나누어 묶었다.

해가 지고 이슥해지자 상지가 군사를 움직였다. 소리 없이 들판을 건넜다. 건너서는 임존산 북쪽 기슭으로 올랐다. 도부수를 앞세우고 궁수와 창수가 그 뒤를 따랐다. 나머지 군사들은 갈대를 짊어지고 북쪽 산 정상을 향해 올랐다. 산 정상은 임존성보다 높았다. 그곳을 발판으로 삼아 성에 불을 지르고 결전을 치른다면 성을 공략할 수 있을 것이라 생각했다. 전술은 탁월했다. 지형을 알고 있는 그만의 이로움이었다. 산 정상까지는 아무런 제지도 없었다. 목책도 텅 비어 있었다.

새파란 하늘이 검붉게 사위고 새까만 하늘을 불러들였다. 별도 없이 깜깜했다. 성벽을 따라서 횃불만이 일렁였다. 기슭과 능선을 오르내리며 성벽은 어둠 속에 꿈틀거렸다. 백제 싸울아비들은 그 꿈틀거리는 성벽 위에서 깜깜한 산 아래 들판과 숲 언저리를 노려보았다. 반딧불처럼 당 군영에 불이 들어왔다. 깜박이는 불빛이 가물가물했다. 불빛들은 들판을 넘어 산 위로 기어오를 듯했다. 마음이 흔들렸다. 저 수많은 불빛들을 감당해 낼 수 있을는지, 아니면 사위는 별빛처럼 스러져 갈 것인지, 모를 일이었다. 모를 일이었으나 분명한 건 한가지였다. 백제라는 이름을 지키는 일이었다.

상지는 노련했다. 갈대를 소리 없이 성벽 앞 목책으로 날랐다. 시간이 흐르고 갈대가 쌓이자 상지가 신호를 보냈다. 갈대가 튀는 소리와 함께 화광이 충천했다. 목책이 타오르고 성벽이 불길에 휩싸였다. 북쪽 산 정상이 대낮같이 밝혀졌다.

"적이다!"

소스라치게 놀란 소리가 성벽에서 성벽으로 이어졌다. 백제군은 당황했다. 여기저기에서 군사들이 정상 쪽 북쪽 성벽으로 몰려들었다. 화살이 날고 쇠뇌가 어둠을 갈랐다. 함성소리와 다급한 소리가 임존성을 휘감았다. 궁수는 전방을 지원하라며 상지가 칼을 들어 공격을 명했다. 화살이 빗살처럼 날아가 어둠을 갈랐다. 성벽 위에서 연이어 신음소리가 울려 퍼졌다. 싸울아비들이 성벽 아래로 고꾸라졌다.

"도부수는 성벽을 공략하라!"

상지의 명령에 대기하고 있던 도부수들이 개미 떼처럼 달려들었다. 불빛에 일렁이며 성벽이 춤을 췄다. 그 성벽으로 배신자들의 환영이 달라붙었다. 백제 싸울아비들은 긴 창을 들어 찌르고 휘둘러 막았다. 비명이 쏟아지고 붉은 피가 성벽을 적셨다. 성벽 아래로 배신자들의 주검이 쌓이기 시작했다. 허겁지겁 달려온 수신이 뒤늦게 성벽으로 올라서는 상지 군을 막았다.

싸울아비를 독려했다.

"화살을 겁내지 마라. 눈을 부릅떠라!"

수신은 날아드는 화살에도 아랑곳하지 않았다. 수염이 일렁이는 불빛에 휘날렸다. 붉은 수염이었다. 분노한 수염이었다. 그의 손에서 휘도는 칼날이 그 불빛을 받아 붉게 빛났다. 목책이 붉게 타오르고 성벽이 검게 타올랐다. 수신의 마음이 타오르고 백제 싸울아비들의 가슴이 타올랐다.

상지가 어둠 속에서 수신을 노려보았다. 그의 가슴도 활활 타오르고 있었다. 질투로 타오르고 있었다. 누군가 저놈을 쏘라며 수신을 가리키자 화살이 일제히 그를 향해 날아갔다. 그가 삼족오가 새겨진 방패를 들었다. 화살이 꽂히는 소리가 귀를 찢었다. 묵직하게 전해지는 힘에 수신은 뒤로 주춤 물러났다. 화살이 비 오듯이 쏟아져 내렸다. 수신의 방패는 곧 고슴도치 같은 모습이 되고 말았다. 수신은 호기롭게 껄껄 웃었다.

"화살을 멈춰라! 수신은 죽이지 마라!"

상지는 궁수들에게 수신을 쏘지 말라고 명령했다. 그를 죽이고 싶지는 않았기 때문이었다. 화살이 수신을 피해 날아가 성벽에 가 떨어졌다.

"동정하는 것이냐? 배신자에게서 그따위 동정은 받고 싶지 않다. 정정당당히 겨뤄보자!"

수신은 성벽 위 맨 앞에 서서 백제 싸울아비들을 진두지휘했다. 죽음을 무릅쓴 그를 보고 백제 전사들은 용기백배했다. 함성과 외침으로 상지 군을 막아냈다.

그 시각, 사타상여는 흑치상지의 계략에 따라 정예병을 이끌고 성벽을 우회했다. 정상 쪽을 돌아 험준한 성벽으로 돌아 나간 것이다. 소리를 죽여 가며 상여는 북쪽 성벽을 향해 서서히 나아갔다. 험준한 성벽은 그만큼 수비병도 적었다. 북쪽 성벽을 선택한 이유였다. 조심스레 나아가던 상여가 뒤를 돌아보았다. 산모퉁이로 화광이 충천했다. 불꽃 위로 흰 연기도 어슴푸레 자욱했다. 불빛에 성벽으로 떨어져 내리는 군사들과 날아가는 화살이 눈에 잡혔다. 함성소리와 비명소리도 귀에 전해졌다. 아비규환이었다. 반면 북쪽 사면은 조용했다. 성벽을 감시하는 초병들도 보이질 않았다. 가끔 두런거리는 소리만 들렸다. 어떻게 해야 할지를 두고 고민하는 모습이었다. 자리를 지켜야 할는지 아니면 달려가 도와야 할는지 판단이 서질 않는 모양이었다.

상여는 숨을 죽여 골짜기를 타고 성벽을 돌아갔다. 메마른 낙엽 타는 냄새가 코를 찔렀다. 화공이 산불로 이어지고 있었던 것이다. 등성이에 올라선 상여가 성벽을 바라보았다. 성벽은 마치 꿈틀거리는 용처럼 북쪽으로 이어지고 있었다. 그 끝에서 불길은 시작되고 있었다. 용의 머리에서 불을 토해내는 듯했다. 불빛에 드문드문 서 있는 초병의 모습이 보였다. 상여는 허리를 바짝 굽혔다. 초병에게서 자신을 감추기 위해서였다. 완만한 등성이 쪽이 성벽을 공략하기에 알맞아 보였다. 초병의 수도 생각보다 적었다. 정상 쪽으로 모두 이동한 모양이었다. 상여는 정상 쪽으로 눈을 돌렸다. 시야를 당겨서 어둠 속 불길을 주시했다. 적과 아군의 공방이 치열했다. 싸울아비들과 배신자들이었다.

"성벽을 올라라!"

우레와도 같은 명령이 북쪽 사면에서 울렸다. 임존성의 목을 조이는 울림이었다. 배신자들이 득달같이 달려들었다. 그들은 개미 떼처럼 성벽에 매달렸다. 초병들은 기겁했다.

"적을 막아라! 적의 기습이다!"

소리쳤으나 방법은 없었다. 군사는 부족했고 배신자는 많았다. 더구나 그들은 흑치상지가 고르고 고른 정예병들이었다. 역부족이었다. 어제의 동지가 오늘의 적이었다.

"궁수는 성벽을 지원하라!"

상여는 몸소 활을 들어 성벽 위의 백제군을 겨눴다. 그가 시위를 당길 때마다 여지없이 비명소리가 성벽 아래로 떨어져 내렸다. 싸울아비들은 눈물을 삼키고 피를 흘리며 성벽을 사수했다. 그러나 수적으로 상대가 되질 않았다.

"이제 무너진다. 좀 더 힘을 써라!"

상여의 격려에 초조해지는 것은 싸울아비들이었다. 성벽이 능선을 타고 기어 올라가는 끝자락에서 마침내 상여의 군사들이 성벽을 오르는 데 성공했다. 먼저 오른 배신자들이 싸울아비들을 밀쳐낸 뒤로 봇물이 터진 듯 상여의 군사들이 올라섰다. 올라서서는 성안을 장악해나가기 시작했다. 군막이 무너지고 건물이 불타올랐으며 백성들은 아우성을 치며 달아났다.

싸울아비들은 최선을 다했으나 서서히 무너져 내렸다. 도륙이 되었다. 북쪽 사면이 무너지며 상여의 손아귀에 들어갔다. 뒤늦게 다급함을 본 수신이 군사를 보내려 했으나 상황은 이미 늦어있었다. 게다가 정상 쪽도 위험했다.

"아! 백제라는 이름이 이렇게 묻혀지고 마는가?"

수신은 하늘을 우러러 탄식했다. 북쪽 사면에서 밀려드는 상여의 군세가 만만치 않았다. 밀려드는 폭풍과도 같았다. 정상의 성벽도 무너져 내리고 있었다. 불타오른 목책을 넘어 상지의 정예병들이 성벽을 기어오르고 있었다. 수신은 이를 악물고 버텼으나 역부족이었다. 성벽은 순식간에 상지 군의 차지가 되어버리고 말았다. 수신은 뒤로 물러섰다. 일단 물러나 대열을 정비하고자 하는 것이었다. 마지막 접전을 펼칠 생각이었다. 그러나 생각은 생각으로만 머물고 말았다. 상여와 상지가 목 줄기를 위협하며 바짝 다가서 있기 때문이었다.

"그만 칼을 버려주시게!"

상지가 수신을 향해 외쳤다. 수신의 눈에 핏발이 섰다. 불꽃이 튀었다. 적개심으로 가득 찬 불꽃이었다.

"이 목을 자르기 전에는 그럴 일은 결코 없을 것이다."

수신은 끝까지 저항하기로 했다. 상지는 수신을 다치지 않게 하라며 백제군을 몰아세웠다. 수신의 자존심이 상했다. 적개심이 더욱 불타올랐다. 그는 하늘의 제석천이 강림한 듯 배신자들을 도륙하며 피를 뒤집어썼다. 번개가 작렬하듯 그의 칼이 휘돌았다. 붉은 피가 불빛에 선홍빛으로 빛났다. 시뻘겋게 벌린 입에서는 분노와 울분의 소리가 천둥처럼 쏟아져 나왔다. 등을 맞댄 싸울아비들은 분노와 힘겨움으로 헐떡거렸다.

"멈춰라!"

상지가 소리쳤다. 칼이 멈추고 동시에 외침도 그쳤다. 헐떡이는 숨소리와 간간이 들리는 신음소리만이 잔인한 시간을 두런대고 있었다.

"칼을 버리고 새로운 백제 건설에 함께 하자! 우리나 너희나 백제를 위한 마음은 한 가지 아니더냐? 억울한 죽음을 자초하지 말고 자중하라!"

상지는 새로운 백제를 얘기했다. 수신은 달랐다. 임존성을 사수하는 것만이 백제를 위하고 지키는 일이라 생각했다.

"당나라 개가 되어 새로운 백제를 건설한다 한들 그것이 어찌 백제가 되겠느냐? 껍데기만 백제인 백제는 진정한 백제가 될 수 없다. 우리는 우리의 백제를 지킬 것이다."

남문을 지키고 있던 덕집하가 상여의 후진으로 달려들었다. 그의 몸은 피투성이가 되어있었다. 뒤쪽의 소란에 상여가 몸을 돌려서는 후진으로 달려갔다. 그가 칼을 들어 덕집하를 겨눴다.

"칼을 내려놓아라!"

덕집하가 식식거리며 욕을 퍼부었다.

"배신자! 죽일 놈들! 천하의 몹쓸 놈들!"

상여가 분노했다. 그가 칼을 휘두르며 달려들었다. 칼 빛이 번개처럼 찔렀다. 어둠이 갈라졌다. 덕집하가 맞섰다. 그의 칼이 원을 그렸으나 느렸다. 상여의 적수가 되지 못했다. 쇳소리와 함께 비명소리가 짧게 울렸다. 머리가 땅바닥으로 나뒹굴었다. 덕집하의 몸뚱이가 허무하게 쓰러졌다. 수신의 눈에 불이 켜졌다. 싸울아비들의 눈에 핏발이 돋았다.

"죽음으로서 군장을 따르자!"

싸울아비들은 덕집하를 따르기로 작정하고 배신자들에 맞섰다. 어둠은 다시 피로 물들기 시작했다. 배신자들은 싸울아비를 몰살시키려 했다. 수신의 몸은 피로 범벅이 되었다. 마치 지상으로 올라온 야차와도 같았다. 팔, 다리가 성한 곳이 없었다. 터지고 찢어져 더 이상 버틴다는 것도 무리다 싶었다. 곁에서 돕던 싸울아비들도 하나둘 쓰러졌다. 전투는 이제 전투가 아니었다. 일방적인 살육이었다.

주변이 정리되었다고 생각한 상여가 올가미를 던지라 명했다. 수신을 향해 올가미가 날아들었다. 은빛 갈고리가 어둠을 헤치며 허공을 갈랐다. 갈고리는 은빛 뱀처럼 수신의 몸뚱이를 휘감아서 조였다. 그가 울부짖었다. 어둠이 산산이 부서져 내렸다. 별들이 쏟아져 내렸다. 배신자들이 달려들었다. 수신은 꽁꽁 묶이는 신세가 되고 말았다. 이를 악문 그가 씩씩거리며 상지를 노려보았다. 눈빛이 매서웠다. 배신자라는 한마디가 상지의 가슴 속을 후벼 팠다. 수신은 입을 꾹 다물었다.

"임존성의 싸울아비들을 죽인 것은 내 뜻이 아니었소. 백제의 뜻이었소. 나도 가슴이 아프오."

상지는 가슴이 찢어지는 아픔에 눈시울을 적셨다. 수신에게 그런 모습은 가증스러운 것일 뿐이었다. 배신자일 뿐이었다. 상지는 한동안 고개를 들지 못했다. 부끄러움에서인지, 아니면 미안함에서인지, 그도 아니면 자신에 대한 분노에서인지 알 수가 없었다. 상지는 수신의 앞에 무릎을 꿇고는 고개를 숙였다.

"내가졌소!"

돌연한 태도에 수신은 멈칫했다. 그러나 눈빛만은 여전히 노여움으로 가득 차 있었다.

"이제 임존성은 새로운 백제의 거점이 될 것이오. 별부장, 함께 합시다!"

상지는 수신을 달랬다. 그 정도 했으면 충심을 충분히 드러낸 것이라며 백제를 다시 일으켜 세워보자고 했다. 수신이 독사처럼 고개를 바짝 치켜들고는 상지의 얼굴을 향해 침을 뱉었다.

"더러운 놈! 그따위 말로 충심을 해하려 들다니. 나는 백제의 원혼이 될 것이다. 목을 쳐라!"

상지는 얼굴에 묻은 침을 닦지 않았다. 말도 없었다. 상지의 입에서 지나는 바람처럼 흘러나온 말은 수신은 살아야 한다는 것이었다. 비장한 소리였다. 그가 자리를 일어서서는 명령을 내렸다.

"백제의 충신 지수신을 풀어주어라!"

상지는 이어 수신을 향해 일렀다.

"별부장의 가족은 내 보살펴 드릴 것이오. 때가 되면 별부장 곁으로 보내드리겠소. 이 길로 곧장 고구려로 가시오. 가서 후일을 도모하오."

말을 마친 상지의 눈에서 눈물이 주르륵 흘러내렸다. 수신은 상지의 진심 어린 말에 고개를 돌렸다.

"어서 떠나시오. 당나라 장수들이 오면 그땐 나도 어쩔 수 없소. 죽는 것이 능사는 아니지 않소."

살아 후일을 도모하는 것이 현명한 선택이라는 말이었다. 수신의 눈빛이 흔들렸다.

"무엇하느냐? 어서 남문으로 뫼시어라!"

상지는 부하들에 일러 수신을 부축하도록 했다. 살아남은 싸울아비들이 달려들어 수신을 부축했다.

"너희들은 별부장을 모시고 고구려로 가거라!"

상지의 명령에 싸울아비 천승과 사택린이 고개를 끄덕였다. 부디 살아서 백제의 이름을 드날려 달라는 말로 상지는 수신에게 작별의 말을 대신했다. 수신은 말을 잊은 듯했다. 한마디 없었다. 회한이 서린 눈빛으로 임존성 여기저기를 둘러볼 뿐이었다.

수신은 부축을 받으며 서서히 멀어져 갔다. 능선 너머로 푸른 새벽이 잠을 깨고 있었다. 수신이 남문 언저리로 사라지고 나자 상지는 어깨를 늘어뜨리며 혼잣말로 중얼거렸다.

"내가 졌다. 네가 이긴 것이다. 네가 진정 이 백제의 영웅이다!"

상지는 북문 문루를 향해 걸음을 옮겨놓았다. 발끝으로 채는 찬 이슬이 시리기만 했다.

백제가 문을 닫았다. 지수신은 고구려로 떠났고 임존성은 성문을 열어 유인궤를 맞아들였다.

8장
마애삼존불

　마을은 폐허로 변해 있었다. 사람은 자취도 없었다. 시커멓게 썩은 시체와 고약한 시취가 속을 뒤집어놓았다. 전쟁의 참혹함에 단은 치를 떨었다. 떠나기 전 약속했던 불암을 찾았으나 거기에서도 흔적은 찾아볼 수가 없었다. 실망한 단은 연이 있을 만한 곳을 모두 찾아보았다. 그러나 역시 마찬가지였다.

　쓸쓸히 금당을 지키고 있던 의현대사를 만났다. 전쟁의 참상은 대사의 미소를 빼앗아가 버렸다. 단의 반가움에 대사가 그의 손을 맞잡았다. 단은 차마 참혹함을 입에 올릴 수가 없었다.

　"모두 임존성으로 떠났다. 살아남은 사람들은 모두 임존성으로 떠났어. 연도 죽지 않았다면 거기에 있을 게다. 어서 가 보거라."

　대사가 단의 마음을 헤아리고는 손짓을 했다. 거듭 가보라는 것이었다. 단이 대사를 걱정하자 그가 다시 손을 내저었다.

　"피바람 속에서도 살아남았는데 이제 또 무슨 일이 있겠느냐.

모두 인연 따라 사는 것이니라!"

단이 주저하다가는 연을 찾고 다시 돌아오겠다는 말을 건넸다. 대사가 대답 대신 고개를 끄덕였다. 파리한 얼굴이 전쟁의 참상을 다시 떠올리게 했다. 금당과 불탑은 그 참상 속에서도 굳건하고 의연하기만 했다. 사람만이 온데간데없었다. 그 많던 스님들과, 보살들과 거사들은 모두 어디로 갔단 말인가? 바람도, 구름도, 지저귀는 새들도 모두 한결같건만.

단은 숨이 턱에 차오르도록 빠른 걸음으로 임존성으로 향했다. 넘었던 고개를 다시 넘고 가로질렀던 들판을 다시 가로질렀다. 사람의 그림자는 역시 보이지 않았다. 전쟁이 모두 삼켜버린 모양이었다. 마시산군을 지나 고개를 오르자 멀리 무한천이 눈에 들어왔다. 무명천을 펼쳐놓은 듯 무한천은 하얗게 빛나고 있었다. 그 무명천 자락에 휘날리는 오색 깃발이 단의 눈길을 끌었다. 당나라 군선이었다. 군선은 뱀의 몸뚱이처럼 길게 행렬을 지은 채 무한천을 따라 내려가고 있었다. 단의 눈이 커졌다. 불길한 예감이 뒷머리를 곤두서게 했다. 그는 발걸음을 더욱 재촉했다. 가까이 다가가자 웅장한 군선의 행렬이 눈을 부셨다. 화려한 깃발과 위용을 자랑하는 군선들이었다. 단은 가슴이 뛰었다. 군선에서 울려오는 북소리와 나팔소리, 군졸들의 왁자한 소리로 무한천가는 떠들썩했다. 간간이 여자들의 모습도 눈에 띄었다. 단은 그러려니 했다. 대수롭지 않게 여겼다. 머릿속에는 오직 연 생각으로만 가득 차 있었다. 그는 군선과는 반대 방향으로 움직였다. 무한천을 거슬러 올라갔다. 연이 있을 임존성이었다. 상류에 다다르자 당나라 군사들이 진을 쳤던 흔적이 뚜렷이 남아있었다.

"전쟁이 끝났구나! 그렇다면 연은?"

그제야 단의 머릿속을 뒤흔드는 것이 있었다. 무너진 임존성에 사람이 남아있을 리 없을 것이다. 단은 고개를 들어 임존산 위 성벽을 올려다보았다. 성벽이 가지런히 능선을 타고 있었다. 사람의 움직임은 없었다. 기울어진 깃발만이 나부끼고 있었다. 불길함이 스치듯 일어섰다. 단은 부리나케 달렸다. 심장이 뛰었다. 가쁜 숨 때문만이 아니었다.

늦가을의 처연함이 임존산 아래에 맴돌았다. 낙엽이 스산하게 뒹굴고 찬바람이 옷깃을 스쳤다. 가파른 돌길을 오르던 단은 소스라치게 놀라고 말았다. 도산지옥을 눈으로 보았기 때문이다. 계곡이 온통 시뻘건 핏물이었다. 차마 눈 뜨고 보지 못할 광경이었다. 썩고 있는 시체가 계곡을 가득 메우고 있었다. 어디를 둘러보아도 참혹한 시체들뿐이었다. 시취가 뇌수를 후벼 파고들었다. 역겨움에 눈살을 찌푸리고 고개를 돌려 외면했다. 외면한다고 피할 수는 없었다. 속에서 무언가가 울컥하고 넘어올 듯했다. 단은 가슴이 방망이질을 해댔다. 연 생각에 그는 미친 듯이 등성이를 타고 넘었다.

산 위로 오르자 죽은 군사들 사이로 백제 백성들이 간간이 눈에 띄었다. 단은 연을 불렀으나 대답은 없었다. 성벽에서 울린 메아리가 다시 그 연을 불렀다. 대답은 역시 없었다. 단의 목소리가 젖어들기 시작했다.

북문으로 발을 들여놓았다. 문은 깨어져 있었고 피로 젖어 있었다. 참혹한 임존성이 모습을 드러냈다. 성안은 온통 시체로 널려있었다. 매캐한 연기가 전쟁의 상흔을 흘려내고 있었다. 단은 머리가 어지러웠다. 후들거리는 다리를 달래며 단은 성안을 둘러보았다. 혹시나 하는 마음이 간절했다. 그러나 간절함은 절망의 나락과 더 가까웠다. 치열한 전투가 벌어졌던 정상 쪽이었다. 시체로 발 디딜 틈조차 없었다. 핏물로 뒤범벅이 된 시체는 차마 눈뜨고 쳐다볼 수도 없었다. 절망과 슬픔은 분노와 울분으로 일그러졌다.

정상을 돌아 남문 쪽으로 향할 때, 산모퉁이에서 단은 노인을 만났다. 처음으로 만나는 살아있는 사람이었다. 노인은 주저앉은 채 울고 있었다. 단은 미친 사람처럼 연을 물었다. 노인은 대답 대신 몸을 사렸다.

"누구시오?"

당나라 군사는 아니냐며 거듭 묻고는 몸을 떨었다. 단은 아니라며 백제 사람이라고 대답했다. 노인은 그제야 마음이 놓이는지 울음을 터뜨렸다. 단은 어찌할 바를 몰랐다. 기다리는 수밖에 없었다. 한참이 지나서야 노인은 눈물을 훔치며 단을 올려다보았다.

"내 평생 이런 일을 다 겪다니."

탄식과 함께 노인은 숨을 헐떡거렸다. 가쁜 숨을 몰아쉬고는 단에게 어디에서 왔는지를 물었다. 단이 그간의 사정을 이야기했다. 듣고 난 노인이 눈물을 훔치고는 차근차근 설명을 했다. 단으로서는 차마 듣지 아니함만 못한 것이었다. 흑치상지에 의해 임존성이 함락되자 유인궤가 장수들을 거느리고 올라왔다고 한다. 그는 성문을 부수고 성벽을 허물었다고 한다. 그리고는 성안에 있던 백제인들을 모두 포로로 삼았다고 한다. 군사들은 흑치상지의 휘하에 넣고 젊은 처자들은 장수들이나 군졸들에게 나누어 주었다고 한다. 단은 가슴이 터질 듯했다. 머릿속이 하얗게 비워졌다.

"그럼 혹시 연이라고 아시는지요?"

연이라는 말에 노인은 고개를 끄덕였다. 단의 속이 바짝 타들어 갔다.

"초림이라는 아이와 함께 성으로 들어왔는데 그 아이는 풍사귀라는 놈이 데려갔지."

청천벽력 같은 소리에 그만 단은 망연자실하고 말았다. 파란 하늘이 그대로 깨져 내리는 듯했다. 산산이 깨지는 듯했다. 그 깨진 조각이 비수가 되어 단의 가슴을 찔렀다.

"저놈들은 사람을 전리품으로 삼았어. 너도 갖고 나도 갖고 무슨 물건을 나누어 갖듯이 말이야."

그날의 악몽이 되살아난 듯 노인은 또다시 흐느껴 울었다. 단은 충격에 눈물이 나오지도 않았다. 멍한 시선으로 그저 건너편 산기슭을 바라볼 뿐이었다. 늦가을 등성이가 핼쑥했다. 가시 같은 나무들이 처량했다. 온몸을 늘어뜨린 채 단은 시야를 흩뜨렸다. 눈동자가 풀렸다.

"개 같은 신라 놈들이 오랑캐를 끌어들였어!"

노인은 신라를 욕했다. 욕은 거칠었고 증오가 실려 있었다. 바람이 불었다. 마른 나뭇가지가 울어댔다. 차가운 울음이었다. 단이 몸을 일으켰다. 걸음걸이는 초점을 잃어 있었다. 흔들리며 쓰러질 듯했다. 성벽을 앞에 두고 그예 쓰러지고 말았다. 하얀 구름이 찬바람에 쏠려왔다. 단은 그 바람이 금오산 너머로 넘어갈 때까지도 일어나질 못했다. 구름이 넘어가고 바람이 또 산을 넘고, 물을 건너는 동안에도 단은 일어서질 못했다. 흐느껴 울었다.

"연아, 연아!"

헛소리처럼 연을 불러대던 그가 벌떡 일어섰다. 눈동자에 힘이 들어갔다. 시야가 제자리를 찾았다. 그는 북문을 향해 바람같이 내달렸다. 무한천을 떠내려가던 군선이 그제야 생각났던 것이다. 단은 연을 부르짖으며 무한천을 따라 내려갔다. 구름이 내려앉은 듯 갈대꽃이 하얗게 그의 아픔을 위로했다. 위로했으나 위로가 되지는 못했다. 그는 달리고 또 달렸다. 군선은 보이지 않았다. 끝없이 펼쳐진 들판 너머로 은빛 물결만이 가물가물했다. 무심한 물결이었다. 단은 주저앉았다. 눈물도 나오질 않았다. 망연자실했다. 흐려진 시야가 무심한 무한천을 원망스럽게 쏘아보았다.

"내가 너를 지키지 못했구나. 내가 너를 그렇게 만들었어."

단은 연을 지키지 못한 죄책감에 스스로를 자책했다. 자책은 쓰리고도 아팠다.

"이제 어떻게 해야 한단 말인가?"

단은 넋을 잃은 채 중얼거리다가는 일어서 터덜터덜 걸음을 옮겨놓았다.

"이제 잊어라!"

잊으라는 말이 비수가 되어 가슴을 찔렀다. 어떻게 잊으라는 말을 그렇게 쉽게 내뱉을 수 있단 말인가? 어떻게 또 잊을 수가 있단 말인가? 그것도 대사의 입에서 나온 말이었다. 연을 키우고 자신을 가르친 대사였다.

"중요한 것은 우리가 지금 여기에 살아있다는 현실이다. 그것만이 네 앞에 놓여 있는 현실이야."

대사의 말은 무거웠다. 이 세상 사람의 말이 아닌 듯했다. 표정은 초탈했다. 단의 생각은 달랐다. 현실은 연을 찾아야 한다는 것이었고 그녀는 이 땅에 없다는 것이었다. 그는 넋을 잃은 채 석탑을 올려다보았다. 옥개석의 가볍게 들린 곡선이 날렵했다. 여전히 파란 하늘을 가르고 있었다.

"연을 찾아 다시 바다를 건너겠습니다."

대사가 나직이 불호를 외웠다. 얼굴은 근심으로 가득했다. 고개를 좌우로 흔들었으나 안 된다는 말은 하지 않았다.

"대륙으로 가는 길이 모두 끊겼다. 상단도 배를 띄우지 못하고 있어."

다시 한번 가슴을 두들겼다. 시퍼렇게 멍든 가슴은 이제 새까맣게 타버렸다. 대사는 지그시 눈을 감았다. 아픈 마음을 누르기 위한 외면이었다.

"연도 살아있다면 그 자리에서 또 그렇게 살아갈 것이다. 그게 연의 운명이다. 너의 운명이고."

운명이란 말에 단은 몸서리를 쳤다. 모진 운명이었다. 그런 아픔이 왜 자신에게 그리고 연에게 지워졌는지 단은 원망스러울 뿐이었다.

"간다 한들 찾을 수 있겠느냐?"

대사가 눈을 떴다. 말은 가지 말라는 말보다 더 아팠다. 단이 흐느꼈다. 낮은 불호가 탑신을 휘감았다. 바람이 스쳤다. 눈송이가 날렸다. 연의 모습이 그 눈송이 속에 있었다. 단은 오열하

며 쓰러졌다. 대사가 달려들었다. 단은 어둠 속을 헤맸다. 아무
것도 보이질 않았다. 멀리서 흐느끼는 소리만 들렸다. 연의 목
소리였다. 단은 연을 찾아 어둠 속을 쫓았다. 잡을 수는 없었다.
아련한 소리를 따라 단은 정신 줄을 놓았다. 대사가 단을 끌어
안았다.

"모진 청춘이로고!"

대사는 탄식했다. 단을 들어 전각 안으로 옮겼다. 아미타불의
가늘게 찢어진 눈이 두 사람을 내려다보았다. 중생의 가련함을
어루만지고 있었다. 대사는 단의 몸을 주물렀다. 단은 꿈속을
거닐었다. 연과 함께 진달래를 따고 나물을 캤다. 봄날의 가량
협은 따스했고 포근했다. 아스라이 산길을 걷기도 했다. 걷다가
눈을 맞았다. 새하얀 눈이었다. 눈 속에 꽃이 피었다. 눈꽃은 차
가웠다. 얼음이었다. 단의 가슴이 요동쳤다. 얼음에 갇힌 자신
이 연을 불렀다. 연은 멀어져갔다. 얼굴이 흐려졌다. 단은 손을
내저었다. 내젓다가는 깼다. 어두운 천정이 쏟아져 내릴 듯했
다. 현실은 어둠이었다. 단이 한숨을 내쉬었다. 대사가 그의 뺨
을 어루만졌다. 뜨겁고 촉촉했다. 단은 눈을 돌렸다. 보살의 미
소가 연의 미소와 겹쳤다. 순간, 불암이 떠올랐다. 떠오른 불암
이 무언가를 떠올리게 했다. 단은 골똘히 생각에 잠겼다. 생각
에 잠겼다가는 뜬금없이 물었다. 물음은 흘리듯 흘러나온 것이
었다.

"불암에 부처의 그림자가 나타나면 한 가지 소원이 꼭 성취된다고 했지요?"

대사가 고개를 끄덕였다.

"전설일 뿐이다. 사람들이 만들어낸 껍데기 같은 전설일 뿐이야."

단이 고개를 가로저었다.

"그러나 그것이 사람들에게 희망을 줄 수 있다면 저는 껍데기라고 생각지 않습니다. 희망은 우리가 살아가는 전부니까요."

대사는 고개를 끄덕였다.

"그런 껍데기들이 사람들에게 살아가는 의지처가 된다면 그것만으로도 충분하다고 생각합니다."

단이 고개를 돌려 전각 밖의 탑신을 바라보았다. 시선이 맑았다. 시야가 살아나 생기가 있었다. 대사의 얼굴에 미소가 감돌았다.

"저 팔부중상이 천년의 세월을 이겨내며 부처의 뜻을 세상에 전하듯이 저도 부처의 그림자를 영원히 드러나게 해서 세상 사람들에게 희망의 씨앗이 되게 할까 합니다."

단의 말에 대사는 합장을 올렸다. 대사의 찌그러진 미소가 슬픈 듯 아련하게 맴돌았다. 아름다운 미소였다.

그날 이후로 불암에서 바위 쪼는 소리가 요란하게 들려오기 시작했다.

'연의 모습을 영원한 그림자로 드러내리라!'

단은 먹고 자는 것도 잊은 채, 불암에 연의 모습을 새겨 넣기에 여념이 없었다. 해가 지고 달이 가고 또 그 해가 바뀌어도 돌 쪼는 일은 멈춤이 없었다. 소리는 낙엽이 지는 가을을 보내고 눈보라 휘몰아치는 겨울을 몇 번인가 더 불러왔다. 손은 터지고 발은 얼어붙었으나 소리는 불암을 떠나지 않았다.

눈이 내렸다. 소담스런 눈이었다. 세상이 온통 은빛으로 바뀌었다. 단은 무연히 조각을 올려다보았다. 연의 자애로운 미소가 내려다보고 있었다. 그 미소에 단은 순간 전율했다. 그리고 보았다. 세상을 구원할 미소를, 백제를 구원할 미소를, 사랑을 구원할 미소를. 환한 미소 속에 감추어진 슬픈 미소가 단의 가슴을 울렸다.

단은 정을 들어 다시 돌을 쪼기 시작했다. 연의 옆으로 자신의 모습을 크게 더하고 그 옆으로 미래에 있을 자신과 연의 사랑을 아로새겨 넣었다. 귀여운 모습에 단은 흡족해했다.

"석가모니불과 제화갈라보살, 미륵보살이시로구나!"

대사가 입가에 미소를 머금은 채, 단의 뒤에 서 있었다. 그는 그저 미소만을 지어 보일 뿐이었다.

'대사님, 죄송합니다. 이것은 석가모니불도, 제화갈라보살도, 미륵보살도 아니십니다. 이건 그저 연과 저의 미소이자 사랑일

뿐입니다.'

단은 속으로 이렇게 대답했다.

"그러고 보니 이 부처의 미소가 너와 연을 닮았구나!"

대사는 합장을 하며 단을 돌아보았다. 단은 여전히 미소만을 짓고 있을 따름이었다. 온 세상을 하얗게 뒤덮은 눈이 처연하게 아름다운 겨울날이었다. 불암이었다.

삼존불은 단의 사랑을 형상화한 부처바위의 그림자로서 사람들에게 널리 알려지기 시작했다. 이후로 사람들은 삼존불을 찾아 사랑을 구원하기 시작했고, 넓게는 세상에 대한 사랑, 사람에 대한 사랑, 그리고 연인에 대한 사랑을 구하기 시작했다. 단은 연의 사랑을 영원히 간직하기 위해 대사를 스승으로 삼아 출가했다.

미소(微笑), 작은 웃음이 아름다운 이유가 무엇인가? 작지만 그 안에 포용과 용서, 그리고 승화가 들어있기 때문이다.

백제의 미소다.

〈 마애삼존불 〉

〈 제화갈라보살 〉

작가의 말

주말이면 나는 성위에서 묻는다. 무너진 성벽은 목책(木柵)이었는지 아니면 흙성(土城)이었는지 그도 아니면 석성(石城)이었는지 대답이 없다. 대답이 없으므로 나는 알 수가 없다. 침묵에 들을 수 없었고, 그 시절의 함성과 시위소리를 상상하며 나는 백제의 소리를 적었다. 발아래 잠겨있는 저 물 아래 어디엔가 신라군과 당군(唐軍)의 피가 스며들어 있을 것이고, 이 산 언저리 어디엔가는 백제 싸울아비들의 피가 흩뿌려져 있을 것이다. 붉은 피, 참혹한 전투, 백제의 마지막을 장렬하게 장식했던 싸움. 임존성(任存城)! 그 소리를 원고지에 적으며 나는 성 위를 걷고 또 걸었다. 백제의 미소(微笑)를 살려내고, 금오(金烏)의 신령을 불러냈다. 불러내서 임존성의 이야기를 완성했다. 155,710자 긴 이야기였다. 소리를 받아 적은 이야기였다. 백제의 이야기였다.

2020년 11월에
金烏山房에서 표윤명 쓰다.

백제의 미소

초판인쇄   2020년 12월 20일
초판발행   2021년 01월 02일

저자   표윤명
펴낸이   권우석
책임편집   신이룸
펴낸곳   도토리
주소   서울특별시 강서구 마곡서로 56 SB타워 3차 906호
전화   02-2654-2588
팩스   02-2654-2544
메일   dotorimedia@naver.com
블로그   blog.naver.com/dotorimedia

ISBN   979-11-965889-8-4